L'ORÉE DES TÉNÈBRES

Daniel Malgorn

L'ORÉE DES TÉNÈBRES
TOME 1

ISBN : 979-10-326-1339-9

Introduction

Tout d'abord, je tiens à vous remercier de prendre de votre temps pour lire cette histoire.

J'espère que vous y prendrez autant de plaisir que j'en ai eu à l'écrire.

Je tiens à utiliser cette introduction pour vous préciser que certains mots sont suivis d'un astérisque. Ce symbole est là pour vous indiquer les mots que vous pourrez retrouver dans l'index, se trouvant à la fin de ce récit, et où vous sera expliquée la signification dudit mot.

Cela regroupera des traductions d'autres langues, des éclaircissements, des définitions.

De plus, vous pourrez trouver un court récit, « Périple en terre sainte », à la fin de ce livre.

Ce récit n'a aucun lien avec le reste de l'histoire. Il n'est qu'un délire d'une nuit bien inspirée où je me suis fait un plaisir à décrire, en prose, un fait tout à fait banal.

Cet exercice m'a beaucoup amusé.
Je vous le fais partager en toute humilité.

Je vous souhaite une bonne lecture…

1

La nuit tombée, me voilà planant sur les effluves de la ville, en direction de ces lumières rurales hypnotisantes.

En l'espace d'un souffle, je me retrouve à errer au côté de ce que je fus, à la recherche de ce qui pourrait étancher ma soif de vie.

Les effluves d'hydrocarbures ont, maintenant, des teintes éthyliques.

Rire, chant, dispute. L'Homme est, à cette heure tardive, abrupt, dépourvu d'inhibition sociale.

Çà et là, les gens entrent et sortent d'essaim de connaissances d'une soirée. Tous se reconnaissent dans ces regards vitreux : Reflet d'une journée, d'une semaine de stress sociétal.

L'alcool est là pour leur faire oublier l'inexistence de leurs tristes existences.

Je suis ce flux humain vers un lieu de débauche où la pénombre lutte contre de faibles luminosités alors que le plafond n'est que nappe de brouillard. Tous se mettent à gesticuler dans une chorégraphie conditionnée, artifice de liberté, sous les regards des pauvres mânes non encore suffisamment saouls, mais y travaillant vaillamment, et sous les regards des prédateurs cannibales dont le seul intérêt, de cette escapade nocturne, est de ramasser la carcasse d'une brebis trop imbibée.

Vils sont ceux qui se nourrissent parmi les siens !

En cet endroit, les corps entrent en une épilepsie cadencée, rythmée par un brouhaha électronique sur toile de flashs kaléidoscopiques. Séquence répétitive d'enlacement innocemment provocateur, de mélange d'êtres inconnus, de promesses vaines.

Sous les assauts vibratoires sonores, mon cœur mort frissonne, ma peau s'électrise, ma tête s'assombrit.

Alors que ma langue s'anesthésie à un alcool, dont la seule particularité est sa toxicité, mon odorat est agressé par ces relents de sueurs et de régurgitations.

Seuls mes yeux trouvent plaisir à regarder ces corps déambuler, ces femmes aux formes alléchantes, mises en valeur par des vêtements fusionnels.

Là, ma proie est toute décidée en cette jeune blonde à la démarche hésitante mais dont le dialogue corporel est un verbiage flatteur pour sa sexualité extravertie.

Là, voilà l'ange qui goûtera au plaisir charnel de mon étreinte. Là, voilà la talentueuse qui s'affaissera dans la sérénité de l'effondrement de son âme.

Car telle est sa destinée ! Demain ne sera plus pour elle !

2

Vendredi 31 octobre.

Halloween.

Voilà une fête ancestrale celte qui, après avoir fait le tour du monde, est revenue sur son sol natal.

Sa chasse aux bonbons et aux bonnes blagues a remplacé le dialogue des dieux et l'aumône aux morts.

Tous les Tuatha de Dana* ont sombré dans l'oubli, seul ce bon vieux Jack O'Lantern* a subsisté ; Quoique son apparence a bien changé depuis l'époque de son navet enflammé.

Halloween.

Cette fête des enfants et de la peur avait bien du mal à s'enraciner dans cette petite commune du sud de la France qu'est Rognac.

Mais Yves Sinclair et ses amis s'y donnaient rendez-vous chaque année, non pas pour racketter les sucreries alentour, mais pour errer sur les trottoirs à la recherche d'un renouveau, une nouvelle sensation, une bougie pour éclairer la lassitude de cette jeune engeance.

Pour tout ami, Yves était accompagné de Paul et Malik, deux geeks dont les sujets favoris tournaient autour des jeux en ligne et des nouvelles technologies.

Paul et Malik étaient ce qu'on pourrait appeler deux paradoxes physiques : L'un était très grand, frôlant le mètre quatre-vingt-dix, et très maigre. Les autres enfants le surnommaient Squelettor.

L'autre était, à l'inverse, un petit gros à lunette tout à l'antithèse de l'Apollon des temps modernes.

Le troisième luron était une amie, prénommée Lucie. Un garçon manqué qui, vêtu de son éternel jogging gris et couvert de sa casquette noire NBC, aimait à défendre ses pairs contre la raillerie des autres gens de leurs âges, une bonne bagarre ne la faisait en rien reculer.

Ces trois mousquetaires, de l'âge de quatorze ans, se connaissaient depuis la primaire. Rapidement, ils créèrent leur univers et devinrent inséparables devant l'obstacle. Leur devise était : « Courage, fuyons ! ».

Lucie était la meneuse de ce trio, celle qui tirait les garçons en dehors de leur paysage numérique pour les inonder de ce monde réel si peu attractif.

Ce fut lors d'une de leur escapade nocturne qu'ils rencontrèrent Yves, un adolescent de leur âge, errant dans la solitude d'un terrain vague.

Rapidement, Lucie s'était prise d'affection pour ce jeune brun ténébreux au regard émeraude qui, malgré un caractère replié, s'était montré vaillant à mainte occasion. Ne serait-ce que la fois où Samir, stéréotype du racailleux d'un des quartiers sociaux de Rognac, s'en était pris au quatuor, par ennui ? Par malveillance simple ? Quoi qu'il en soit, Samir et ses « potes » voulaient en découdre et quoi de plus facile que ces quatre outsiders ? Devait-il penser.

Même si on pouvait supposer que le mot outsider était inconnu de son pauvre vocabulaire.

Bref, alors que le mécréant s'armait d'injures et de moqueries blessantes, Yves lui sauta littéralement à la gorge, le soulevant d'une seule main et lui promettant de lui arracher ses parties intimes s'ils devaient à nouveau se croiser. Ces propos, suffisamment explicites, suffirent à Samir, et ses « potes » peu loyaux, pour aller chercher querelle ailleurs.

Ce fut le jour, ou plutôt la nuit, où Lucie tomba amoureuse du téméraire Yves.

Amour qui, malheureusement, n'était point réciproque. Lucie était une fille à la beauté simple, sans maquillage ni atours extravagants. Sa chevelure auburn laissait ressortir des yeux d'un bleu pâle. Quoique son corps restait discret dans ses formes, elle avait une grâce au pétillement insistant derrière un vernis de faux garçon.

Mais Yves ne semblait point intéressé par tant d'offrandes. Non pas qu'il penchait de l'autre côté, mais le jeune homme semblait se perdre dans de lointains sentiments. Lucie était persuadée que son mystérieux amoureux renfermait bien des secrets et des tourments.

Parmi ces tourments, Yves était atteint d'une maladie très rare, la Xéroderma pigmentosum, plus connue comme la maladie des enfants de la lune, interdisant l'accès au jour. Du moins, c'était ce qu'avait expliqué le jeune homme car, là où Lucie avait vu juste était le fait indéniable qu'Yves possédait bien des secrets.

Entre autres, la lumière du soleil était bel et bien interdite à Yves mais non pas à cause d'une quelconque maladie, mais d'un phénomène intrinsèque à sa communauté : Les ultraviolets réduisaient leurs corps en cendre. Yves ne souhaitait en rien s'épancher sur cet état de fait avec ses amis, être un enfant de la lune restait un alibi très acceptable.

Halloween.

Encore une soirée que passerait le quatuor sur les bancs de la gare à attendre que le temps ne les rattrape.

La ville était calme ce soir. Spécialement morbide pour Halloween ?

Les lampadaires ne laissaient que peu de place à la pénombre de la nuit. Le fond de l'air était frais, mais facilement supportable avec une fine veste.

— Il n'y a pas eu beaucoup d'enfants cette année.

Lucie fendit le silence, décidée à réveiller un peu l'atmosphère.

— Mm ! Soupirèrent les garçons, peu enclins à la discussion.

— On fait quoi ? Continua Paul.

— Hé ! J'ai commencé un nouveau jeu sur mon PC. Une gestion de ville en ligne…

— Malik ! Arrête ! Ça ne nous intéresse pas ! Coupa court Lucie.

— Moi oui, bredouilla Paul.

— Hé ! Si on allait se mater un film d'horreur chez moi ?

Après tout c'est Halloween ce soir. Autant se faire peur. T'en pense quoi Yves ?

Cette question résonnait comme une supplication.

— Ouais, Lucie. Si tu veux.

Yves était perdu dans sa lassitude ce soir, sa voix était monocorde, dénué de motivation.

— Si tu veux du sensationnel, Lucie, on n'a qu'à aller à la maison de la veuve Pouget.

— La maison Pouget ?

Les yeux de la jeune fille s'illuminèrent devant l'idée de Malik.

La maison Pouget était idéale pour un soir de terreur.

La maison de la veuve était abandonnée depuis bien un demi-siècle maintenant. Personne ne l'avait habitée depuis la mort d'Élisabeth Pouget ; Tous la croyaient maudite, pire : hantée ! Bon nombre de personnes revendiquaient le fait d'avoir entendu ou vu la veuve Pouget. Tous ne purent apporter crédibilité à leurs témoignages.

De plus, les dégradations du temps, ajoutées au vandalisme de plusieurs générations, la rendaient bien plus sinistre et embellissait sa terrible réputation. Le fait était là, cette demeure faisait peur aux plus courageux.

Qui oserait pénétrer en ce lieu maudit où seuls les morts y sont les bienvenus ? Qui oserait braver cette porte d'entrée donnant sur l'enfer même ?

— Allez les gars tous à vos vélos ! On va explorer la maison de la veuve Pouget ! Avec un peu de chance on verra un fantôme.

Lucie se jeta sur ses pieds et tira avec insistance les trois lourdauds qui traînaient la patte. L'idée était bonne, et même stimulante, mais ladite maison se trouvait entre Rognac et Velaux.

Une sacrée trotte même en vélo.

Se résignant, tous chevauchèrent leurs montures métalliques en quête de revenants.

La maison Pouget avait dû être une très belle demeure à la voir là, se dressant au fond d'une savane d'herbes jaunissantes.

La bâtisse faisait deux étages et était coiffée d'un toit de tuiles romanes parsemé d'une mousse brunâtre, un monticule effondré indiquait l'emplacement d'une ancienne cheminée. Çà et là, on pouvait distinguer la brisure d'une tuile mais l'état restait cohérent.

Ses murs se craquelaient de leurs longs, laissant à nue, par endroits, leur ossature faite des grosses pierres d'antan. Aucune fenêtre ni aucun volet n'étaient intacts, brisés surtout sous l'impact de jet de lourds cailloux, lancés par de pleutres vaillants voulant défier le fantôme de ces lieux. Vaillant dans l'audace du défi de se mesurer à la veuve morte, mais pleutre dans la nécessité de la distance qu'ils jugeaient justifier comme sûre.

Les fantômes ? Moi, je n'y crois pas. Je les emmerde même ! Mais jamais je ne poserais un pied sur son domaine ! On ne sait jamais.

Certains avaient eu plus de cran, si on en jugeait par la présence de graffiti : « **Fuck la sorcière ! Vade retro !** » On pouvait y voir des pentacles à la peinture noire, et même une croix gammée — sûrement un courageux vandale en manque d'inspiration au moment du méfait à accomplir — était signée sur la porte d'entrée.

Le jardin avait été laissé à l'abandon durant tant de temps qu'il se permit une belle variété de mauvaises herbes, allant jusqu'à s'étendre sur le crépi décrépi des parois. La gouttière, mise à terre par les intempéries, avait été globalement phagocytée par cette végétation sauvage. Seule prestance, un gigantesque chêne se dressait au côté de cette vieille demeure, l'arthrose de ses branches tordues le faisait ressembler à un vieil homme décharné, nu de toutes feuilles.

Le terrain était délimité par une grille vermoulue toute en pointe, ne sentant point ce siècle d'existence écoulé. Hormis le portail, qui, lui, gisait dans la terre. Ses maîtres avaient péri ? Il en fit de même !

— Moi, je n'y entre pas ! Déclara Malik.

— Sans moi, ajouta Paul.

— Allez ! Bande de poules mouillées ! Maintenant qu'on y est, vous vous dégonflez ?

— J'irais.

Yves s'avança devant l'entrée laissée par feu le portail.

— Ouais ! Vas-y, Yves ! Montre-leur que t'es pas un trouillard, toi !

Lucie sautait comme une pile par l'excitation de ce qui allait se produire.

Elle n'y entrait pas non plus mais était impatiente de voir son fier amour braver sa propre peur de jeune jouvencelle. Elle était impatiente de découvrir ce qu'aurait découvert Yves en franchissant ce seuil.

Yves avança d'un pas décidé à travers le jardin. Il prit le

temps de faire une halte devant la peinture grossière d'une femme pendue, peinte à la va-vite avec une bombe de peinture rouge, suivie d'un « fuck la sorcière ».

Yves ne ressentait pas cette tension, cette angoisse que pouvaient ressentir ses camarades alors pourtant bien à l'abri derrière la grille.

Pourquoi avoir peur de ce qui ne fut plus ? Pourquoi créer une terreur par un fait divers ?

Oh pour sûr qu'il savait déjà ce qu'il allait trouver en ces murs. Il le sentait déjà d'ici. Mais pourquoi en avoir peur ?

Yves poussa la porte d'entrée qui se lamenta sur ses gonds rouillés, laissant se dévoiler un intérieur poussiéreux et extrêmement sombre d'une demeure centenaire. Le jeune homme pénétra dans le hall, avançant sur un tapis mité sur lequel poussaient de petits champignons. Sur le mur de gauche, un parapluie était pendu à une lignée de portemanteaux. En dessous, un guéridon portait un téléphone à cadran circulaire.

Déjà, là, se présentait un choix : La porte de gauche ? Celle de droite ? Ou l'escalier qui montait à l'étage supérieur ?

Finalement, le choix se fit de lui-même car, si Yves sentait ce qui habitait cette maison, l'habitant en ressentait autant.

En effet, une autre capacité, de la communauté d'Yves, était la possibilité de percevoir les âmes errantes et même de pouvoir entrer en contact avec ces derniers.

Là encore, Yves se moquait, en lui, de ces fous qui n'osaient pénétrer ici alors que leurs piètres visions ne pouvaient imager ce qui y résidait. Alors que lui, qui la voyait là, en ce moment, ne songeait point à prendre la fuite ni même à ressentir de la crainte.

Élisabeth Pouget, ayant senti la particularité de ce nouvel hôte, était venue à la rencontre de ce dernier.

Elle se tenait là, au pied de l'escalier. Son corps était translucide et vrillait de voluptés ténébreuses. On pouvait percevoir ses contours corporels, plus ou moins visualiser sa robe noire et son voile tombant sur son visage, mais son aspect déphasé empêchait de la percevoir dans le moindre détail.

Elle se tenait là, immobile, silencieuse, ne laissant aucune émotion perler. Ses bras pendaient le long de son corps.

Yves avança d'un pas et s'adressa, à l'apparition, d'une voix vindicative :

— Qui es-tu femme ? Parle ! Je te l'ordonne !

— De mon vivant, l'on me nommait Élisabeth Pouget, veuve de feu Pierre Pouget. Que faites-vous céans seigneur ?

— Je viens assister à ce qui effraie le commun des mortels. Pourquoi n'as-tu pas rejoint ton mari dans l'au-delà ?

— Je ne sais, seigneur, je ne le trouve pas. Il n'y a que des souvenirs et des ombres ici. Le froid est mon seul compagnon.

— Comment es-tu morte ? T'en rappelles-tu ?

— De désespoir, seigneur, de désespoir d'avoir perdu un mari aimant. La faucheuse se faisant attendre, je n'y puis résister. Munie d'une corde, je me suis balancée à la plus solide branche du vieux chêne. Puis, je me souviens d'un froid rongeant mon âme, me tirant d'un repos tant désiré. Aucune lumière ne vint m'éclairer, aucun tunnel aboutissant à l'étreinte chaude de mes proches. Rien que le froid avant que mes yeux ne s'ouvrent sur les murs de ma propre chambre. J'étais morte et j'étais maudite à perdurer dans ce désespoir qui me poussa au péché. Je n'en puis plus, seigneur, de cette attente éternelle, de ce froid glaçant mes os, de ce désespoir qui m'enchaîne à ces murs. Mon mari ? Où est mon mari ?

À ces derniers mots, la veuve éclata d'une ire cataclysmique. Un vent violent fit trembler les fondations, renversant ce qui n'avait pas encore été renversé, faisant claquer portes et volets de plus en plus fort. Même son corps semblait exploser devant tant de colère, tant de rage.

— Où est mon mari !!! Hurla la femme en noir en se dirigeant les mains tendues vers la gorge du jeune vivant.

Sa robe virevoltait, ne laissant percevoir qu'un noir néant.

Yves restait de marbre devant cette forte bourrasque, ne cédant point de terrain à cette manifestation.

Peur ? Toujours pas. Elle était morte et impuissante alors que lui arpentait la terre parmi les vivants.

Elle bondit vers lui tous doigts pointés, il ne cilla point.

— Silence, femme ! Je ne t'accorde pas le privilège de hausser le ton en ma présence ! Yves criait son ordre.

Sous l'impétuosité de l'homme, Élisabeth cessa net son avancée, semblant se recroqueviller sur elle-même dans une terreur non dissimulée, avant d'être tirée en arrière, comme aspirée par une force implacable. Élisabeth disparut dans l'escalier, ne laissant qu'un écho de lamentation derrière elle.

Yves restait seul dans ce hall d'entrée. La maison avait retrouvé sa sérénité habituelle.

Le jeune garçon fit demi-tour. Il était attristé par cette

femme destinée à hanter ces lieux pour la fin des temps, attendant un mari qui ne viendrait jamais.

Il n'y avait pas de peur en cette maison, que de la tristesse.

Yves rejoignit ses amis. À sa mine défaite, leurs enthousiasmes dépérirent. Les trois compagnons eurent un moment d'hésitation avant d'oser demander ce qui s'y était passé.

Ce fut Lucie qui brisa le silence, sa voix était presque une excuse :

– Alors ? T'as vu quoi ?

– Rien. Il n'y avait rien que du vieux là-dedans.

– Et ce bruit qu'on a entendu ?

– Un courant d'air. C'est tout.

– Un courant d'air ? Il n'y avait rien ?

– Rien.

Yves enfourcha son vélo et partit dans cette nuit d'Halloween.

Seul.

N'attendant pas ses compagnons très peu satisfaits par son explication.

Il avait besoin de réfléchir à ce qu'il avait vu. À ce qu'il avait entendu.

Au bout du compte, il n'était pas très différent d'Élisabeth ; Une éternité de solitude.

Même parmi les siens, il se sentait esseulé.

3

Yves roulait aussi vite que son vélo pouvait le supporter, freinant à peine dans les virages. La circulation était inexistante à cette heure tardive de la nuit, ou, plus précisément, très tôt ce matin. La friction de l'air lui malaxait la peau du visage, le froid s'enfonçait dans toutes les couches de son derme.

Malgré tout, c'était le froid de son âme qui harcelait Yves en ce moment. De toutes ces sensations que lui procurait sa vitesse excessive, les seules, qui rejaillissaient, étaient celles intérieures à son être.

Il se faisait tard. Mais le soleil ne se lèverait pas avant quatre bonnes heures.

Yves passa devant le cimetière. Il ralentit alors sa course pour le contempler.

Ce cimetière avait l'air si calme, si serein, si éloigné des soucis existentiels des vivants. Toutes ces pierres tombales, jaillissant du sol en rang bien ordonné, témoignaient de l'éphémère existence de leurs nouveaux locataires, témoignage pétrifié de la tristesse de ceux qui restaient.

Cette tranquillité morbide attirait l'âme torturée d'Yves telle une flamme attirant une nuée de moustique, mort hypnotisante.

Il fit halte devant le portail verrouillé.

Avec une rapidité et une aisance surnaturelle, Yves se retrouva de l'autre côté en un mouvement.

Il avança dans l'allée centrale, écoutant ce silence reposant rythmé par le bruissement de ses pas sur le gravier blanc.

Çà et là, les gravures dorées souhaitaient un bon voyage aux maris, épouses, fils, filles, pères et mères. Tout un monde photographique regardait ce marcheur errer parmi leurs tombes.

Yves fit un arrêt devant un ange de marbre sculpté dont le bras s'élançait vers l'éternel royaume. Une œuvre d'art dans un musée de bloc et de croix.

Un ange dont le visage regardait l'éternité passer, sans le moindre sourire, sans la moindre gaieté, impatient de voir ce spectacle de vie aboutir afin de pouvoir regagner le foyer de ses frères au-delà de toute chose.

— Bonsoir, jeune homme.

Une voix féminine surprit Yves, le tirant de son émoi intérieur pour le rappeler à la réalité brute.

Yves se retourna pour découvrir à qui appartenait cette voix suave, cette caresse auditive. Il découvrit une femme d'une vingtaine d'années à la peau et la chevelure d'ébène, même la couleur de ses yeux était emplie de ténèbres. Son visage était doux dans sa découpe, un fin trait nasal indiquait une bouche pulpeuse rosâtre. Sa chevelure bouclée et crépue tombait en cascade sur ses épaules.

Cette beauté antillaise était vêtue d'un jeans, moulant des fessiers et des cuisses on ne pouvait plus parfaits dans son équilibre graisseux.

Elle portait un chemisier blanc, au tissu bien fin pour une telle saison, dont les derniers boutons, non fermés, permettaient un plongeon entre ses deux collines noires. Cette nuit automnale titillait les mamelons de la belle à tel point que l'on pouvait les voir durcir et pointer à travers le tissu blanc, dénonciation d'un soutien-gorge absent.

Elle tenait dans sa main gauche ses chaussures de cuir noir, laissant ses pieds nus savourer le contact de cette herbe humide.

— Une heure bien tardive pour une visite au cimetière, poursuivit-elle.

Yves, peu loquace, répondit par un « ouais » avant de se retourner vers son ange de pierre.

Mais la belle inconnue n'en resta pas là :

— Je me nomme Angélique. Et toi ? Quel est ton nom ?

— Yves.

Il se retourna une nouvelle fois vers son interlocutrice, bien curieux de connaître la raison de cette curiosité intrusive féminine.

— Quel âge as-tu ?

— Je vais avoir 14 ans d'ici peu. Pourquoi ?

— Non, je voudrais connaître ton vrai âge.

— Mon vrai âge ? Qui êtes-vous déjà ?

— N'aie aucune crainte. Je viens en amie.

— Ça, c'est vous qui le dites ! Pourquoi vous me posez tant de questions ? Et puis, qu'est-ce que vous faites ici ? Le cimetière est fermé.

— Dit l'enfant qui a sauté le portail verrouillé. Une fois encore, je ne viens pas chercher les ennuis. Et pour qui je suis, je pense qu'un exemple y répondra amplement. On arrêtera alors de perdre du temps à tourner en rond.

Sur ces mots, Angélique s'approcha du champ de tombes, leva les bras au ciel et récita une prière audible :

— Par le pouvoir du Baron Samedi*, j'en appelle aux esprits tourmentés qui marchent sur ces terres ! Venez à moi mes amis ! Venez, je vous l'ordonne !

Une nappe de brouillard recouvrit alors le sol du cimetière. Une légère brise réfrigéra l'air ambiant.

L'air s'emplit peu à peu de chuchotements, de pleurs qui tournoyèrent autour d'eux, se faisant de plus en plus perceptibles.

C'est alors que des tombes environnantes commencèrent à émerger des formes fantomatiques. Des êtres translucides sortaient de terre, semblant peiner à s'extirper de leurs repos. Certes, ces créatures ne luttaient pas contre la solidité de ce sol sur lequel se tenait Yves, mais forçaient ce passage qui les séparait de la dimension des morts.

Hommes et femmes de tout âge et de tout temps s'amassaient autour d'Yves et Angélique. Ils restèrent immobiles, fixant ces intrus qui les avaient réveillés.

Angélique ne semblait pas troublée par ces apparitions, elle en était même satisfaite. Quant à Yves, il ne savait pas comment réagir devant cette armée surnaturelle non hostile. Il était troublé par cette foule d'âmes en peine, raz-de-marée de tristesse et de désespoir.

Angélique s'approcha de l'un d'entre eux, la représentation astrale d'un jeune homme en blouson de cuir. Elle sembla lui caresser la joue mais ne ramassa que volupté :

– Qui étais-tu ?

– J'étais Éric Montebois, répondit l'esprit dans une voix caverneuse, semblant vibrer dans cet essaim ectoplasmique.

– Comment es-tu mort ?

– Un soir, alors que je rentrais du bar sur ma mob, j'ai laissé l'ivresse me tuer.

– C'est triste. Quel âge avais-tu ?

– Vingt-deux ans, m'dame.

– Sache que tu n'existeras plus après ce soir.

Angélique ouvra en grand sa bouche. Le visage du jeune motard sembla se disloquer dans un tourbillon qui fut happé par la gorge de la belle noire.

Éric Montebois hurla d'une souffrance sans nom au fur et à mesure que sa forme se voyait avaler par l'ogresse qui l'avait invoqué.

Ce cri se répercuta d'âmes en âmes, tous hurlèrent à la seconde mort de leur compagnon, fuyant aussi vite qu'ils purent, cherchant, de nouveau, refuge dans l'épais tapis de brouillard. Leurs visages avaient été déformés par la terreur, les rendant presque inhumains.

Yves était, cette fois, lui aussi terrifié par ce qui se passait devant ses yeux. Qui était cette créature à l'apparence humaine qui dévorait ce fantôme ?

Les êtres de sa communauté se nourrissaient de l'âme de leurs proies, tout comme cette créature. Ils pouvaient arracher, par leurs simples volontés, ce joyau d'un être humain encore vivant. Ce dernier cessait alors d'exister sur tous les plans d'existence, ne laissant qu'une carcasse de cendre, une coquille vide.

Mais aucunement sa communauté ne pouvait invoquer directement des esprits, même s'ils pouvaient les percevoir, et, aucunement, ils ne pouvaient se nourrir de l'âme d'un défunt, au risque de périr soi-même.

Ce régime alimentaire pouvait paraître monstrueux, mais c'était le leur. Tout être, vivant dans cet univers, ne pouvait exister qu'en possédant une âme. Les Vampires, c'était comme cela qu'on les nommait, n'en possédant pas, devaient les trouver ailleurs, du moins s'il souhaitait continuer à exister.

Cette Angélique était très certainement une Vampire, comme lui, mais elle n'était pas que ça.

Une fois la forme d'Éric entièrement absorbée, Angélique se retourna vers Yves, le brouillard et les fantômes avaient complètement disparu, tout était redevenu normal.

— Reprenons, si tu veux bien, Yves…

— Non ! D'abord, qu'est-ce que tu es ?

— Ah ! Tu me tutoies maintenant ? On avance.

— Je m'en fous de tout ça ! Qu'est-ce que tu es ?

— Si mes sources sont exactes, nous sommes de la même espèce tous les deux. Des Vampires.

— Tu es une Vampire ? De quelle source tu parles ?

— Calme-toi ! Répondons à une question à la fois. Pourquoi cela t'étonne quand je te dis que je suis une Vampire ? Ça n'est pas ton cas ?

— Quoi ? Oui ! Ce n'est pas la question ! Comment tu peux faire… Tous ces trucs-là ?

— Ah ! Voilà donc ta question ! Je suis une Vampire moi aussi, mais bien plus expérimentée et, apparemment plus puissante que toi. Ce que tu as vu là est de la magie vaudou et, contrairement à toi, je me nourris d'esprits errants. Quant à ta deuxième question, sache qu'une amie à moi est une voyante très efficace qui m'a conseillé de venir ici, à cette heure, afin de pouvoir faire connaissance avec un jeune Vampire. Du moins jeune en apparence. Quel âge as-tu ?

— Attends ! On est chez les fous là ! Tu me fais croire qu'une vieille sorcière a eu une vision et que c'est pour ça que tu es là à me harceler de question ? Qu'on soit bien clair ! Pour l'instant, la seule chose que tu m'as prouvée, c'est que tu étais très bizarre. Alors ne crois pas que je vais m'épancher sur ton épaule et te raconter toute ma vie ! Maintenant, je vais partir et je te déconseille de me suivre ou sinon je te montrerai que je suis bien plus puissant que tu ne le penses !

La colère faisait rage dans le corps d'Yves mais, même s'il ne se l'avouerait jamais, cette colère cachait une peur de cette créature pouvant invoquer les morts.

Que pouvait-elle faire d'autre ? Que pouvait-elle lui faire à lui ? Pire ! Que comptait-elle faire de lui ?

Les Vampires étaient des prédateurs pratiquement au sommet de la chaîne alimentaire. Néanmoins, ils possédaient leurs propres chasseurs. On pouvait y trouver les soldats de l'église – ce n'était que de simples humains mais ils étaient très bien équipés et travaillaient en équipe –, les Lycanthropes – ramassis de brutes sauvages extrêmement forts et agressifs – mais, surtout, les autres Vampires.

En effet, beaucoup de clans vampiriques étaient très territoriaux et constamment en quête de pouvoir. Tuer un de leurs frères ne les dérangeait en aucune mesure, bien au contraire.

Qu'en était-il de cette Angélique ? Sa beauté cachait-elle une cruauté sans limite ?

Dans le doute, Yves préférait fuir.

Il tendit les bras en croix, une fine membrane brunâtre se développa, latéralement, de ses poignets à ses flans.

Yves donna un à-coup de ses nouveaux appendices. Ces derniers, s'aidant du poids de l'air, soulevèrent le jeune Vampire dans les airs. Deux autres à-coups suffirent à soulever Yves à plus de dix mètres du sol.

Yves voyait la femme noire rapetisser au fur et à mesure qu'il montait, et, au fur et à mesure, sa crainte diminuait.

Angélique observait le jeune homme s'éloigner dans les airs, porté par ses ailes de chauve-souris. On ne pouvait pas dire que leur premier contact fut satisfaisant.

Yves se recroquevilla sur lui-même, s'enveloppa de ses ailes et, de ce cocon membraneux, sortit, en un instant, un Yves métamorphosé en une grosse chauve-souris. Si un œil aguerri apercevait, à ce moment, cette chauve-souris errante, il la désignerait, sûrement, comme un chiroptère appartenant à la famille des Desmodontinae, plus communément appelé des

Vampires. Ironie ?

Il existait une légende qui stipulait que les chauves-souris de la famille des Desmodontinae, n'étaient autres que de véritables Vampires que, l'horreur de leurs êtres, avait poussés à régresser à l'état primitif d'un simple animal. Si l'on croit à cette légende, on ne pouvait qu'adhérer à la rumeur d'une société vampirique secrète dont la vocation était de préserver le secret surnaturel de cette espèce alors très peu discrète pour la société humaine. Il valait mieux, en effet, que les humains continuaient à penser avoir trouvé une sous-espèce chiroptère qu'une espèce surnaturelle éternelle et prédatrice de l'homme.

Yves n'y croyait pas et il n'en avait cure ! Pour l'instant, la seule chose qui l'intéressait, était de pouvoir mettre une bonne distance entre lui et la mangeuse de morts, ce qu'il fit sans difficulté. Angélique ne semblait pas vouloir le suivre dans les airs. Ne le pouvait-elle pas ?

Se métamorphoser en chauve-souris provoquait toujours une sensation désagréable dans le corps d'Yves, un ressenti de déchirement, de compression. Ce n'était point douloureux mais extrêmement dérangeant. Et le temps ne semblait en rien atténuer cette sensation. De plus, tous ses sens étaient bouleversés par ce nouveau corps, cette nouvelle conception de la vision. Certes, il gardait ses sens humains, mais y était ajouté une infravision dont il était très peu habitué. Cette nuance rougeâtre venait se mêler à la réalité sombre de cette nuit, mettant en surbrillance des zones sans intérêt, brouillant les repères servant à Yves pour s'orienter vers son domicile, vers sa sécurité.

4

Yves habitait un appartement de type T5, très vétuste, au dernier étage d'une tour de six étages, dont l'ascenseur était en panne une fois sur deux. À tel point qu'il n'était pratiquement plus utilisé, les locataires avaient appris à vivre sans.

Le dernier étage contenait deux appartements, tous deux de type T5.

Les voisins d'Yves, les Rousseau, étaient une famille nouvellement reconstituée dont la mère avait ajouté une adolescente à problèmes aux trois garçons – leur tranche d'âge se situait entre huit et quatorze ans – du père. Mais le seul point intéressant à retenir, était le fait qu'ils étaient respectueux et peu bruyants. Sociable ? Sûrement bien plus qu'Yves et sa propre famille.

En effet, Yves vivait avec trois autres Vampires qu'il considérait comme sa famille, son clan.

La doyenne, de ce clan, était grand-mère Martha, une vieille femme d'Europe de l'est devenue Vampire il y a deux cent dix-neuf années de çà dans les ruelles froides de Varsovie. Son créateur avait été détruit bien avant la naissance d'Yves, au début de la première guerre mondiale. Grand-mère Martha était la sagesse incarnée, le guide spirituel de ce petit clan.

La vieille femme passait toutes ses soirées dans une association humanitaire, la Croix Rouge Française, où elle distribuait de la soupe et des sourires aux plus démunis. Quelques fois, comme ce soir-là, Martha ramenait, au domicile, un pauvre SDF qui ne savait où dormir et était délaissé par toute la race humaine, un être bien seul et bien désespéré.

Puis vint Arthur, homme d'une vingtaine d'années en apparence qui en avait, en fait, cent vingt-trois.

Arthur était un homme haut en stature et fort en muscle. Il était la source de revenu de la famille en tant qu'agent de sécurité. Ce job lui permettait de pouvoir bosser de nuit sans craindre les rayons du soleil. Il avait eu une longue discussion avec son patron afin de déterminer ses horaires de travail et la base de son salaire.

Son patron s'était montré très conciliant.

Arthur pouvait se montrer très persuasif.

Arthur venait de rentrer de son travail, la surveillance d'une zone commerciale.

Vanessa était une très belle blonde aux cheveux courts et à la mèche rose qui ne possédait aucun orifice sans piercing, aucun. Elle aimait se vêtir de cuir et de peau de léopard qui collait à son corps au plus près possible, mettant en relief une silhouette attirante. Elle ne se séparait jamais de son couteau à cran d'arrêt, vestige de ce qu'elle nommait ses années folles. Vanessa avait adoré la mode des années quatre-vingt et ne souhaitait point s'en séparer.

Elle disait souvent que cette mode, devenue rétro, reviendrait, un jour ou l'autre au-devant de la scène. Par scène, Vanessa visualisait les boîtes de nuit et bars branchés.

Sa passion se résumait à faire la fête encore et encore.

Même si immature, Vanessa restait la grande sœur d'Yves avec ses cent un ans.

Oui, Yves était le petit dernier de la famille. Il n'avait que quatre-vingt-dix-neuf ans même s'il n'en paraissait que quatorze.

Yves volait dans la nuit bien au-delà des regards indiscrets. Il se dirigeait vers son logis et ce fut sous sa forme de chauve-souris qu'il atterrit sur son balcon, petit coin de béton où séchait le linge familial sur un étendoir repliable de métal blanchi, dont la palissade n'était qu'un plein mur crépi.

Une fenêtre donnait sur la cuisine alors qu'une porte vitrée s'ouvrait sur le salon/salle à manger.

La cuisine était une parodie du parfait français moyen. La cuisinière électrique blanche étincelante faisait face à un gigantesque réfrigérateur à deux portes – congélateur, réfrigérateur – et était accotée à un double évier en aluminium, suivi d'un lave-vaisselle électronique. Le reste de la cuisine se résumait à deux meubles en noyer où étaient rangés denrées alimentaires et ustensiles de cuisine.

Un Vampire ne pouvait survivre qu'en absorbant l'âme d'un être vivant, humain de préférence, mais cela ne l'empêchait pas de savourer les plaisirs de la gastronomie ou d'un bon spiritueux. Les plaisirs des sens restaient très attractifs.

Il n'y avait pas de séparation entre la cuisine et la salle à manger.

Cette dernière était une grande pièce agencée de façon à pouvoir faire un distinguo entre le côté salle à manger — avec sa table ronde et ses chaises empaillées — et le côté salon où un canapé d'angle mauve était séparé, d'un meuble de télévision équipé, par une table basse, simple rectangle de verre posé sur deux tréteaux. Le fond de la pièce était caché par une impressionnante bibliothèque et qui faisait la part belle d'une non moins bien fournie vidéothèque.

Du salon, une porte vitrée s'ouvrait sur un couloir qui serpentait entre diverses commodes et d'où bifurquaient quatre chambres du même acabit. Ce couloir trouvait sa source de la porte d'entrée, cyclopéenne avec son judas, et s'achevait sur une salle de bains dont le carrelage bleu voulait donner un aspect aquatique en adéquation avec sa baignoire et son évier nacré.

La chambre de grand-mère Martha était la plus grande et la plus sobre avec son seul lit et sa penderie emmurée. Rien, pas même un bibelot, souvenir d'une ancienne vie. Martha ne se complaisait que dans la sobriété. Même son état vestimentaire était des plus sobres avec ses teintes marron et grises.

En opposition, la chambre de Vanessa était un amas de vêtements, de babioles sans intérêts qui étaient dégurgités de son armoire murale et qui jonchaient le sol. Ses murs étaient entièrement tapissés de posters de star de la musique, du cinéma et même de la pornographie. Cette chambre n'était qu'agression des sens par ce chaos de couleurs, d'objets, tout autant par la cacophonie d'un poste CD rugissant une symphonie darkmétalleuse.

Celles d'Arthur et d'Yves étaient bien plus équilibrées : Un lit, un bureau, une armoire, un ou deux posters. Voilà tout. Pourquoi s'encombrer au plus haut point ? Une chambre n'était qu'un habitat, un refuge pour dormir. Non pas un lieu de vie, une cage personnalisée, un artifice qui vous coupe de la vie réelle extérieure. Les souvenirs trouvaient rangement dans leurs mémoires.

Yves se dirigea directement vers le frigo en quête d'une gorgée de soda. La marmite emplissait la pièce d'un fumet aromatisé aux herbes de Provence.

Le fait que Martha se concentrait sur sa broderie, représentant le visage souriant d'un clown Auguste, ne l'empêcha point de percevoir le faciès fermé de son « petit-fils ». Il était évident que des pensées sombres embrumaient l'esprit du jeune Vampire.

À ses côtés, Karl, un SDF d'une cinquantaine d'années dont la barbe blanche, noircie par des années dans la rue, était mitée à plusieurs endroits. Sa tenue vestimentaire était un empilement de tissus et de vieux vêtements. Ses mitaines laissaient sortir des doigts, tordus par l'humidité, aux ongles tout aussi noirs. Karl fixait l'écran de la télévision alors éteinte.

Arthur, lui, buvait une bière, qu'il considérait comme bien méritée après un dur labeur, attablé devant un magazine de chasse.

— Bonsoir, jeune homme. Tu as passé une bonne soirée avec tes amis ?

— Mmm.

— Comment va Lucie ? Elle est bien mignonne cette petite !

— Mmm.

— Pff ! Martha, si tu espères mieux de ce minot, tu te fourres le doigt dans l'œil !

Arthur avait raison, il était clair qu'Yves ne voulait pas lui parler pour le moment.

Soit ! Elle attendrait que cela vienne de lui.

Ce qui ne tarda point. Yves s'attabla à son tour et chercha des réponses auprès de sa sage doyenne.

— Martha ? As-tu déjà rencontré des Vampires capables de faire des choses bizarres ?

— Qu'entends-tu par bizarre ?

— Ce soir j'ai rencontré une Vampire capable de conjurer des fantômes et de se nourrir de leurs âmes.

— En effet, c'est peu commun…

— Quoi ? Tu as vu un autre Vampire ? Coupa Arthur.

L'annonce faite l'avait sorti de son magazine.

— Oui, une femme noire.

— Et elle t'a vu ?

— Oui, elle m'a parlé.

— Elle te voulait quoi ?

— Je ne sais pas, je suis parti aussitôt.

— Pourquoi t'énerves-tu de la sorte, Arthur ?

Martha restait sereine alors que son petit-fils se crispait sur sa chaise.

— Pourquoi ? Yves vient de se faire attraper par un autre

Vampire et tu me demandes pourquoi ?

— Oui, je te demande pourquoi.

— Tu n'as pas oublié les recommandations de mon père avant sa mort ? Il faut fuir tous les autres Vampires. Il faut éviter tout contact avec d'autres Vampires. Et, surtout, au moindre doute, partir se cacher ailleurs ! Donc, en tant que chef de ce clan, j'ordonne le départ immédiat vers une autre cachette !

— Je me rappelle très bien des recommandations de mon fils, même si je ne les ai jamais comprises. Et je suivrai tes ordres autant que j'ai suivi ceux de ton père. Mais en tant que doyenne de ce clan, je te dis que nous ne partirons pas le ventre vide et pas avant une bonne journée de sommeil. Le jour va bientôt se lever et, je ne t'apprends rien en te disant que les Vampires ne viendront pas nous chercher querelles en pleine lumière.

— Les Vampires, non ! Mais qu'en est-il de leurs sbires diurnes ?

— OK, on s'en va. Mais où ? Demanda Yves.

Partir de nouveau, et à cause de lui ce coup-ci, devoir refaire leurs vies ailleurs… Tout était de sa faute ! Il n'avait rien à faire dans ce cimetière en pleine nuit !

Angélique avait dû le voir sauter le portail avec la prouesse digne d'un Vampire. Il s'était dévoilé et maintenant, sa famille devait partir se cacher.

— Moi, je sais où.

Vanessa se tenait dans l'embrasure de la porte du couloir. Elle avait entendu la discussion et avait toujours un plan de repli.

Immature, d'accord.

Mais pas idiote.

Ne restait plus que la question du repas.

Martha demanda à son invité, Karl, de se lever. Ce qu'il fit sans le moindre mot et tout en continuant à fixer l'écran noir de la télévision.

Les quatre Vampires se tinrent, alors, en cercle autour du clochard, la bouche béante.

À ce moment-là, Karl commença à convulser. Des fumerolles s'échappèrent de son corps.

L'âme de l'homme était extraite de son enveloppe charnelle et était aspirée par les créatures de la nuit.

Au fur et à mesure que son âme lui était arrachée, son corps se desséchait jusqu'à tomber en poussière sur le carrelage de cet appartement, tombeau funèbre de feu Karl, le SDF.

Le repas fini, la famille s'attabla afin de commencer la dégustation du plat qui bouillonnait dans la cocotte : Un ragoût de mouton.

Après le plaisir de l'âme vint celui de l'estomac.

5

Angélique attendait dans la garrigue qui recouvrait les collines des Pennes-Mirabeau, près d'une formation rocheuse. Le jour pointerait son nez d'ici deux bonnes heures.

Son esprit voguait sur les souvenirs de cette soirée au cimetière, vers ce jeune Vampire, du moins jeune en apparence. Elle était troublée par sa réaction pour le moins agressive alors qu'elle n'avait montré aucune animosité !

Arriva une jeune femme brune à la peau laiteuse, dont le nez aquilin et les noirs sourcils signaient une appartenance raciale latine. Ses longs cheveux bouclés étaient tirés en arrière à l'aide de broches dorées et étaient tenus par un nœud brodé or. La jeune femme portait une toge ocre et était chaussée de sandales romaines couleur en corrélation avec son nœud capillaire.

Cette beauté grecque se prénommait Pythie, en souvenir à sa vie d'avant sa mi-mort, quand elle n'était qu'une divinatrice de l'île de Delphes, prêtresse du dieu Apollon, ironiquement un dieu de la lumière.

Elle vivait en l'an 111 avant Jésus Christ, sur ladite île, quand, une nuit, elle reçut la visite d'un général romain. Ce dernier lui ordonna de se servir de ses dons de voyance afin de percevoir son âme.

La jeune prêtresse s'exécuta. Scrutant les profonds du moi du général, elle y trouva une noirceur totale, une malveillance sans limite, une monstruosité sans autre pareille. Celle qui allait devenir Pythie hurla de terreur et supplia l'horrible visiteur de repartir sans faire de mal à ses sœurs.

Malgré les pleurs, l'homme se pencha vers la jeune femme et, découvrant des crocs étincelants, lui arracha la gorge. Avant qu'elle ne succombe, le monstre lui susurra quelques mots à l'oreille : « Je ne ferai aucun mal à tes sœurs mais toi, tu leur en feras très prochainement. Sache, mon enfant, que je te traquerai pour le restant de l'éternité et m'assurerai que ta souffrance sera constante. »

Puis la mort vint la chercher au pied de l'effigie de son dieu. Ce fut au même endroit, et peu de temps après, la même nuit, qu'elle reprit conscience. Et, pour répondre à la prophétie du général romain, Pythie massacra ses sœurs, buvant leurs âmes et déchirant leurs corps. La malédiction fut démarrée.

Malgré tout, après cette nuit sanglante, Pythie ne revit jamais le général romain. Jamais il ne vint répandre, une nouvelle fois, la souffrance sur sa non-vie ; Avait-il été tué entre-temps ? Se satisfaisait-il déjà de la vie vampirique de Pythie ? Comment savoir ? Tous les pouvoirs de la divinatrice ne purent percevoir le moindre indice de ce qui lui était préparé.

— Bonsoir, Pythie.

— Bonsoir, douce Angélique. Comment s'est passé ton rendez-vous ?

— Mal ! On ne peut mieux dire. Tu es sûre que mon devenir est lié à cet enfant ?

— Je ne sais pas. Je n'ai vu que le lieu et le moment où tu devais te trouver. Qui est cet enfant ?

— Un Vampire pas plus vieux d'une quinzaine d'années, du moins son corps. Qui est le monstre qui a pu enfanter un homme à peine pubère ? Quelle malédiction de devoir vivre toute l'éternité, coincé dans le corps d'un adolescent ! Entre les conflits hormonaux et les constructions psychiques, ce petit doit vivre un calvaire.

— Oui, en effet. Et comment s'appelle-t-il ?

— Yves. Mais dès que j'ai essayé de lancer une discussion, il s'est transformé en chauve-souris et est parti. Sérieusement, Pythie, tu n'as aucune précision sur ce que je devais faire là-bas ?

— Non. Mais tu auras une autre opportunité dès demain.

— Je suis ravie de pouvoir me faire rabrouer une nouvelle fois par ce gamin !

Mais si mon destin est lié à lui, alors…

— Oh, non ! Le destin, comme tu le définis, n'existe pas, rien n'est écrit. Seuls les choix qui s'offrent à toi m'apparaissent. Mais, gardons cette discussion pour plus tard, voilà venir nos autres convives.

Autour des filles, l'air se mit à crépiter. Une fissure luminescente noire fit son apparition à même le néant et, sortant de nulle part, un homme d'une quarantaine d'années, le visage marqué par le temps écoulé, traversa.

Vêtu d'une chemise à carreaux, l'homme, de type amérindien, portait une plume plantée dans sa longue chevelure grisonnante. Une énorme boucle de ceinture, gravée d'un bison, fermait un blue-jeans aussi vieux que le vieil Indien, le cou orné de gris-gris divers.

Ce nouveau venu était un chaman de la tribu des Sioux Lakota. Hancokan Leska* – c'était le nom qu'avaient donné ses frères d'armes à la créature qu'il était devenu – avait connu et avait combattu au côté du grand Sitting Bull. Du moins, il combattit jusqu'à cette nuit de l'année 1862 où il fut capturé par la cavalerie du général Winston.

Cette nuit-là, alors qu'il était enchaîné à un arbre, à l'orée du camp de base du général Winston, en attente de sa sentence, celui qui allait devenir Hancokan Leska reçut la visite d'un esprit de la forêt, sous la forme d'un énorme loup à la fourrure noire et aux reflets rougeâtres.

Hancokan l'avait appelé Ictiniké*, celui qui trompe.

Quoi qu'il en soit, l'esprit loup s'approcha en silence du Sioux jusqu'à son oreille. Hancokan se rappelait le souffle moite et chaud de l'animal contre sa joue, il se rappela l'odeur fétide qui s'échappait de sa gueule.

Le loup lui dit alors : « Guerrier ! Cette nuit, et celles qui suivront, seront rougies par le sang de tes victoires sur ces chiens blancs. »

À ce moment-là, la bête planta ses crocs dans le cou du prisonnier qui se laissa emporter dans l'oubli sans un cri, sans une plainte.

Quand Hancokan reprit connaissance, il était devenu

suffisamment fort pour se libérer et massacrer, à lui tout seul et sans arme, tout le camp de soldats.

Néanmoins, sa puissance ne permit pas de gagner la guerre contre les colons envahisseurs. Mais son éternité était l'instrument de sa fureur, sa malédiction contre le peuple blanc.

Mais c'était il y a bien longtemps.

Hancokan le guerrier était, depuis bien longtemps maintenant, devenu Hancokan le chaman, guidant qui veut bien l'écouter sur la voie de la nature. Même s'il se nourrissait toujours exclusivement d'humains blancs. Et s'ils étaient anglais ou américains, le goût n'en était que meilleur.

– Hau*, winyan*! Comment allez-vous ?

– Et vous, grand chef ?

Angélique le salua de la main.

Hancokan était un Vampire respectable et respecté. Même s'il était si peu volubile, ça restait un plaisir de discuter avec lui.

Hancokan appréciait grandement la jeune Angélique. Ils se trouvaient beaucoup de points communs entre eux. L'un était un Indien opprimé par l'envahisseur blanc, l'autre était une métisse dont les ancêtres ont servi d'esclaves à ces mêmes envahisseurs blancs.

Les deux n'eurent pas l'occasion d'échanger deux mots que la suivante arriva, faisant transition de sa forme de chauve-souris en celle d'une autre dame à la silhouette élancée dans une robe de soirée noire mi-cuisse, extrêmement moulante et au décolleté exagéré. Sa longue chevelure brune mettait en valeur un regard émeraude, maquillé de larges traits noirs. Ses longs cheveux raides se jetaient le long de son dos jusqu'à sa croupe. Une rivière de diamant étincelait autour de son cou.

De toutes les beautés ici présentes, Morgane Lafey les supplantait toutes. Elle incarnait la grâce féminine par excellence. Sa prestance effaçait toute concurrence.

Morgane Lafey avait marqué les livres d'histoire. Qui, de nos jours, n'eut point entendu parler de la méchante magicienne qui intriguait contre le roi Arthur et Excalibur ?

Son histoire n'était pas bien éloignée de ces contes de fées. Oui, elle avait vécu en Bretagne au Ve siècle après J.-C.

Oui, elle eut été l'élève de Merlyn l'enchanteur.

Oui, elle convoita la légendaire épée Excalibur et trahit son professeur.

Ce qu'il n'était pas mentionné fut qu'elle vendit son âme à un seigneur Vampire afin d'acquérir plus de puissance et l'immortalité.

De nos jours, dame Lafey était une multimilliardaire à la tête d'un empire industriel très étendu.

Niveau puissance, elle était devenue l'une des plus redoutables Vampire que l'histoire eut engendrée. On murmurait qu'elle aurait mis la Faucheuse, elle-même, en esclavage et que son fils Mordred serait encore à ses côtés.

Une autre chauve-souris prit forme humaine à leurs côtés. L'homme était un Asiatique d'une trentaine d'années en superbe costume noir à col Tao ayant sculpté une fine moustache noire au-dessus de minces lèvres rosâtres.

Le nouvel arrivé était connu sous le nom de Général Yin.

Il fut général dans l'armée chinoise durant le IIIe siècle avant J.-C. Ce qui fit de lui, le plus vieux Vampire de cette cabale.

Le général Yin était réputé être sans pitié et très calculateur de son vivant et encore plus dans sa non-vie. Il était actuellement le premier fournisseur des conflits armés.

Sa mutation en créature de la nuit était entourée de mystère. Ce qui était su, ce fut le fait, qu'il chercha lui-même à s'infliger ça. On prétendait qu'il traqua les Vampires dans toute la Chine antique et qu'il buvait leur sang en quête d'immortalité.

Tout portait à croire qu'il avait obtenu ce qu'il désirait.

Une ombre, créée par la lune horizontale, commença à se mouvoir puis à se solidifier. Elle sembla douée d'une vie propre à elle. Elle semblait se modeler en une forme humanoïde qui prenait petit à petit plus de consistance et de précision dans les détails, afin de devenir un être vampirique de chair et de sang.

L'être, sorti de l'ombre, était une vieille dame de bonne famille avoisinant le demi-siècle. Ses cheveux courts grisonnants, son collier de perle, son gilet pourpre et son petit sac à main donnaient le reflet de l'archétype de la grand-mère des quartiers bourgeois de Londres.

Élizabeth McBeth, Londonienne originaire de l'Irlande profonde, était Vampire depuis le début du XXe siècle. On pouvait donc la considérer comme une jeune Vampire. Elle n'en était pas moins redoutable. Son origine se perdait dans les légendes de la lande irlandaise. Une malchanceuse vieille femme, égarée dans l'épaisse brume des froides nuits de l'Eire, qui rencontra un vagabond malveillant avec une soif d'âme à étancher.

Pourquoi ce dernier la transforma au lieu de simplement l'absorber ?

Même Élizabeth ne le sut pas.

Quoi qu'il en soit, depuis lors, elle acquit la puissance du monde de la nuit et n'eut de cesse d'expérimenter ses nouvelles capacités jusqu'à devenir une maîtresse de la Cabale.

Morgane s'avança près de la forme rocheuse :

– Nous voilà donc, une nouvelle fois, tous au complet !

Tous au complet ? Pourtant la cabale comptait huit membres. L'un d'eux ne pourrait pas venir ce soir, et ne pourra plus venir du tout car il fut tué il y a déjà un demi-siècle par Morgane elle-même après une divergence d'opinions qui s'envenima jusqu'à la dispute. Morgane détestait les disputes tout autant que le manque de respect.

L'insolent l'apprit à ses dépens.

Depuis lors, personne n'osait prononcer le nom du défunt en sa présence, histoire de ne pas outrager la dame celte et subir le même traitement.

Le dernier à manquer apparut aussitôt les paroles, de dame Lafey, prononcées.

C'était une petite fille dévorant une énorme sucette couleur fraise, grosse galette en spirale. Ses deux couettes brunes, attachées par des nœuds roses, faisaient penser à des cornes de bouc.

La petite fille avançait à travers l'assemblée en sautillant dans ses petites ballerines noires vernies, faisant tressauter son cartable rose dans son dos. Sa petite jupe virevoltait dans l'air automnal.

Étonnant de voir cette petite fille au milieu de ces Vampires, en pleine nuit, dans la garrigue.

Cette petite fille était en fait celui que l'on nommait l'Illusionniste.

Personne ne savait quoi que ce soit sur sa véritable apparence, son âge, son sexe. Rien n'était su.

Certaines histoires circulaient sur lui, dont la plupart étaient des rumeurs lancées par lui-même. Par jeu ? Pour brouiller les pistes ?

La plus probable racontait qu'il aurait été un prestidigitateur de la fin du XVIIIe siècle dont le spectacle, extraordinaire, attira l'attention d'un Vampire qui jugea cet humain digne de recevoir la morsure du monde de la nuit. Depuis lors, il utilisa ses nouveaux talents pour parfaire son art de l'illusion.

Une autre voudrait qu'il soit un réel magicien du XVIe siècle, du nom de Marc Scott. Tellement craint et tellement puissant que quand il mourut, autant l'enfer que le paradis ne voulut point de lui. Depuis, il errait sur Terre, trouvant distraction dans la souffrance de son prochain. Certains prétendaient qu'il ne serait même pas Vampire.

Comment savoir ?

Mais ce qui dérangeait Angélique n'était pas ce mystère qui planait autour de cet être, mais son pouvoir.

Elle savait que l'illusionniste pouvait se rendre invisible, et même aux sens aiguisés des créatures de la nuit. Donc, comment savoir depuis combien de temps, ce dernier était présent ? Avait-il espionné sa discussion avec Pythie concernant sa rencontre au cimetière ?

Pythie possédait une clairvoyance naturelle qui lui permettait de percevoir l'invisible autour d'elle. Mais qu'en était-il des pouvoirs de cet Illusionniste ? Surpassaient-ils ceux de Pythie ?

Morgane se tourna vers le monolithe de calcaire, apposa son majeur dessus et traça un pentacle renversé, qui s'illumina une fois abouti.

Une fois fait, Morgane avança d'un pas sûr et pénétra la pierre sans retenue comme si cette dernière avait perdu toute substance.

Tous passèrent.

La cabale arriva dans une immense caverne, aussi grande qu'un terrain de foot. La salle était éclairée d'une douce lumière verte dont la source était une espèce de moisissure tapissant tout le plafond de la grotte.

Huit trônes de granit étaient positionnés en cercle, se faisant face les uns les autres. À côté de chaque trône, était posée, sur un guéridon minéral, une coupe faite d'un métal doré et contenant une épaisse substance rougeâtre qui ressemblait fort à du sang, humain pour sûr.

Chaque membre prit place.

Seule Morgane resta debout. Sa prestance et sa puissance lui permettaient de présider cette assemblée sans que personne n'y vit objection :

— Cela faisait une quinzaine d'années que ce conclave n'avait pas été réuni. Aujourd'hui, Mme McBeth a désiré une audience. Je vais donc lui céder la parole.

Morgane s'assied alors qu'Élizabeth se leva à son tour.

— Merci Mme Lafey. Et merci à tous d'avoir bouleversé vos plannings pour assister à cette réunion. Je ne vous apprends rien en disant que cette cabale est déséquilibrée depuis la disparition de notre septième membre.

Élizabeth lança un regard en coin à la présidente de ce comité, qui ne manqua point de lui faire sentir toute son animosité en une persistance dont la noirceur gèlerait le sang de toutes personnes saines d'esprit. Cela ne sembla point déstabiliser la vieille femme. Au contraire, un sourire, mal dissimulé, apparut sur ses lèvres.

— Je sais bien que chacun de vous cherche désespérément le Vampire assez puissant qui pourra prétendre au titre de ce septième membre. C'est pour cette raison que je vous ai fait venir ce soir. Je pense avoir mis la main sur un Vampire d'exception.

— Qui est-il donc ?

Morgane sembla finalement intéressée par le discours de l'Anglaise.

— Il s'est fait connaître sous le sobriquet du Ruskoff. Comme son nom l'indique, il est russe mais fort comme un turc ! Élizabeth pouffa.

— Sans plaisanter, ce Vampire a la force d'une dizaine de ses frères et maîtrise absolument tous les arts du combat. Il arrive même à tenir tête au soleil pendant plusieurs dizaines de minutes.

— En effet, comme vous le présentez, il a l'air très appétissant ! Mais vous savez que, pour qu'il soit accepté en notre sein, il faudra qu'il s'en montre digne. Pour cela, il devra rivaliser avec un de nos membres dans l'arène.

— Je sais, je sais ! Mais il est vraiment très bon !

— Eh bien, alors présentez-le-nous afin qu'on puisse constater vos dires.

Élizabeth remercia sa présidente d'un mouvement de la tête, puis, s'empressa de se tenir au centre du cercle. Elle semblait euphorique et tellement fière de sa trouvaille.

La Vampire sortit un rubis de son sac à main, aussi gros qu'une pomme, puis le jeta au sol. Le caillou éclata sous le choc en une pluie de minuscule fragment rouge vif.

Ce fut alors qu'un homme apparut, agenouillé à l'endroit de l'impact.

Aussitôt, il bondit sur ses jambes, les poings serrés et les yeux hagards.

— Où suis-je ?? Cria-t-il, paniqué. Que m'as-tu fait, sorcière ?

Alors que le colosse russe à la barbe rousse — chacun de ses muscles était gonflé à son paroxysme, faisant ressortir son système veineux en une carte routière jusqu'à son cœur mort — se retourna vers la frêle dame McBeth.

Morgane se leva une nouvelle fois et, levant sa main en direction de l'arène, tétanisa le prétendant non consentant, immobile alors que sa rage bouillonnait en lui, écumant des coins de sa bouche.

— Calme-toi, fier guerrier ! Nous sommes entre gens de bonnes familles ici ! Je tiens à ce que tu montres un peu plus de respect à tes pairs !

— Argh !! Pourquoi je ne peux plus bouger ? Que m'as-tu fait ?

— Je n'ai fait que te soumettre. Mais trêve de mièvrerie ! Écoute ou meurs sur-le-champ !

— Parle, sorcière ! Je n'ai pas peur de toi ! Il faudra bien que tu relâches ton étreinte à un moment donné, et ce sera le moment où je t'arracherai la gorge de mes dents !

— Garde ta fougue car tu vas en avoir besoin bien plus tôt que tu ne le penses. Écoute ! Tu es ici pour disputer un combat contre l'un de nous. Si tu l'emportes, tu pourras accéder au trône du septième membre de cette cabale. Si tu échoues, tu mourras purement et simplement. As-tu compris ?

— Je n'ai cure de ta cabale, sorcière ! Mais je me ferais un plaisir de tailler en pièces chacun d'entre vous !

— Élizabeth ? Auriez-vous l'amabilité de rendre ses jouets à ce petit enfant qu'on en finisse ?

— Mais bien entendu, chère amie !

Élizabeth prit son sac à main et le retourna au pied du Vampire pétrifié. Une quantité, inouïe et impossible, d'armes, aussi variées les unes des autres, fut recrachée par ledit sac. Cela allait de la grenade au bazooka, du couteau à la hache d'arme.

Une fois, le contenu dégurgité, la vieille Vampire alla rejoindre sa place et but une gorgée du liquide sirupeux de sa coupe en or, laissant une auréole ensanglantée sur son rouge à lèvres rose.

Morgane tendit une nouvelle fois la main afin de libérer le Ruskoff de son emprise. Ce dernier se jeta aussitôt sur l'amas d'armes afin d'en sortir deux kalachnikovs.

La petite fille descendit de son siège de pierre. Elle avança d'un pas décidé vers l'homme massif.

Ruskoff, voyant son piètre adversaire s'approcher, éclata de rire :

— Quoi ! C'est une blague ? Vous voulez que j'affronte un petit bébé ? Vous croyez peut-être que je ne vais pas oser ? Hahaha ! Je mange les enfants de mes ennemis après chaque bataille ! Ce petit bébé me fera un encas !

L'enfant avança tout de même, peu impressionné par le discours du monstre.

Soudain, une porte apparut, de nulle part, entre les deux adversaires. La porte ne possédait pas d'encadrement et semblait ne donner sur nulle part.

La petite fille continua sa marche, d'un pas calme, jusqu'à la surprenante porte, puis l'ouvrit.

Ruskoff pointa ses deux fusils vers ce panneau de bois qui s'ouvrit alors. Mais ce ne fut pas une petite fille innocente qui passa, mais un imposant minotaure rugissant et soufflant un air chaud de son museau.

Tout d'abord désappointé, le Vampire vida ses deux chargeurs sur la créature qui avança rapidement sur lui. Sa peau cuivrée semblait à l'épreuve des balles.

Lorsque le minotaure chargea de ses deux cornes, Ruskoff lâcha ses armes, prit appui sur ses jambes puissantes, puis agrippa et souleva la créature au-dessus de sa tête, la faisant retomber lourdement à la renverse sur le sol poussiéreux de la caverne. On pouvait ressentir les vibrations provoquées par l'impact, même en dehors de la grotte.

Le Russe se leva sans attendre et saisit une hache d'arme, prêt à décapiter la créature cornue. Créature qui avait du mal à reprendre pied.

Soudain, le Vampire se crispa. La lame d'un katana lui sortit de la poitrine, à travers son cœur.

Le guerrier tomba à genoux.

Un homme, à la peau noire dans un costume d'un blanc impeccable, se tenait derrière lui. L'homme contourna son adversaire vaincu, ramassa la hache que ce dernier avait lâchée, et d'un geste rapide, décapita le colosse roux.

La tête n'eut point eu le temps d'atterrir sur le sol, qu'elle s'évapora en un nuage de cendres au même titre que le corps du prétendant malchanceux, alors que le minotaure et la porte disparurent comme s'ils n'avaient jamais existés — d'ailleurs, ont-ils jamais existés ?

L'illusionniste jeta l'arme d'un geste désinvolte, et, aussi calmement qu'il était venu, retourna s'asseoir sur son trône.

Le spectacle fini, Morgane se leva afin de donner sa conclusion :

— Ainsi périt le Ruskoff ! Félicitations à l'Illusionniste pour sa prouesse ! Un numéro orchestré avec brio ! Et désolé pour ton champion, Élizabeth. Il avait l'air bien prometteur mais pas suffisamment pour nous rejoindre dans notre cabale. Une prochaine fois peut-être ?

Élizabeth sortit un sourire d'occasion bien coincé. Son champion avait chu. En un sens, elle avait perdu la face devant cette arrogante « Dame Lafey ». Mais ce n'était que partie remise car, dès demain, elle partirait en quête d'un autre héros à opposer.

— Bien ! Ce point étant définitivement clos, et si personne n'a d'autres choses à rajouter, je déclare cette séance terminée ! Que la nuit vous soit souriante et le soleil bien loin !

Tous se levèrent en silence et se dirigèrent vers la sortie. Une fois à l'extérieur, chacun partit à sa manière. L'illusionniste disparut tout simplement. Élizabeth sembla fondre dans une ombre du monolithe de calcaire jusqu'à ne plus être. Hancokan Leska entonna un chant incompréhensible qui fit réapparaître la fissure de lumière noire dans l'air. Il salua Angélique et Pythie de la main avant de pénétrer dans la brèche, qui se ferma aussitôt.

Morgane Lafey et le général Yin dégainèrent chacun leur téléphone portable afin d'ordonner leurs récupérations. Les deux carrosses descendirent du ciel. Mais ce fut les seuls points communs.

En effet, une limousine noire descendit des nuages pour atterrir au pied du riche chinois avant de repartir à travers cette nuit finissante.

Alors que ce fut un hélicoptère qui vint chercher la dame celtique. Elle prit la peine de souhaiter une bonne journée aux deux restantes avant de prendre sa forme chiroptérienne et de s'envoler à bord de l'hélicoptère, tenant sa position statique. L'hélicoptère portait un logo sur son flanc : Un étalon vert dont la queue formait les lettres LC — pour Lafey

Corporation.

Ne restèrent qu'Angélique et Pythie.

Point de téléportation, de carrosses volants pour ces demoiselles. Elles ne regagneraient leurs abris qu'à la manière la plus simple, en marchant.

6

Samedi 1er novembre.

Vanessa emmena son clan sur son terrain de chasse.

C'est-à-dire le Vieux port de Marseille, en pleine soirée : Un amas de bars, club-dance, restaurants bouillonnant de rythmes et de sueurs, un poumon d'inspiration pour les fêtards marseillais — le deuxième poumon se trouvait sur le cours Julien.

La rive neuve était surpeuplée ce samedi soir. L'hétéroclicité des genres, des âges, des nationalités et des sexes était un jardin appétant pour les créatures de la nuit.

Vanessa arpenta le pavé, suivie de près par sa petite troupe. Elle savait où elle allait et quoi faire.

Chaque fois qu'ils passèrent devant un débit de boissons, ils durent traverser une marée humaine empêtrée dans un bourbier sonore. Chaque bourbier était différent et capturait un type de gens bien distinct.

— Regarde-moi cette conasse !

La voix venait de derrière. Elle paraissait un travestissement masculin, un maniérisme forcé.

Vanessa se retourna aussitôt et se jeta dans les bras de son interlocuteur. Ou interlocutrice. Pas seulement la voix était travestie.

Trois hommes leur faisaient face. Trois hommes habillés en femme avec boa de plumes, minijupe ultra-serrée, taffetas argentés et maquillages grimesques.

Vanessa attrapa et baisa énergétiquement la joue du travesti insultant.

— Comment tu vas ma salope ? Demanda Vanessa.

Le large sourire de la Vampire était un paradoxe au langage employé.

Drôle de façon de se côtoyer, pensa Yves. S'insulter pour s'apprécier ?

— C'est la super forme ! Moi et les copines — l'homme montra ses deux compères de la main —, on va chasser le pédé ! Tu viens avec nous ?

L'offre se présentait tentante, vu l'hésitation qu'eut Vanessa à répondre.

— Non, pas ce soir ma cochonne. Ce soir, je suis de sortie avec ma famille.

— Tant pis ! On s'amusera sans toi. Quoique, si ton frère veut jouer avec moi…

La « cochonne » fit un petit salut de la main à Arthur, s'en trouvant alors gêné et quelque peu offusqué par le sous-entendu peu caché de cette femme qui n'en était pas une.

Une époque bien folle, pensa-t-il. Une époque de déchéance.

— Je dois voir Kamel. Tu sais où il est ce soir ?

— Comme d'hab. Il est au Corsaire bleu. Mais, à ta place, je ferais attention, il est de mauvaise ce soir.

— T'en fais pas pour moi ! Je sais comment lui parler.

Vanessa lança un clin d'œil complice à son amie avant de continuer son périple. Yves et les siens ne demandèrent pas leurs restes et suivirent hâtivement leur congénère.

Vanessa s'éloigna du port, s'engouffrant dans un labyrinthe de ruelles. Elle savait où aller et comment y aller.

Ils s'éloignèrent du brouhaha pour arriver devant la baie vitrée d'un bar à l'enseigne du Corsaire bleu, sabre de néon bleu turquoise. Une musique techno s'échappa des interstices de la porte vitrée, l'entrée pour une pénombre enfumée. La loi contre le tabac dans les établissements publics n'eut pas raison de ce bar peu fréquenté.

Le groupe entra.

Le corsaire bleu se voulait un thème de métal et de lumière. À sa gauche, un zinc couleur aluminium, surplombé d'étagères d'alcool divers — on pouvait y lire une pancarte annonçant le décès prématuré du père Crédit —, faisait face à quatre tables, de la même matière, dominées par un imposant miroir étalé tout du long du bar. La pièce était plongée dans une pénombre éclairée de peu par une enseigne en forme de perroquet, accrochée sur le mur du fond. Enseigne faite, elle aussi, de néon bleu turquoise. Un jeu de laser dansait sur les fumerolles.

Les clients étaient peu nombreux ici même. Hormis le barman et un colossal black au fond de la pièce, il n'y avait qu'une table occupée par un homme et ses deux compagnes.

L'homme en question aimait mettre en geste chacun de ses propos, versant du champagne à tout va, rigolant de tout son coffre vocal. L'homme était confiant, il avait ferré ces deux brebis peu demandantes et savait qu'il les ramènerait toutes les deux ce soir dans son plumard.

Puis, il vit Vanessa entrer. Il se figea aussitôt. Pas subjugué mais plutôt terrifié.

Le plus discrètement possible, il se leva, revêtit son blouson de cuir clouté, et sortit dudit bar. Ses deux jouvencelles le suivirent, bien perplexes par ce revirement. Un instant, l'homme riait à se rompre les cordes vocales, l'instant d'après, il fuyait.

Vanessa ne sembla point intéressée par le fuyard en blouson de cuir. Elle se dirigea directement au comptoir, prit appui sur le zinc et fit la bise au barman. Ce dernier était un homme d'une cinquantaine d'années portant une épaisse moustache blanche et une queue-de-cheval du même coloris. Dégaine de vieux routard à la retraite.

— Marc ! Sers-moi un verre, s'il te plaît. Je reviens.

— Bien ma puce.

Maintenant son attention se fixa sur le dernier client du bar, un black colossal, la casquette vissée sur le crâne et les bras en croix, n'inspirant pas au dialogue. L'homme se tenait droit devant la porte de l'arrière-salle, endroit convoité par la tigresse vampirique.

Elle avança d'un pas décidé vers l'homme.

— Vanessa ? Kamel ne veut voir personne.

Elle avança au contact de l'homme.

— Il ne veut voir personne. Tu ne peux pas entrer.

Sa voix était teintée d'un léger frémissement.

Vanessa souriait face à l'homme. D'un geste rapide, elle lui saisit l'entrejambe dans sa poigne et serra suffisamment fort pour que le colosse fonde sur ses jambes, devant retrouver son équilibre contre l'angle du mur. Des larmes commencèrent à faire leur apparition, une douleur se lamenta dans le rictus de l'homme à la virilité capturée.

Vanessa souriait toujours. Elle approcha sa bouche de l'oreille de ce chien de garde et lui susurra quelques mots :

– Ne me dis jamais ce que je dois faire ou qui je peux voir. Tu as compris ?

– Putain ! Oui ! Je ne le ferai plus ! Pitié ! Mes couilles !

Vanessa semblait savourer la détresse de l'homme. Elle était puissante et aimait en faire étalage.

La sauvageonne lâcha la grappe charnelle, puis saisit la tête de l'homme noir de ses deux mains avant de l'embrasser langoureusement.

Une fois que la dame eut fini avec sa langue, le colossal gardien s'écarta du chemin, libérant l'accès à la porte de métal rouge ouvrant sur l'arrière-salle. Un crâne de pirate y était tracé à la peinture blanche.

La porte ouvrait sur une salle de stockage réaménagée en lieu de vie : Seuls les étagères métalliques, les cartons de bouteilles et les murs de parpaings nus rappelaient l'affectation initiale de ce lieu.

Kamel trônait en son centre, affalé sur un fauteuil pouffesque avec ses deux concubines à ses côtés, alors que deux hommes s'affrontaient énergiquement devant un jeu vidéo mettant en image une course de formule 1.

Un troisième luron était avachi à une extrémité de ce tas moelleux, une cigarette roulée à la bouche. L'odeur qui en émanait était bien parfumée d'illégalité.

Kamel était un homme d'une vingtaine d'années, de type maghrébin, sec mais musclé. Il était vêtu d'un jogging noir à la dernière mode, de baskets dernier cri, et était coiffé d'une casquette rouge posée sur un bandana rouge. Kamel se voulait être apparenté aux gangsters des ghettos américains avec musique rap en fond d'écran.

Un bad boy quoi !

Lorsque les inattendus entrèrent, personne n'y prêta attention.

Il fallut que Vanessa monte à califourchon sur le leader céans pour déclencher un moindre intérêt. Vanessa embrassa, de nouveau, fougueusement l'homme.

La nouvelle venue lança un regard sombre en écho à ceux des deux soupirantes qui se détournèrent aussitôt. Elle venait de marquer son territoire et de s'imposer sur ces femelles en chaleur.

– Alors mon chou ? Il paraît que tu ne veux pas me voir ?

– Qu'est-ce que tu me casses les couilles ! Toi, tu viens quand tu veux !

– C'est gentil. Raconte-moi tes misères. Pourquoi tu es de mauvaise humeur ?

– C'est l'autre Kahba* ! Putain ! M'ont cassé les couilles tes pine-co !

– Chutt ! Doucement.

– Elle voulait que je lui fasse crédit ! J'ai une gueule à faire crédit ? Sur le Coran, si c'était pas tes potos, je les aurais maravés !

— Mais tu ne l'as pas fait et c'est très bien. Tu es un bon chien !

— Ourtik al kehba* ! Suis pas ton clebs !

Avec une telle révolte, on aurait pensé une corrélation plus adéquate entre les mots et le comportement.

Mais il n'en fut rien, Kamel se contenta de se redresser plus convenablement dans son siège. Même ses compagnons fuirent du regard, cherchant refuge dans une autre distraction.

— Bon, qu'est-ce que tu me veux ? Que je sache, tu prends jamais de ma dope.

— Ça n'empêche pas que j'ai besoin de ton aide. J'ai besoin d'un squat sûr pour moi et ma famille. Tu peux m'aider ?

— Ouais, j'ai ça. T'as qu'à prendre l'entrepôt que j'ai sur le port autonome. C'est là que je planque mon matos quand les stups me cassent les couilles. Actuellement, il est vide, tu peux le prendre.

— Tu es un amour ! Si je n'étais pas occupée ce soir, je pense que je t'aurais remercié grassement.

Vanessa remonta sa langue tout du long de son cou tout en caressant son entrejambe qui gonfla aussitôt.

Le message était très explicite. Cela mit, une fois de plus, Arthur mal à l'aise. Alors que Martha, elle, sembla s'en amuser. Elle semblait même en être fière. Fière de sa petite-fille.

7

Le clan d'Yves arriva dans l'entrepôt de Kamel. C'était une grande superficie entièrement vide. Seules d'énormes poutres métalliques maintenaient sa structure.

L'entrepôt ne possédait que deux petites pièces. La première, entièrement vitrée, contenait simplement un vieux bureau et sa chaise roulante. La deuxième s'apparentait à des sanitaires avec son urinoir et son évier.

La chose la plus abondante, en ce lieu, était la poussière.

Lorsqu'on devenait Vampire, il y avait quelques règles à savoir. Des lois de la physique qui s'ajoutaient ou changeaient par rapport à celles des humains, entre autres celle disant qu'un Vampire ne pouvait pénétrer dans un lieu privé s'il n'y avait pas été invité au préalable.

Cette loi restait assez abstraite pour Yves. Elle était liée au pouvoir de l'âme et au pouvoir de propriété. Grossièrement, l'âme humaine avait la force vitale suffisante pour pouvoir s'approprier un lieu bien défini, un cocon où l'homme pouvait se sentir en sécurité. En d'autres termes, l'âme humaine créait une barrière spirituelle qui empêchait tout Vampire d'y pénétrer.

Cela n'avait d'effet que sur les Vampires et les Poltergeist — un type de fantôme à ne pas confondre avec les Revenants — car ces derniers devaient consommer l'énergie spirituelle des âmes humaines pour pouvoir continuer à exister. Cette dépendance était leur faiblesse.

Le fait d'inviter une telle créature à entrer, créait une brèche dans cette barrière, brèche qui ne pourrait plus jamais être refermée. Là, était la différence avec les Poltergeist, qui, eux, pouvaient s'engouffrer dans une porte ouverte après une demande de leurs parts — le fait de taper à la porte était considéré comme une demande. Alors que les Vampires avaient besoin d'une autorisation vocale.

Toutefois, cette protection avait perdu de leurs forces au fil du temps, au fur et à mesure que l'homme était devenu sceptique. Moins on croyait en l'existence des Vampires, moins on avait la force et les armes de leur résister. De ce fait, les Vampires pouvaient d'ores et déjà entrer, sans difficulté, dans des lieux privés abandonnés ou en ruines.

L'accès de cet entrepôt leur avait été ouvert par Kamel. Mais, même, le fait qu'il était désaffecté aurait suffi, pour le clan d'Yves, pour y entrer.

— Bon ! Commanda Arthur. Installez-vous pour la nuit mais ne vous y attachez pas trop car, dès demain soir, on prend le premier train de nuit en direction de la campagne.

— La campagne ? Souffla Vanessa. Tu déconnes ! On ne va

pas se terrer dans un trou perdu ! Tant crever de suite !

— Vanessa ! On s'est fait repérer donc on change entièrement de mode de vie afin de brouiller les pistes.

Vanessa aurait souhaité argumenter une fois de plus mais fut stoppée par grand-mère Martha, qui déposa sa main sur son épaule, signe que le dialogue dépassait la décence.

Arthur était le chef de ce petit groupe, certes, mais ça n'empêchait pas Vanessa d'avoir son point de vue sur la situation. Point de vue bien opposé à celui de son grand frère. Elle se tut bien contrainte et non consentante.

Yves sentait toute cette tension dont il était la cause. Vanessa finirait par lui en vouloir. Devoir recommencer à tisser une toile sociale aussi efficace qu'elle était ici demanderait beaucoup de travail, encore !

Yves se trompait. Vanessa ne ressentait aucune animosité envers Yves. Son petit frère n'était en rien responsable de la réaction exagérée d'Arthur. Envers Arthur, là, il y avait de l'animosité. Vanessa se persuada que ce n'était point de la haine, mais…

— Pendant que je vais chercher ce qu'il nous faut, essayez de faire au mieux pour que cet endroit soit viable.

Martha toussota en regardant avec insistance son petit-fils.

— S'il vous plaît, ajouta Arthur après avoir perçu les signaux de sa grand-mère. Martha ? Tu prendras le bureau. Tu y seras plus à l'aise.

Sur ces mots, Arthur partit chercher ce qu'il leur fallait : Argent liquide, vêtements…

Une fois le grand chef sorti, Vanessa vociféra toute son ire :

— Aahhhh ! Qu'il est chiant avec ces idées à deux balles !

— Vanessa ! Sois respectueuse envers ton aîné !

— Oui, je sais Martha ! C'est notre chef, et j'accepte, mais j'ai raison, non ?

— Si tu parles d'avoir raison d'être en colère : oui. Par contre, ton frère a raison de nous cacher s'il sent un danger survoler notre famille. De plus, tu as peut-être perdu tes amis et tes contacts mais, Arthur, lui aussi, perd beaucoup. Il ne pourra plus retourner à son travail, et il s'y était beaucoup investi.

— Si ton frère a un caractère d'ours, il n'en est pas pour autant mauvais. Il ne sait juste pas faire preuve de diplomatie.

— Pardon.

— Pardon ? Pourquoi demandes-tu pardon, Yves ?

— Car c'est à cause de moi que l'on s'en va. Que tout ça arrive.

— Et ? Est-ce toi qui as cherché à rencontrer cette Vampire ? Est-ce toi qui as pris la décision de partir ?

— Non. Mais si j'avais été plus discret ? Si je n'en avais pas parlé ?

— Tu nous aurais mis en danger. Car, peut-être que la Vampire que tu as rencontrée n'est pas une menace, certes, mais comment en être sûr ? Peut-être qu'elle aurait cherché à nous occire ou nous utiliser dans ses plans machiavéliques ? Comme le disait ton père, il ne faut pas oublier que le Vampire est une race démoniaque tout droit sortie des fosses de l'enfer. Dans 75 % des cas, chaque Vampire que tu rencontreras sera un être maléfique qui cherchera à te nuire.

— Oui, tu as sans doute raison.

— Ne t'en fais pas, mon petit frère. On ne t'en veut pas. Je râle beaucoup, c'est mon caractère, mais la campagne, ce n'est pas si mal non plus.

Vanessa prit Yves dans ses bras et lui déposa, tendrement, un baiser sur la joue en signe d'amour fraternel.

La discussion prit fin avec le retentissement de la sonnerie du téléphone portable d'Yves, générique d'un dessin animé très en vogue des années 80. Le nom de Lucie s'afficha sur l'écran numérique de l'appareil.

La jeune fille devait s'inquiéter de ne pas voir Yves au point de rendez-vous quotidien. Yves décrocha.

— Lucie ? Attends, je sors.

Yves regarda Martha qui acquiesça de la tête.

Yves sortit de l'entrepôt, en quête d'un peu d'intimité. La nuit était bien présente avec sa tapisserie étoilée. Une brise froide soufflait les papiers épars de la cour de l'entrepôt.

Une haute clôture métallique encerclait le bâtiment dont le portail était verrouillé avec une chaîne cadenassée.

— Oui, Lucie ?

— Yves ? T'es où ? On t'attend depuis une heure !

— Ah ! Désolé, je suis de sortie avec ma famille ce soir.

— Ah, cool ! Vous faites quoi de beau ?

— Pas grand-chose. On mange au restaurant puis on ira se promener sur la corniche.

— T'es à Marseille ? Vous mangez où ?

— Bah, un resto chinois sans prétention. D'ailleurs, je vais te laisser, ils m'attendent pour commander.

— Attends !

— Quoi ?

— Dis-moi. Qu'est-ce qu'il s'est passé hier ? Tu es parti si rapidement.

— Rien d'important.

— C'était quoi tous les bruits qu'on a entendu dans la maison Pouget ?

— Un fantôme ?

— Pfff ! T'es bête !

— C'est rien. J'ai fait du bruit pour vous faire peur mais ça n'a pas marché.

— Tu rigoles ? Paul et Malik se sont pissés dessus !

— Et pas toi ?...

Un bruit attira l'attention d'Yves. Un bruit de griffes sur le béton.

— Yves ?

— Attends deux minutes !

Un autre bruit se fit entendre vers la droite d'Yves : On aurait dit un grognement.

Yves épia l'obscurité. Deux points lumineux en ressortirent. Deux yeux jaunes perçaient les ténèbres sur un grognement animal bien plus audible maintenant. Les yeux se trouvaient à plus d'un mètre du sol. Cela signait un animal bien haut sur pattes.

L'animal sortit de la pénombre en passant sous l'éclairage d'un spot extérieur. C'était un immense loup noir aussi gros qu'un tigre dont les yeux étincelaient une intension meurtrière à l'égard d'Yves. Alors qu'il grognait, sa gueule scintillait de milles crocs ruisselant d'écume. De chacune de ses pattes frottaient d'imposantes griffes sur le béton.

L'animal approchait doucement de sa proie, prêt à bondir.

Yves savait à quoi il avait affaire, même si c'était bien la première fois qu'il se retrouvait devant un Lycanthrope.

Une fois de trop.

Là où l'histoire des Vampires rejoignait le cinéma américain, était dans cette animosité qui existait fermement entre les deux races et ça, depuis des siècles et des siècles. C'en était devenu viscéral.

L'origine de ce conflit se perdait dans la nuit des temps, bien trop loin pour qu'Yves sache ce qu'il en était. Tout ce qu'Yves savait et devait savoir, c'était que les loups-garous étaient des créatures très agressives et très dangereuses, au point qu'un Vampire seul n'avait aucune chance de survie face à un de ces molosses.

Que faire ?

Yves pourrait entrer et trouver refuge dans l'entrepôt, mais cela mettrait Vanessa et Martha en danger.

Si Arthur était là !

Que faire ?

Fuir. Yves devait compter sur sa vitesse bien supérieure à celui de ce lourdaud pour l'éloigner de sa famille. Il pourrait même, une fois suffisamment loin, s'échapper par la voie des airs. Après tout, un loup-garou, ça ne savait pas voler.

C'était un bon plan !

Yves s'exécuta.

Il s'élança aussitôt et bondit sans mal au-dessus de la haute clôture. Le fauve s'élança à son tour et n'eut point de difficulté à passer les obstacles qui le séparaient de sa proie.

Certes, le jeune Vampire courait bien plus vite que le Lycanthrope mais pas suffisamment pour le distancer.

Yves courait le long des quais, longeant les bateaux et les containers. L'éclairage était suffisant pour bien s'orienter sur le port.

Yves s'éloignait de plus en plus de son repaire. Sa famille était maintenant à l'abri. Il ne lui restait plus qu'à sauver sa propre peau maintenant. Le jeune homme courait de plus belle.

Il bifurqua vers les bâtiments, toujours talonné par le loup surnaturel.

Alors qu'il s'engouffra dans une ruelle, dont il savait l'issue murée, Yves s'aperçut d'un fait important et peu ordinaire : La lune ! La lune n'était pas pleine !

Or, il était bien connu que les Lycanthropes ne pouvaient se transformer qu'à la pleine lune. Du moins, c'était ce qu'on lui avait enseigné.

La lune n'était qu'en croissant cette nuit, pourtant Yves était bel et bien coursé par un Loup-garou.

Ce mystère resterait en suspens pour le moment. La ruelle déboucha, comme convenu, sur un mur. Yves garda son élan et se métamorphosa dans le même mouvement en chauve-souris afin d'échapper à son chasseur par les hauteurs. Son traqueur eut beau bondir haut, il ne put l'atteindre. Yves était sauvé. Son poursuivant ne pouvait plus l'atteindre.

Yves pourrait regagner sa famille sans heurt. Il était fier de sa stratégie, fier d'avoir pu survivre à un loup-garou.

Ce n'était pas rien. Survivre à un loup-garou.

Pourtant, une autre de ces créatures bondit du toit qui surplombait la ruelle. Un second Lycanthrope lacéra le dos de la chauve-souris de ses griffes acérées, réexpédiant le chiroptère au sol.

Sous le choc et la douleur, Yves ne put que reprendre sa forme humaine. Son bras gauche était arraché et gisait au pied du premier prédateur alors que quatre énormes balafres lui ouvraient le dos sur une dizaine de centimètres chacune, sectionnant, par la même occasion, sa colonne vertébrale à quatre endroits différents.

Le corps en lambeau d'Yves jonchait le bitume de son sang noirâtre. Du peu de conscience qui lui restait, il perçut le rugissement de son vainqueur.

Le rugissement eut plusieurs échos. Yves pouvait discerner non pas deux créatures mais six au total maintenant. Six loups-garous encerclaient son prochain cadavre, prêt à finir le travail et envoyer Yves à trépas.

Ce fut la dernière image qu'il vit avant de sombrer dans l'inconscience. Sa dernière pensée fut qu'un Lycanthrope ne chassait jamais seul mais en meute, et qu'ils étaient loin d'être des monstres sans cervelle.

« Putain ! Que j'ai été bête ! » Se dit le jeune Vampire alors que ses sens s'amenuisaient jusqu'à ne plus être. Seul le noir subsistait dans la caboche du noctambule.

8

Angélique survolait le lieu du rendez-vous que lui avait indiqué Pythie.

Elle devait rencontrer le jeune Vampire, cette nuit, à cette heure-là précisément, sur les quais du port autonome.

Elle aperçut l'adolescent en question dans une ruelle, entre deux bâtiments administratifs. Le noctambule était dans une situation très délicate. En effet, ce dernier se trouvait vulnérable sous les griffes d'une meute de six Lycanthropes.

De plus, le jeune Vampire se trouvait en piteux état. Il avait le bras gauche arraché et le dos dépecé, sans compter la grande quantité de sang perdue.

Angélique était déjà très perplexe quant à son implication dans cette histoire. Affronter une horde de loups affamés pour un confrère qu'elle ne connaissait pas n'était pas très motivant en soi.

Certes, Pythie insistait sur l'importance de cette rencontre. Un tournant primordial dans l'existence même d'Angélique, prétendait-elle.

Quoi qu'il en soit, dans quelques secondes, l'adolescent passerait de vie à trépas et de corps solide à bouillie pour clebs. Angélique devait agir maintenant ou jamais.

Elle savait, qu'au bout du compte, elle allait intervenir. C'était plus fort qu'elle, la curiosité était déjà trop enracinée. Il était futile d'essayer de se persuader du contraire.

Elle prit une longue inspiration.

Mais, avant de piquer sur ses adversaires, elle se retint.

D'autres participants firent leur entrée.

Décidément ! Ces quais, d'habitudes déserts, étaient surpeuplés ce soir !

Une trentaine d'hommes, en treillis noir, progressaient silencieusement vers la meute. Ils étaient armés de fusils et portaient des casques intégraux. Leur avancée bien ordonnée donnait une consonance militaire.

Des chasseurs ! Pensait Angélique.

C'était une organisation paramilitaire, entièrement composée d'humains, extrêmement bien entraînée et ayant accès à une technologie de pointe, qui arpentait la terre en traque de toutes créatures surnaturelles, sous couvert de l'Église.

Une vraie plaie que ces types !

Mais, ce soir, ces chasseurs avaient jeté leurs dévolus sur cette meute de poilus. Cela pourrait s'avérer être une aubaine pour le jeune Vampire, finalement. En espérant qu'ils s'entre-tuent.

Les militaires progressaient furtivement au sol et sur les toits. Déjà ils mettaient en joue chacune de leur cible.

Les Lycanthropes possédaient un odorat très affûté. Le fait qu'ils ne réalisèrent leur présence qu'au dernier moment n'était dû qu'à la circonstance de leur attention centrée sur le jeune Vampire.

Mais, ils réalisèrent tout de même qu'ils n'étaient pas seuls ici-bas. Aussitôt, le chef de meute, celui qui avait occis l'adolescent un peu plus tôt, poussa un puissant rugissement.

Sans attendre, tous les Lycanthropes humèrent l'air et chargèrent sur la milice humaine.

Malheureusement pour eux, il était bien trop tard car cette dernière était déjà en place.

Un tonnerre de détonation explosa. Une pluie de balles s'abattit sur les loups, les réduisant en charpie de chair, en un fleuve rougeoyant. À peine commencé, le combat prit fin.

Finalement, l'aubaine n'en était pas une pour le jeune Vampire car, maintenant la meute éliminée, les chasseurs progressaient sur lui. Et, ce dernier n'était pas en état ni pour se défendre, ni pour fuir.

Là, encore, alors qu'Angélique allait porter secours à son destin, un fait inattendu freina son ardeur.

Alors que trois soldats mirent en joue le pauvre bougre, un quatrième intervint.

— Ne le tuez pas ! C'est celui que l'on cherche. Mettez-lui le harnais et emmenez-le.

Les soldats s'exécutèrent. Un harnais, truffé d'ail, fut installé sur le corps du prisonnier.

L'ail était une arme très efficace. Les Vampires en étaient extrêmement allergiques. Cela provoquait démangeaison, irritation, brûlure au contact, difficulté à respirer… Brrr ! Une horreur !

Puis, ce dernier fut transporté jusqu'aux fourgons banalisés de la milice, qui attendaient à l'extérieur de l'enceinte du port autonome. Là encore, le protocole d'évacuation mis en place frôlait la perfection, une efficacité totale. Les fourgons partirent dans la nuit. Rien n'aurait pu faire penser qu'il s'était passé quelque chose ce soir.

Angélique fila le convoi à travers la ville, jusqu'à leur quartier général. Si elle avait attendu un instant de plus, elle aurait pu assister à un autre fait déconcertant. En règle générale, un loup-garou, qui mourait tué à l'aide d'argent, reprenait sa forme humaine.

Ce ne fut pas le cas des Lycanthropes ici présents. Ces derniers se désagrégèrent pour ne plus rien laisser que leurs projectiles. Pas la moindre trace, pas la moindre goutte de sang, le moindre poil.

Rien.

De plus, elle aurait pu remarquer cette silhouette qui sortait de l'ombre d'un bateau. Un marin, on ne peut plus banal, avait assisté à toute la scène et ne semblait point bouleversé par ce qu'il avait vu.

Pourtant ce fut un spectacle pour le moins peu ordinaire, extrêmement violent et sanglant !

L'homme sortit un téléphone portable, tapa un numéro puis déclama :

— Premier contact établi. Les joueurs sont en place.

Puis le témoin s'éloigna à son tour, avec toute la tranquillité d'un baladeur nocturne promenant le long de la mer ébène, contemplant un croissant de lune faiblard.

9

Angélique survola la cité endormie de Marseille, épiant le convoi paramilitaire.

Le convoi arriva à destination. Un atelier de mécanique vétuste du centre-ville. Les véhicules pénétrèrent un jardin d'épaves métalliques jusqu'à une entrée de garage à ouverture télécommandée avant de disparaître entre ces murs.

La belle métisse reprit forme devant le portail fermé de l'atelier.

Elle n'était pas dupe devant cette décrépitude. Ce bâtiment était, en fait, une vraie forteresse de l'occulte. Tous ses sens étaient en alerte, les poils de ses bras se hérissaient.

Elle pouvait sentir le sel bloquant chaque accès, les murs bénis à la chaux. Elle pouvait même sentir la puissance des crucifix qui s'y trouvaient.

Une forteresse imprenable ? Non.

Il fallait juste qu'elle demande un coup de main à la personne appropriée et ces obstacles n'en seront plus.

Yves sortit difficilement de la mélasse de son inconscience. Tout son corps hurlait de douleur. Même son bras amputé le faisait souffrir.

Doucement, il ouvrit les yeux.

Yves pendait à une chaîne par son unique bras. Son torse, nu, portait un harnais fourré d'ail qui le brûlait en continu.

Il était dans une grande pièce entièrement carrelée, éclairée par une rangée de plafonnier à néon. Une évacuation des eaux souillées se trouvait sous ses pieds — sûrement pour évacuer le sang des victimes —, elle était recouverte d'une grille de douche italienne. Hormis les vasistas, la seule issue était une porte métallique, à deux battants, gardée par deux soldats en treillis noirs.

Une dizaine d'autres soldats formait un rang de chaque côté de la pièce. Tous étaient au garde à vous, le fusil à l'épaule.

Le seul homme, qui se permettait de déambuler, le visage découvert, se tenait devant lui. C'était un homme fort en stature mais d'un âge avancé. Il paraissait atteindre les soixante-dix ans par ses rides et sa peau sèche, mais se déplaçait aisément sans paraître freiné par les aléas articulaires de la vieillesse.

L'homme portait une légère barbe blanche dans la continuité de sa coupe militaire réglementaire. Il circulait autour de son prisonnier, faisant des allées et venues vers un établi métallique à roulettes sur lequel étaient entreposés des instruments de torture bien choisis : scalpel, eau bénite, ail, pieu, hachette chirurgicale… toute une palette de jouets tortionnaires sûrement destinés à un Yves bien vulnérable.

— Ah ! Te voilà enfin réveillé !

— Que me voulez-vous ?

Yves peinait à articuler ses mots. Sa mâchoire paraissait être entravée d'un carcan de coton.

— Ce que je te veux ? Eh eh !! C'est simple. Je vais te poser quelques questions et tu vas me répondre, Yves.

— Vous savez comment je m'appelle ?

Qui était cet homme qui le nomma ? S'étaient-ils déjà rencontrés ?

En effet, le faciès du vieux soldat laissait douter ses souvenirs. Mais rien ne remonta à la surface, hormis cette impression de déjà-vu.

— Oh ça ! Pour te connaître, je te connais très bien ! Toi aussi, tu me connais, Yves.

Difficile à dire. Des traits de ce visage ne le laissaient pas indifférent. Il y avait quelque chose de connu. Mais quoi ?

— Déstabilisé ? C'est peut-être dû à la branlée que tu as reçue ? D'ailleurs qu'est-ce que cette meute te voulait ?

— Je n'en sais rien.

Yves était perdu. Il avait du mal à rassembler ses esprits, à réfléchir. Il avait perdu trop de sang. Il avait mal. L'ail le brûlait. Il avait faim.

— Pendant que tu gamberges sur qui je suis, je vais commencer l'interrogatoire, si tu veux bien.

— Je ne sais rien ! Essaya de crier Yves.

— C'est moi qui en jugerais. Première question : Que sont tes assaillants qui ressemblaient à des loups-garous ?

— Je n'en sais rien !

Le soldat sourit.

L'homme se tourna vers sa table, prit une petite fiole et

aspergea le torse du prisonnier, non couvert par le harnais, qui cloqua, aussitôt, sous le liquide béni.

Yves hurla de tout son coffre. La brûlure, due à l'eau bénite, enflamma sa cage thoracique.

– J'ai oublié de mentionner que pour chaque réponse non convenable, il y aurait une sanction. Je répète : On est d'accord sur le fait qu'un loup-garou ne se transforme que les soirs de pleine lune ?

– Oui.

– Alors comment se fait-il qu'on s'est retrouvé avec six Lycanthropes une nuit de croissant de lune ?

– Pitié ! Je ne sais pas ce que vous me voulez ! Je n'ai rien fait !

– Mmm ! Soit ! Disons que tu ne sais rien sur tes agresseurs. Parlons alors de ta fratrie.

– Ma fratrie ?

– Oui. Ta fratrie. Où est-elle cachée ? Combien êtes-vous ?

– Laissez-les tranquille ! On ne cherche pas les ennuis !

– Vous ne cherchez pas les ennuis ? Vous tuez personne, c'est vrai que vous êtes végétarien. Vous n'êtes que des parasites ! Des tiques sur le dos de l'humanité ! Vociféra le tourmenteur, assénant une volée de coups de poing à sa pauvre victime déjà peu consciente. Vous ne tuez personne, ne torturez personne ??? Pas même notre mère, Yves ???

– Quoi ? Notre mère ?

– Oui, Yves, notre mère ! Réduite en cendre par le putain de Vampire qui t'a transformé !

– Mon père ?

– Ton père ? C'est comme ça que tu le nommes ? Et ton vrai

père ? Tu l'as complètement oublié ? Comme tu m'as oublié ?

– Attendez ! C'est tout confus dans ma tête ! De quoi parlez-vous ?

– Écoute bien, petit con ! Je vais te raconter une petite histoire qui devrait te raviver la mémoire : Il y a deçà quatre-vingt-dix-neuf ans exactement, une paisible petite famille vivait dans un petit hameau à côté de Bordeaux…

– Bordeaux ?

– Laisse-moi finir !!! Gueula l'homme en rouant, une nouvelle fois, de coup l'adolescent suspendu. Donc on est à la Brède, une nuit de novembre. Lorsqu'un ami de notre père vient nous rendre visite, un certain Martial. Ce nom te parle ?

– C'est le nom de mon père.

– Non ! C'est le nom du monstre qui a tué ma mère !

– Ta mère ?

– Oui, Yves. Tu commences à y voir plus clair ?

– La nuit où notre père s'était absenté… je parle de ton vrai père. Ce monstre s'est introduit chez nous, a tué notre mère et t'a enlevé, toi, mon frère. Me laissant seul, orphelin et plein de haine.

– Ernest ? Tu serais Ernest ? Mon petit frère ? Mais ce n'est pas possible ! Tu avais sept ans à l'époque. Tu aurais… Cent six ans aujourd'hui ?

– Pas possible, n'est-ce pas ?

– En effet, cela me paraît bien compliqué. Mais poursuis donc ! Cela m'intéresse au plus haut point !

Une voix féminine succéda à l'explosion des portes de la pièce, déchiquetant, pour l'occasion, les deux gardes en faction.

Une bourrasque, composée de fantômes en colère, s'abattit sur les soldats décontenancés par la soudaineté de l'attaque, suivie par Angélique, flottant au-dessus du sol.

La Vampire noire n'était pas venue seule. Hancokan Leska était là aussi, marchant au milieu d'un essaim de vermines : Blattes, fourmis, vers de terre, scolopendres, nécrophores en tout genre, rampant sur le carrelage tel un tapis de mort, des milliers d'insectes grouillant les uns sur les autres, se dispersant tel un millier de tentacules.

Mais les chasseurs étaient des professionnels. Rapidement, ils se ressaisirent, s'armant en conséquence afin de répondre de manière adéquate à l'assaut cauchemardesque.

Les soldats chargèrent leurs AK 47 de leurs cartouches de gros sel et canardèrent les spectres en colère. Le sel dispersa les formes brumeuses. La pureté du minéral s'opposa à la souillure des âmes en peine.

Ernest hurlait ses ordres à ses hommes tout en vidant ses balles sur ces cauchemars : « Gardez vos positions ! Pendant que la première ligne recharge, la deuxième ligne les couvre ! »

Il était clair que ces guerriers pourraient facilement reprendre le dessus et, même, pouvoir remporter la bataille.

Malheureusement pour eux, les deux Vampires ici présents n'envisageaient pas la chose de la même manière.

Angélique planait dans les airs.

À sa vue, les soldats se recroquevillèrent de terreur, hurlant, pleurant, s'urinant dessus.

Là, planaient leurs pires cauchemars. Du moins, chacun la voyait comme son pire cauchemar.

Cette aura de terreur était une prouesse mentale de la puissante Vampire, un écrasement spirituel, une dominance de l'esprit.

Hancokan n'était pas en reste.

Alors qu'il avançait au milieu de sa horde rampante, un soldat le prit pour cible, et ce n'était sûrement pas avec du gros sel.

L'homme n'eut pas le temps de faire feu qu'une force invisible le souleva du sol et le projeta directement dans la mélasse d'insectes. Ces derniers recouvrirent l'homme en un rien de temps, le dévorant en un clin d'œil, ne laissant plus que son uniforme et son squelette blanchi.

– Merci, Manabhoszo kivati* ! Remercia le vieil Indien à l'attention de la créature invisible.

Un après l'autre, chaque soldat, qui résista à la terreur d'Angélique, fut expulsé dans le tapis mortel par cet être invisible.

Le combat fut fini aussi vite qu'il commença.

Néanmoins, Ernest ne souhaitait point en rester là.

Le vieux chasseur se réfugia derrière son frère vampirisé, s'en servant de bouclier, menaçant, de son épieu de bois, de lui transpercer le cœur.

Chose, bien évidemment, mortelle pour l'espèce vampirique.

– Rendez-vous ou je tue Yves !

Sa voix était ferme. Il restait fort dans ses convictions malgré la défaite évidente de son équipe.

– Tu n'en feras rien, humain. Agenouille-toi devant ta maîtresse !

Angélique se tenait devant lui, sa présence émanée forçait le respect.

Ce fut alors, contre toute attente, qu'Ernest s'exécuta.

L'homme lâcha son arme de bois, vint devant la métisse et s'agenouilla.

— Oui, maîtresse. Pardon, maîtresse.

— Bien ! Voilà une bonne chose de faite. Yves ? Comment vas-tu ?

— Mal ! J'ai faim, j'ai mal, je meurs !

Yves leva difficilement la tête afin de contempler sa sauveuse. C'était la Vampire rencontrée dans le cimetière, celle-là même que sa fratrie avait fui.

— On va pouvoir résoudre ces problèmes, mon jeune ami. Tout d'abord, Hancokan, si tu veux bien ?

Le vieil Indien s'approcha du jeune Vampire.

Sa mélasse d'insectes avait été dispersée comme bon leur commanderait dame nature. Certains arpentaient la salle de torture alors que d'autres s'empressaient de regagner leur environnement naturel.

Le vieux Vampire déposa sa main sur la tête faiblarde, ferma les yeux et pria le grand esprit du monde la nuit.

Aussitôt, chaque blessure du corps d'Yves se referma, ne laissant pas même une cicatrice. Le bras sectionné commença à repousser jusqu'à reprendre sa forme initiale.

Toute douleur disparut. Sauf une, celle qu'engendrait sa faim insatiable.

Insatiable ? Non.

Maintenant son corps rétabli, Yves n'eut point de mal à briser sa chaîne et arracher son harnais allergène.

Il s'avança vers les hommes, encore pétrifiés par la terreur instillée par Angélique. Un grognement vibra dans sa gorge.

Sa faim était tellement forte qu'elle fit ressortir la sauvagerie démoniaque propre à chaque être de la nuit.

Le Vampire assoiffé d'âme se rapprocha de sa proie, un soldat trop terrifié pour pouvoir fuir, ni même percevoir la nouvelle menace, elle, bien plus réelle, qui fondait sur lui.

Une fois, devant le chasseur, Yves le dévora des yeux, entrouvrant une bouche où avaient poussé des crocs félins. Dans un cri de rage, le Vampire ouvra, béant, sa cavité buccale.

Ce fut alors, que l'homme apeuré convulsa. Les fumerolles de son âme s'échappèrent de son corps, aspiré par son prédateur nocturne, avant de tomber en un tas de cendres.

Yves regarda ce tas de cendres. Il n'était pas encore rassasié.

Son attention se tourna, ensuite, vers les autres survivants. S'approchant d'eux, le Vampire dévora leurs âmes les unes après les autres, laissant que résidus grisâtres sur son passage. Bientôt, il n'y eut plus que les Vampires et Ernest dans la demeure.

La soif du jeune Vampire fut étanchée mais sa colère, sa haine envers ces hommes qui voulaient lui faire du mal, à lui et à sa famille, brûlait toujours autant.

Il souhaitait faire exploser sa rage animale sur ce capitaine humain qui se prétendait être son jeune frère, humain, Ernest.

Il le souhaitait énormément, à la limite du soutenable.

Mais, il n'en fit rien.

Cet homme avait un secret à dévoiler et il le fera, foi d'Yves !

— Il est temps de partir, Yves, glissa Angélique.

Le silence du jeune homme était un acquiescement en soi.

Tous s'exécutèrent à travers la fissure de téléportation de Hancokan. Même si Yves ne comprenait pas comment une telle chose puisse se produire, il suivit ses pairs.

Les questions viendraient en leurs temps.

Le groupe quitta les lieux avec leur prisonnier, ne laissant que mort et désolation derrière eux.

10

Le groupe se retrouva dans ce qui semblait être une cave. Elle était plutôt grande en superficie et contenait quelques cartons et caisses en bois cachant divers bibelots. Ces bibelots dont on ne souhaitait pas se séparer mais qu'on ne savait pas où ranger.

Une autre femme les attendait céans, sûrement la propriétaire de la bâtisse.

Pythie attendait ses invités calmement. À la vue du jeune Vampire, elle sourit. Celui de ses visions était enfin à portée. Les choses se réalisaient.

Mais qu'allait-il aboutir de tout cela ?

Quelque chose d'important, elle en était sûre !

Elle ne se trompait jamais.

Ernest était serein, pourtant dans l'antre de ses ennemis. L'étreinte mentale d'Angélique le maintenait toujours sous son joug.

Angélique s'intéressa alors à lui, ce qu'il avait dit à Yves avant leur irruption semblait complètement fou.

Tout comme les Vampires, les loups-garous et les fantômes s'amusa-t-elle.

— Bien ! Ernest, c'est ça ?

— Oui, maîtresse. C'est mon nom.

— Attendez ! S'interposa Yves. Vous m'avez sauvé la vie, et pour ça, je vous en remercie. Mais je ne vous connais pas. Qui me dit que ce n'est pas vous qui avez orchestré tout ça ?

— Bon ! Là, j'en ai marre !

Le regard de la Vampire se fit plus sombre.

— J'ai essayé d'être patiente, sympathique… Mais là tu m'énerves profondément ! Tu crois réellement que, toi, petit Vampire, tu m'aurais résisté si je te voulais du mal ?

— Angélique, calme-toi.

— Je sais, Pythie ! Il est important dans mon avenir et blablabla ! OK ! Mais va falloir qu'il fasse un effort, aussi !

— Comment t'appelles-tu, mon garçon ?

La voix de Pythie se voulait agréable.

— Yves.

— Je suppose que tu te sens un peu déboussolé par tout ce qui arrive ces derniers jours.

— Pas qu'un peu !

— Sois sûr d'une chose : On ne te veut pas de mal.

— Elle a dit que j'étais important ?

— Important est un grand mot. On ne sait pas l'importance que tu joueras dans cette histoire mais, ce qui est sûr, c'est que ton histoire s'entremêle, en ce point précis du temps, avec l'histoire d'Angélique.

— Mais…

— Que nenni ! Jeune Vampire ! Tu as eu ton temps de

parole. Maintenant, ce temps appartient à cet humain que vous avez ramené.

Yves se tut. Même si son esprit fourmillait d'une multitude de questions, certaines concernaient ce prétendu Ernest.

— Bien ! Reprit Angélique. Ernest.

— Oui, maîtresse ?

— Qui es-tu ?

— Je me nomme Ernest Bravard et je suis un chasseur, capitaine au service du Vatican.

— Pourquoi avoir capturé Yves ?

— Car c'est un Vampire que je cherche depuis presque un siècle.

— Ce qui nous amène à la question : Quel âge as-tu ?

— Cent six ans.

— Comment est-ce possible ? Tu ne serais pas humain ?

— Oui, je suis humain mais j'ai été béni par Dieu. Il m'a donné le temps qu'il me fallait pour assouvir ma vengeance et délivrer mon frère de la malédiction dont il fait l'objet.

— Par-là, tu veux parler du fait qu'il soit Vampire, je suppose ?

— Oui.

— Mais ça ne colle pas. Certes, il arrive que Dieu accorde une part de sa puissance à des mortels, cela en fait, généralement, des anges. Mais je doute fort qu'il donne ce don à quelqu'un pour assouvir une vengeance ou pour occire un simple Vampire. Il y a forcément autre chose.

— Non. Je suis simplement un élu de Dieu.

— Laissons tomber cela pour l'instant ! Y a-t-il d'autres unités de chasseurs à Marseille en ce moment ?

— Non, nous étions la seule unité, du moins pour l'instant.

— Pour l'instant ?

— Oui. Si je ne donne pas de nouvelle à mon supérieur, tous les jours, je serais considéré comme en difficulté et des renforts arriveront rapidement.

— C'est bon à savoir. Quelqu'un a des questions ? Yves ?

— Oui, j'en ai ! Tu dis être mon frère.

— Oui, je suis ton frère.

— Même si cela me paraît impossible, je veux bien jouer le jeu pour l'instant. Dis-moi, qu'est-il advenu après le meurtre de notre mère ?

— Notre père n'est jamais revenu. J'ai erré pendant des années, volant pour manger, me battant pour survivre. Un jour, j'ai été attrapé par un homme d'Église à qui j'avais subtilisé la bourse. L'homme était bien plus qu'un prêtre, il était un chasseur de l'Église. Il vit du potentiel en moi et me recueillit. Il m'éduqua, m'apprit à chasser. En quelques années, je suis devenu le meilleur.

— Toi ? Le meilleur ? Pourtant on t'a capturé avec facilité ! Ironisa Angélique

— Vous nous avez attaqués par surprise dans un lieu improbable.

— Tu sais comment on a pu pénétrer dans votre forteresse imprenable ?

— Non, je ne sais pas.

— Tu peux féliciter Hancokan, ici présent pour cela. Sa puissance spirituelle a détruit toutes les défenses occultes que vous avez érigées. Et puis, il a fallu entrer par une des fissures de téléportation dont il a le secret pour que l'interdiction, d'entrer dans un lieu sans y être invité, saute. Un jeu d'enfant pour un vieux chaman comme Hancokan !

— Continue ton histoire, s'il te plaît.

— Bien, Yves. Mais il ne reste plus grand-chose à raconter : Pendant des années, j'ai poursuivi les créatures de la nuit en espérant trouver le tueur de ma mère et pouvoir te délivrer de ta malédiction. J'en ai détruit des centaines : Des Vampires, des Lycanthropes, des fantômes, des zombies, et bien d'autres ! Quand l'église a réalisé ce que Dieu avait fait de moi, je suis devenu leur limier divin. Vous connaissez la suite.

— Oui, en effet. Et pour notre père ?

— Je ne sais rien. Je l'ai cherché, bien sûr ! Mais je n'ai rien trouvé sur lui.

— Bien ! Si vous avez fini votre interrogatoire…

Pythie insinua qu'il faudrait peut-être penser à plus urgent.

— Oui, l'interrogatoire est fini, pour le moment. Je sens que son esprit lutte contre mon emprise. Je ne pense pas pouvoir le garder éternellement aussi docile.

— Je me charge de ça, Angélique.

Hancokan se concentra. Il en appela à l'esprit de la forêt avant de baragouiner quelques mots dans sa langue natale.

Un léger tremblement se fit sentir sous leurs pieds. De fines craquelures firent leurs apparitions sur le ciment tout autour de l'homme envoûté. Quand tout à coup, de grosses racines jaillirent du sol, entravant Ernest.

Pythie fusilla Hancokan du regard, peu contente du dégât architectural que ces végétaux avaient causé. Le vieux Vampire sembla ne point percevoir l'inimitié installée, ou n'en avait cure, ce qu'il fallait être, fut, point.

Pythie invita ses invités à monter au rez-de-chaussée afin d'y déguster une tasse de chocolat chaud.

11

Le salon de Pythie était spacieux et très lumineux. Une grande baie vitrée donnait sur un immense jardin où avait été creusée une piscine circulaire marbrée.

La pièce était ornée, sublimement, d'une colonne grecque, fendue en deux dans sa verticale, sur laquelle reposait le buste blanc d'une femme de la même origine. Un grand espace était dédié à une harpe dorée posée sur un tapis afghan. Cet instrument avait une grande valeur émotionnelle pour Pythie, sa musique tissait un havre de sérénité.

Pythie en jouait actuellement. Sa mélodie était douce et féerique, elle glissait dans l'air comme le ressac sur le sable chaud.

Yves et Angélique étaient installés sur un canapé de cuir couleur ivoire, en face d'une table basse, elle aussi, de marbre sur lequel avaient été servies des tasses de chocolat chaud.

Hancokan contemplait une immense peinture, représentant une grande œuvre de Renoir : Le bal du moulin de la Galette, qui dominait l'ensemble. Le symbolisme de ces ouvriers de basse classe sociale, qui singeait la haute bourgeoisie dans ses atours et ses danses, inspirait la Vampire latine dans sa ressemblance à sa propre existence : Ouvrier affublé d'un costume d'une classe plus haute, une Vampire qui vivait et ressemblait à une humaine. Les deux n'en étaient pas mais rêvaient de l'être.

Même si la puissance de Pythie la rendait imposante vis-à-vis de la race humaine, cette dernière s'en sentait bien inférieure : Elle considérait la race vampirique comme une maladie, une sous-espèce, un métissage raté.

Pythie rêvait secrètement de retrouver son humanité et sa mortalité. Pouvoir prétendre à nouveau au sublime de l'âme humaine, âme qui lui fut arrachée par un être tellement vil qu'elle s'en trouva souillée pour le restant de l'éternité.

— Comment te sens-tu ? S'adressa Angélique à un Yves penseur, fixant le contenu de sa tasse de chocolat, à la recherche d'une quelconque divination ?

— Ça peut aller.

— Tu n'es pas très bavard.

— Non.

— Maintenant que l'on a rencontré ton frère, il serait peut-être temps de faire les présentations, non ?

— Pourquoi vous intéressez-vous à moi ?

— Je ne le sais pas, je dois l'avouer. Et même, je me demande si je ne fais pas fausse route. Quoi qu'il en soit, nous voilà tous les deux à discuter devant un chocolat chaud. Pourquoi ne pas faire connaissance ?

Yves resta fasciné par son chocolat. Son silence restait neutre.

— Je commence. Je m'appelle Angélique. Je suis une Vampire infantée au XVIIe siècle à la Nouvelle-Orléans. Je suis née du métissage d'un colon Britannique et d'une esclave noire. Je suis née métisse, ce qui signifie que je n'étais acceptée ni par les blancs, ni par les noirs, une recluse dans un monde d'esclavage. Ce fut Papa Lomé, un Vampire venu du territoire africain pour maudire les hommes blancs, qui me recueillit, me transforma et m'enseigna tout ce que je sais actuellement. Papa Lomé était un grand prêtre Vaudou extrêmement puissant. Ce qui fait de moi, une grande prêtresse Vaudou extrêmement puissante.

Angélique souriait.

Elle espérait tirer un signe de détente à son interlocuteur. Il n'en fit rien. Il écoutait. C'était déjà ça.

— Tu veux me poser des questions ?

— Comment tu fais… ces trucs ?

— Comme appeler des fantômes ?

— Oui.

— Je te l'ai dit, je pratique l'art du Vaudou.

— Et les deux autres ?

Yves montrait Hancokan de la tête.

— Chacun de nous a sa propre histoire. Hancokan est un Chaman et Pythie est une prophétesse.

— Mais ce que vous faites, je peux le faire aussi ?

— Oui, tous les Vampires, et d'autres créatures, possèdent la puissance spirituelle nécessaire pour plier la réalité. Je pourrais te l'enseigner, si tu le désires, mais cela prendra des années avant d'arriver à mon niveau, voire des siècles.

— Vous êtes les plus puissants Vampires qui existent ? Un

genre de chef des Vampires ?

— Oui et non. Nous trois, faisons partie d'une cabale de huit Vampires aussi puissants les uns que les autres. Très peu de Vampires arrivent à maîtriser le quart de notre puissance. Ce qui fait que nous faisons partie des plus puissants Vampires de la planète et, peut-être, même de l'histoire. Mais nous ne sommes pas les plus forts malgré tout. Au-dessus de cette cabale, on peut trouver les trois rois : Ce sont des Vampires parfaits, ultimes. La première, on l'appelle Baba Yaga l'ogresse. Puis vient Dacul Von Tépès, l'empâleur et le Seigneur-Dragon. Et, au-dessus d'eux, règne l'Alpha, le premier Vampire que la Terre ait porté, le dieu des Vampires, en quelque sorte. Bref, nous ne sommes pas les dirigeants de la race, mais nous en sommes des commandants.

— Mmmm ! Et maintenant ? Que faisons-nous ?

— Tu en penses quoi ?

— Je veux savoir si mon prétendu frère…

— Il l'est ! Précisa Pythie, toujours entraînée dans sa romance sonore.

— Comment en être sûr ? Il a peut-être dit ça pour me déstabiliser ?

— Je le sais. C'est tout.

— Quoi qu'il en soit, je veux savoir si ce qu'il dit est juste.

— Moi, je vois trois énigmes, repris Angélique. Tout d'abord, je me demande comment ton frère arrive à gruger le temps, et, je doute fort que Dieu y soit mêlé. Deuxièmement, il serait intéressant de savoir ce qu'étaient ces créatures, à l'apparence de loup-garou, qui t'ont attaqué en début de nuit. Ce qui amène à la troisième énigme : Pourquoi t'ont-ils attaqué ? Le hasard ? Je ne crois pas au hasard.

— Ils m'en voudraient personnellement ?

— C'est ce que l'on va devoir découvrir.

— Et on commence par où ?

— Tout d'abord, Yves, il faudrait que tu arrêtes d'éluder le premier sujet de cette discussion : Qui es-tu ?

— Qui je suis ?

— Oui, qui es-tu ?

— Je m'appelle Yves Sinclair, un Vampire. Que dire de plus ?

— Commençons par le commencement. Raconte-moi ce que tu te souviens de ta vie humaine.

— C'est très loin tout ça ! Je ne me rappelle que des bribes de ma vie d'avant.

— C'est déjà ça. Je t'écoute.

— Je me souviens qu'on était une famille des plus ordinaires. Mon père était sévère mais juste, alors que ma mère nous cédait beaucoup de choses, trop de choses. On s'entendait bien avec mon petit frère Ernest. On était inséparable malgré notre différence d'âge. Il fallait dire qu'à Brède, il n'y avait pas grand-chose à faire !

Au fur et à mesure qu'Yves remontait des copeaux de souvenirs des abysses de sa mémoire, ceux-ci se faisaient plus précis, plus structurés.

Ces moments de vie existaient encore dans la tête du jeune homme, ils n'étaient qu'enfouis, enterrés pour obstruer le peu d'humanité, le peu de regret qui lui restait.

— Je me souviens avoir eu une sœur bien plus jeune encore. Marie-Lou ? Oui ! Marie-Louise qu'elle se nommait ! Elle avait deux ans de moins qu'Ernest et essayait de nous suivre comme elle pouvait.

Yves souriait, le regard perdu dans son passé, en un temps de bonheur et de simplicité.

C'était la première fois qu'Angélique le voyait fissurer sa carapace.

Était-ce la première fois tout court ?

Quoi qu'il en soit, Yves commençait à se laisser aller, à se sentir à l'aise au milieu d'eux.

— Mais, l'été de ses quatre ans, Marie-Lou était tombée malade. Elle s'affaiblissait de jour en jour jusqu'à perdre l'usage de ses jambes puis la vue. Le médecin du village ne savait pas ce qu'elle avait. Celui de la grande ville n'en savait pas plus, si ce n'est qu'elle allait mourir prochainement. Tout changea à la maison, le bonheur avait péri au chevet de ma sœur mourante. Ma mère était inconsolable, mon père fuyait le domicile. Ma mère nous disait qu'il avait trouvé un travail, qu'il était devenu un marchand ambulant… Une excuse qui suffisait amplement à un enfant comme Ernest, idolâtrant encore un père s'effilochant. Pour moi, ce père ne supportait plus de voir sa fille unique dépérir et d'entendre les lamentations de son épouse tout aussi dépérissante. Il ne ramenait que rarement de l'argent de ses voyages. Ce fut moi qui dû m'occuper des champs et des bêtes afin de subvenir au besoin de ma famille. On ne sut ce qu'avait contracté Marie-Lou mais cela avait gangrené toute la famille, en quelque sorte. Quelques mois plus tard, nous dûmes enterrer notre sœur.

L'émoi fit s'écrouler Yves en un sanglot étouffé.

La douleur avait rejailli en même temps que cette évocation.

— Ce fut quelques jours après ce drame que mon père… Je veux dire Martial… fit son apparition. Il venait souvent boire un verre chez nous, au moins trois à quatre soir par semaine. Mon père et lui étaient très amis. Ils riaient et buvaient sans retenue. Même ma mère se remit à sourire. Je me rappelle avoir trouvé ça bizarre, déplacé, irrespectueux envers Marie-Lou que l'on venait à peine d'enterrer. Ce Martial leur avait tourné la tête. Je ne l'aimais pas ! Ernest en avait peur ! Il avait raison. J'aurais dû faire plus attention à ce qu'Ernest disait. Quoi qu'il en soit, la nuit où le drame, que nous a conté l'Ernest dans la cave, arriva, je ne me souviens de rien. Je me suis couché comme chaque nuit et n'ai rien entendu de ce qu'il s'y déroula. Je me suis réveillé dans la douleur dans un antre de roche. Mon père vampirique était à mes côtés tout comme le reste de mon clan. Ils me nourrirent et m'éduquèrent. Depuis lors, je vécus comme un Vampire. Ma subsistance se trouvait dans l'âme des humains. La fuite et la discrétion étaient mon rythme de vie. Je n'ai jamais cherché à retrouver mon ancienne famille. Je ne me souviens pas avoir demandé quoi que ce soit sur eux à mon père. Je n'étais plus Yves l'humain mais Yves le noctambule.

— C'est normal. C'est un procédé très utilisé dans la transition humain/Vampire que celui de charmer le nouveau-né pour lui laisser le temps du deuil de son ancienne existence. La soumission finit le reste.

— Voilà ce dont je me souviens.

— Comment était Martial avec vous ?

— C'était un chef respectable, un père sévère mais juste.

Yves frisa un sourire du coin des lèvres.

— Comme mon père biologique.

— Encore une chose. Pourquoi m'as-tu fuie la nuit dernière, au cimetière ? Je ne me suis pourtant pas montrée hostile !

— Mon père, le Vampire... Désolé, je commence à m'emmêler avec mes souvenirs humains et vampiriques... nous a toujours dit qu'il fallait se méfier des autres Vampires, qu'ils chercheraient toujours à nous nuire.

— C'est un peu très simpliste comme idée. Nous ne sommes pas des anges, certes ! Mais nous ne sommes pas tous là à chercher mort et destruction. Qu'est-ce qui a bien pu persuader ton père de ce fait ?

— Je ne sais pas. Ça a toujours été la ligne de conduite : Se cacher de tous. Martha pourrait peut-être vous répondre à ça.

— Martha ?

— Martha est ma grand-mère. La Vampire qui a infanté mon père. Elle est très sage. Elle sait beaucoup de choses.

— C'est un bon début pour commencer. Ton clan se trouve sur le quai où tu t'es fait attaquer ?

— Oui, pas loin. De plus, ils doivent me chercher à l'heure qu'il est. Arthur, mon grand frère et le nouveau chef de notre clan, nous avait ordonné de rester cachés dans l'entrepôt. Il doit être furax que je sois sorti !

— Dis-moi ! Où est ce Martial ? Il a été détruit ?

— Oui, il y a dix ans de ça déjà.

— Comment ?

— Notre clan avait été détecté par un groupe de Vampires. Mon père est resté en arrière, afin de nous permettre de fuir. Il n'est jamais revenu.

— Ça te fait deux pères qui ne reviennent pas.

— Oui.

— Désolé ! Ma remarque était déplacée. Tu sais qui était ces Vampires qui vous ont débusqués ?

— Non.

— Bon ! Nous avons déjà trop de questions en suspens, pas besoin d'en chercher d'autres ! Allons chercher ta famille.

12

Pour aller au port autonome, le plus rapide aurait été en volant.

Non. Le plus rapide aurait été la fissure de téléportation de Hancokan, mais le vieux chaman ne souhaitait pas venir. Il préférait rester auprès du prisonnier, au cas où ce dernier tenterait un acte stupide : Comme s'évader.

Donc, le plus rapide aurait été une excursion à aile de chauve-souris, mais Pythie insista pour prendre sa voiture. Elle argumenta sur le fait qu'il n'était pas nécessaire d'attirer l'attention alors que des milices de chasseurs sillonnaient sûrement les environs.

Prétexte, certes logique, mais prétexte quand même. Pythie souhaitait juste faire comme l'aurait fait un simple humain : Se déplacer via un véhicule.

Le véhicule en question était une New Beetle décapotable jaune canari, une petite citadine facile à conduire. Le poste radio chantait les tubes du moment, mélange de techno, de rap commercial et de soul moderne.

Le véhicule arriva devant la grille de l'entrepôt qui servait de refuge au clan d'Yves. Le silence planait en cette nuit matinale d'automne. Pas un chat, pas âme qui vive.

Le silence rendait l'endroit paisible, agréable. Des relents iodés venaient chatouiller les narines des comparses.

L'entrepôt semblait vide, abandonné.

Mais ce ne fut pas le cas. Yves entra aux côtés d'Angélique alors que Pythie gardait la voiture. Sa clairaudience suffisait non seulement à percevoir toute approche suspecte, mais aussi à suivre la discussion qui se déroulera en ces murs.

À peine Yves pénétra-il que les deux femmes de la famille coururent à sa rencontre, l'inquiétude et le soulagement se lisaient sur leurs visages.

Arthur s'interposa :

— Non ! Restez là !

Il se tourna vers le jeune fugueur.

— Yves ? Tout va bien ?

— Oui, Arthur.

— On t'a cherché, tu sais ? On a trouvé ton bras au milieu d'un champ de cartouches, il y avait beaucoup de ton sang !

— Je vais t'expliquer…

— Non ! Reste où tu es !

— Arthur ? Supplia Martha.

— Non, Grand-mère. Je veux savoir qui accompagne Yves. Qui est avec toi, Yves ?

— C'est Angélique, c'est la Vampire que j'ai rencontrée au cimetière hier soir…

— Qu'est-ce qu'elle fout là ?

— Arthur, il faut qu'on parle ! Il s'est passé beaucoup de

choses !

— Tu n'es pas toi-même, n'est-ce pas ?

Arthur dévisagea la nouvelle venue.

— Un charme ? C'est ce que tu as utilisé sur mon petit frère ? C'est pour nous piéger ?

— Jeune homme, tu devrais tempérer tes propos. Je les trouve légèrement insultants.

— Insultants ? Ha ! Sache que je ne laisserais personne menacer les miens !

Arthur fonça sur la métisse, les poings fermés. Sa vitesse était surhumaine.

Les réflexes d'Angélique l'étaient aussi.

La Vampire tendit sa main ouverte vers son agresseur, se concentra :

— Je t'ordonne de t'arrêter !

L'aura de terreur assaillit son agresseur, tombant alors à genoux. Arthur hurla d'épouvante.

Non ! Ce n'était pas un cri de frayeur mais plutôt un hurlement animal.

De la rage.

Les crocs avaient remplacé la dentition de l'homme alors qu'il se levait avec peine. Arthur crachait sa haine, il luttait contre cette étreinte mentale.

Arthur se redressa. Il n'était plus qu'un prédateur animal. Il avança vers sa proie. Ses ongles s'étaient changés en serres acérées.

Angélique fut surprise. Personne n'avait encore résisté à son aura de terreur. Elle ne savait même pas si les autres membres de sa cabale pourraient y résister.

Sûrement.

Ceci dit, cet homme, qui avançait vers elle, montrait une volonté phénoménale.

Elle poussa encore son esprit à augmenter l'emprise cauchemardesque. L'effort était écrasant.

L'homme avançait, poussant son corps contre cette invasion mentale. Il hurlait. Il bavait. Ses yeux étaient entièrement noirs.

Cependant, malgré toute la volonté qu'il y mit, Arthur tomba une nouvelle fois à genoux. Il luttait toujours mais cédait du terrain.

Ce fut Martha qui mit fin à ce combat.

Alors que les adversaires s'employaient à déployer leur maximum de leur volonté. Alors que les spectateurs restaient médusés à ne savoir comment réagir.

Martha s'était glissée, en toute discrétion, derrière l'intruse, lui enserrant la gorge de sa main griffue.

— Madame ? Je vous prierais d'arrêter de tourmenter mon petit-fils, s'il vous plaît.

— Bien, Madame ! Mais, je tiens à signaler que je n'ai point provoqué cette querelle, je ne l'ai même pas souhaitée.

— J'en suis consciente. Tout comme je sais que vous ne manipulez pas Yves non plus. Et si mon petit-fils vous fait suffisamment confiance pour vous mener ici, je prendrai le risque de vous accepter aussi. Du moins, tant que vous resterez courtoise.

— Nous voilà sur un terrain d'entente.

Angélique relâcha son assaut psychique. Martha retira sa main de sa gorge.

Arthur se releva fébrilement avec l'aide de Vanessa. Sa résistance l'avait lessivé.

— Angélique, je crois ?

— Oui, c'est bien ça. Et je suppose que vous êtes Grand-mère Martha ? Yves m'a vanté votre sagesse, ça semble justifié.

— Et que nous voulez-vous ?

— Il serait plus adéquat d'en discuter chez mon amie Pythie. Elle attend dehors.

— Il n'en est pas question ! Vociféra un Arthur toujours affaibli.

— Pourquoi, Arthur ? Elle semble correcte.

— On ne peut pas s'y fier ! Le domicile de son amie doit être un traquenard. Regarde ce qu'elle m'a fait !

— Et j'aurais pu te faire bien pire !

— Angélique ? Cela n'aide pas, lui chuchota Martha.

— Écoute, Arthur !

Yves s'avança.

— Il s'est passé des choses très complexes et graves. Des choses qui concernent notre père. Fais-moi confiance ! Je t'assure que si elle voulait nous nuire, elle n'aurait eu aucun mal. Ils sont très puissants et j'ai besoin de leur aide.

— Non !

— Arthur !

— Quoi encore, Martha ?

— Tu es un chef puissant et bon. Mais tu dois apprendre à écouter et faire confiance à tes sujets, à ta famille.

— Et si c'est un piège ? S'il y en a d'autres là où on va ?

— Il y en a d'autres, mon frère. Mais ils m'ont sauvé la vie.

On peut leur faire confiance. S'il te plaît !

— Bon, d'accord ! Mais au moindre doute, on s'en va !

— Oui. Merci.

— Sage décision, Arthur, conclut Angélique.

Angélique sortit seule de l'entrepôt. Elle regagna la voiture où l'attendait son amie. Le sourire de Pythie voulait dire beaucoup.

— Quoi ?

— Rien.

Pythie retint un rire mais son faciès s'esclaffait à s'en rompre.

— Tu aurais fait mieux ?

— Me faire capturer par une mamie ? Ah ah ah ah ! Non. Tu as été parfaite !

— Rigole ! Rigole ! Ceci dit, j'ai réussi à les faire venir malgré tout. Non ?

— Oui. Tu as réussi.

Pythie regagna son domicile à l'extérieur d'un hameau de la ville d'Aubagne. La famille Sinclair suivait la guide d'en haut, frôlant les bas nuages.

Qu'allaient-ils advenir d'eux ?

Un piège mortel ?

Des éclaircissements sur ce qui était arrivé à Martial ?

13

L'atmosphère était pesante dans ce grand salon. Il y avait clairement un malaise entre les membres du clan des Sinclair et ceux de la cabale.

Martha, Vanessa et Yves avaient pris place sur le canapé alors que Pythie et Angélique les encadraient sur les fauteuils assortis. Arthur était apposé contre l'angle de l'arche accédant à la cuisine.

Hancokan semblait le plus à l'aise dans ce silence, il contemplait la superbe du jardin de Pythie. Ce fut lui qui brisa cette gangue de mutisme :

— Le soleil va bientôt faire son retour. Si vous voulez commencer, il serait temps de s'y mettre.

— Je pense que ce serait plus complaisant si Yves racontait les derniers évènements, non ?

— Oui, Angélique, tu as raison. Je vais prendre la parole… Je ne sais pas par où commencer !

— Pourquoi pas, tout simplement, par ta promenade sur les quais ?

— Oui. Les quais. Je suis sorti de l'entrepôt pour téléphoner, mais j'ai été surpris par un loup-garou…

— Je t'avais pourtant dit de rester dans l'entrepôt ! Si tu m'avais écouté, ça ne serait pas arrivé.

— Oui, Arthur. Je m'en excuse ! Ceci dit, je m'en suis éloigné pour protéger Martha et Vanessa.

Martha le remercia de la tête.

— Mais je suis tombé sur une meute entière qui m'a mis en piteux état, d'où le bras que vous avez trouvé.

— C'était ton bras ? Mais comment se fait-il qu'il ait déjà repoussé ? Normalement, cela aurait dû te prendre pas loin d'un mois, et beaucoup de viande, pour que ça repousse !

— Arthur, si tu me coupes la parole tout le temps, je ne vais pas pouvoir t'expliquer ce qu'il en est, et le bras est le cadet de nos soucis. Ceci dit, c'est Hancokan (Yves montra l'Indien du doigt qui salua le groupe de la main en retour) qui me l'a soigné.

— Comment ?

— Je t'ai dit qu'ils étaient très puissants ! Hancokan est un chaman pouvant soigner la chair.

— Un chaman ?

— Arthur ? S'il te plaît ! Laisse continuer ton frère.

— Merci, Martha. Donc, je me suis fait mettre en charpie par une meute de Lycanthrope quand une unité de chasseurs les massacra à leur tour et me captura. Ils me ramenèrent à leur quartier général pour m'interroger sur votre localisation. C'est là qu'Angélique et Hancokan sont intervenus et m'ont sauvé.

— Est-ce que je peux intervenir maintenant ?

— Attends, Arthur ! Je n'ai pas tout dit : Nous avons ramené un prisonnier…

Yves reprit une inspiration. Il se tourna vers sa matriarche, les yeux nimbés de larmes.

— Martha ? Cet homme se dit être mon frère !

Tous restèrent bouche bée devant l'annonce. Que dire ? Devaient-ils être septiques ? Compatissants pour Yves ? En colère ? Tout cela mélangé ?

— Je vais continuer, si vous le voulez bien.

Angélique vint au secours d'Yves.

— Tout porte à croire que ce chasseur est bien le petit frère, Ernest, d'Yves. Il est plus qu'évident qu'il n'est pas complètement humain vu son grand âge, et je ne vous parle même pas des Lycanthropes qui attaquent lors d'un croissant de lune. En bref, c'est un gros bordel !

— Oui, en effet ! Cela me paraît être une rude épreuve pour mon petit-fils. Mais si vous êtes venus nous chercher, c'est que vous attendez quelque chose de nous.

— Toujours aussi perspicace, Martha ! Disons que vous pourriez nous parler de votre fils Martial et de la nuit qui a infanté Yves, pour commencer ?

— Juste une question, Angélique. Sommes-nous en présence de la cabale ?

— La cabale ? S'étonna Vanessa, précédant son grand frère sur son questionnement.

Yves et Angélique furent déstabilisés par l'annonce.

Ils restèrent sans voix.

Comment connaissait-elle la cabale ? Qu'en savait-elle exactement ? Pourquoi n'en avait-elle jamais parlé ?

Pythie et Hancokan sourirent à la vieille dame. L'une était ravie que la question arrive enfin, l'autre avait été épaté par la sagacité dont elle avait fait preuve.

— C'est bien cela, répondit Angélique. Ou du moins, trois de ses membres. Vous connaissez la cabale ?

— Oh non ! Et je me serais bien passée la connaître ! J'en ai juste déjà entendu parler.

— De votre fils ?

— Cette fois, c'est vous qui faites preuve de perspicacité, jeune fille ! En effet, Martial me parla de la cabale car il travailla pour un de ses membres.

— Il vous a dit lequel ?

— Non. Il restait très évasif sur son patron et sur le travail qu'il faisait pour lui.

— Quelques détails ? Une vague description ?

— Non, rien. Mais cela faisait déjà cinq ans que Martial travaillait pour ce dernier avant la nuit de la transformation d'Yves en Vampire. Et, maintenant que cette discussion éclate, il y a une évidence qui me saute au visage : Une fois Yves récupéré, Martial coupa tout lien avec la cabale et prit le parti de se cacher.

— Que s'était-il passé ?

— Je ne sais pas. Mais la nuit où il ramena Yves, Martial était terriblement angoissé. Je me rappelle lui avoir demandé ce qu'il avait, mais il ne me répondit pas. Le lendemain, il fallut faire nos valises et partir fuir dans le nord de la France. Mais, même là-bas, il ne s'apaisait pas. Il paraissait poursuivi par le diable en personne. Quoi qu'il en soit, c'est à partir de cette nuit-là, que nous nous cachons du monde de la nuit.

Yves était abasourdi par la révélation de Martha. Tout était arrivé à cause de lui. Pourquoi ? Qu'avait-il de si particulier ? Était-ce lié à la longévité de son frère ?

— Martha ? Est-ce que tu sais quelque chose sur moi ?

— Non. Rien, mon petit. Si ce n'est que Martial faisait très attention à toi. D'ailleurs, ce n'est pas un hasard si, depuis toi, il n'a pas infanté de nouveau. Tu étais son aboutissement, en quelque sorte.

— C'est joyeux ! Râla Arthur.

— Il vous aimait tous autant les uns que les autres ! Mais il faisait plus attention à Yves. J'avais mis ça sur le compte de son jeune âge.

— D'ailleurs, reprit Angélique, pourquoi avoir infanté un adolescent ? C'est plutôt étrange, pour ne pas dire monstrueux.

— C'est une question que je lui ai posée aussi et lui m'a répondu, simplement, qu'il n'avait pas eu le choix, qu'il devait le faire. Depuis, il éluda toute discussion qui pouvait s'en rapporter.

— Pourquoi moi ? Et mon frère ?

— Je ne sais rien sur ton frère humain. C'est évident que tout cela est lié mais je ne sais pas par quoi ni comment.

— La nuit où mon père est mort ? C'était aussi à cause de moi ?

— Je ne sais pas. Je n'ai jamais su qui étaient nos agresseurs. Peut-être. Peut-être pas. Qui sait ? Mais tout cela n'est pas ta faute. Il se passe quelque chose autour de toi, certes ! Mais tu n'en es responsable ! C'est comme ça.

— Ça ! J'en doute.

— Vous avez peut-être gardé des affaires de Martial ? Questionna Angélique.

— Non. La philosophie de la fuite implique qu'il ne faut pas s'encombrer de choses inutiles. Je n'ai rien gardé.

— Nous voilà dans un cul-de-sac, alors ?

— Non, Angélique. Il reste deux voies à explorer : La voie des morts et celle des vivants.

— Tu penses à quoi, Pythie ?

— Tu pourrais interroger le père humain d'Yves, et ainsi apprendre ce qu'il sait sur cette nuit-là et sur le meurtrier de sa femme.

— Je parlerais à Martial, déclara Hancokan.

— Oui, c'est une bonne idée. Moi, je continuerai à interroger notre invité chasseur. Je saurai s'il me ment et je pourrai lire ses pensées, s'il se montre réticent à répondre.

— Oui, c'est un bon plan. Tu en penses quoi, Yves ? Es-tu prêt à parler à tes vrais parents ?

— Oui, Angélique. Je suis prêt !

— Tant mieux car je vais avoir besoin de toi sur ce coup-là.

— Mais le jour se levant d'ici peu, je vous offre l'hospitalité à tous. Il y a suffisamment de chambres à l'étage pour tout le monde.

Pythie conclut le débat en grande hôtesse, installant chaque participant comme il se devait.

Chaque chambre était sobre dans sa décoration, un lit double, une armoire, une table de chevet et un simple tableau. De lourds rideaux pourpres bloquaient l'accès à la lumière du jour encore absente mais qui ne tarderait plus maintenant.

14

Dimanche 2 novembre.

Angélique alluma les bougies.

Elle avait installé son matériel de cérémonie sur la table à manger, table qui aurait pu recevoir au moins une douzaine de convives.

Le lustre de la salle à manger était éteint. Aucune lumière ne vint rivaliser avec celle des frêles flammes des cierges, pas même la lueur de la lune de ce début de nuit, qui fut obstrué par les épais volets de bois de la baie à double battant.

Yves était assis à ses côtés. Il regardait la prêtresse vaudoue étaler de petits ossements devant eux. Ils auraient pu appartenir à un gros oiseau ou, pourquoi pas, à un chat.

Angélique s'assied à son tour. Elle ferma les yeux et pria le Baron Samedi de bénir cette cérémonie, tout en passant ses mains au-dessus des vestiges animaux.

Puis, elle se tourna vers le jeune Vampire. Elle souriait et se voulait apaisante par sa voix :

— Es-tu prêt ?

– Oui. Mais tu ne m'as pas expliqué ce que je devais faire.

– Ne t'inquiète pas ! Tu n'as rien à faire. Je n'ai besoin que de ta présence pour établir un contact. Tu es une sorte de catalyseur spirituel. Commençons ! Qui veux-tu appeler en premier ?

– Mon père. Je veux savoir pourquoi il a laissé faire ça.

– On verra bien. Nomme-le.

– Il s'appelle François Bravard.

– Bien ! J'en appelle à toi, François Bravard !

Rien ne se passa.

– François Bravard ! Je t'ordonne de te montrer céans sur-le-champ !

Rien.

Il n'y avait que le silence.

Angélique restait perplexe. Pourquoi l'esprit de ce François ne se montrait-il pas ?

Elle commandait aux esprits. Aucun ne lui avait résisté depuis qu'elle exerçait.

Alors pourquoi ne répondait-il pas ?

– Yves ? Tu es sûr de te rappeler du nom exact de ton père ? Après tout, cela remonte à un siècle.

– Non, je me rappelle très bien de son nom : François Bravard. Pourquoi ? Que se passe-t-il ?

– Rien, c'est ça le problème ! Un commandement ne peut être repoussé et son esprit aurait dû répondre dès ma première exigence.

– Comment ça se fait ?

– Eh bien, il se peut que ton père ne soit pas mort. Ou pas complètement. Il a pu se faire vampiriser ? C'est peut-être la raison pour laquelle il n'était pas là la nuit de ta transformation ? Il a peut-être été la première victime de Martial ? Qui sait ? Ou son âme a pu être absorbée par un Vampire, tout comme l'âme de ta mère ? Si c'est le cas, ils n'existent plus du tout sur aucun plan d'existence, et c'est pourquoi je n'ai pas accès à son fantôme. Si c'est le cas, Hancokan l'apprendra peut-être de la bouche de Martial.

— Si Martial l'a transformé, pourquoi n'était-il pas avec nous durant toutes ces années ?

— Je ne sais pas. Ceci dit, je crois que la cérémonie tombe à l'eau, faute d'esprits à invoquer.

— Attends ! Nous avions un voisin. Il a peut-être vu ce qu'il s'est passé cette nuit-là ?

— Au point où on en est ! Nomme-le.

— Son nom était… Marcel… Const ?… Non ! Marcel Constant ! C'est ça ! Il s'appelait Marcel Constant.

— On va bien voir. J'en appelle à toi Marcel Constant !

L'air se mit à vibrer. Les osselets s'entrechoquèrent.

Un murmure vint siffler aux oreilles d'Yves, un bourdonnement incessant.

— Nomme-toi esprit !

Le murmure se fit plus précis. Plus fort.

On pouvait percevoir des sons, des mots dans le courant d'air qui virevoltait autour de leurs têtes.

— Marcel Constant.

Le susurrement était faible mais il restait, tout de même, audible.

— As-tu connu la famille Bravard ?

— Oui.

— Sais-tu qu'ils sont morts ?

— Pas tous.

— Non, en effet, le petit Ernest a survécu.

— Oui.

— As-tu assisté à la mort de sa mère ?

— Non.

— N'as-tu rien entendu, cette nuit-là ?

— Des cris.

— Les cris de la mère ?

— Oui.

— Autre chose ?

— Une dispute.

— Une dispute ?

— Oui.

— Entre qui ?

— Des hommes.

— Tu les connais ?

— Non.

— Combien étaient-ils ?

— Deux, peut-être trois.

— As-tu entendu des mots ?

— Oui.

— Lesquels ?

— L'un des hommes criait « On ne doit pas faire ça ».

— Faire quoi ?

— Je ne sais pas.

— Autre chose ?

— La fuite des chevaux.

— As-tu vu quelque chose ?

— Non.

— Pourquoi n'as-tu pas aidé les Bravard ?

— J'avais peur.

— Et le petit Ernest ?

— Je n'avais pas assez d'argent pour nourrir une autre bouche.

— Ben, voyons ! Et la police ? Elle n'a rien trouvé ?

— Le père était un bon coupable.

— Ils ont accusé le père d'avoir tué sa famille ?

— Non. D'avoir fui avec son fils et sa femme en abandonnant le plus jeune.

— En effet, la mère avait été réduite en cendres donc pas de cadavre. Tu as des questions Yves ?

— Non. Il me dégoûte ! Il n'a même pas recueilli mon frère. Il ne lui a même pas donné un petit morceau de pain ! Puisses-tu pourrir en enfer, Marcel Constant !

— Voilà qui conclut cette cérémonie. Marcel Constant, je t'ordonne de retourner d'où tu viens !

Le silence revint.

Tout se figea autour d'eux.

Angélique mit sa main sur l'épaule du jeune Vampire en signe de réconfort.

Cette affaire s'enlisait de plus en plus. Au fur et à mesure qu'ils avançaient sur une voie, elles se fermaient les unes après les autres tout en laissant un dégoût malsain.

— Yves ? Ça va ?

— Oui. Je n'arrive pas à m'empêcher d'imaginer ce qu'a dû endurer Ernest durant toutes ces années. Sa haine envers les

Vampires est largement justifiée.

— Peut-être. En tout cas, nous, on en a fini ici. Nous voilà avec autant de questions sans réponses.

— Je sais que les autres vont avoir plus de succès.

— Oui, tu as sans doute raison.

Angélique tendit la main, pour ramasser les os, quand Yves la lui saisit.

— Attends ! J'ai une autre idée ! Est-ce qu'on peut tester une autre invocation ?

— Oui. À qui penses-tu ?

— À ma grand-mère maternelle. Elle n'a jamais aimé mon père, elle s'était même opposée au mariage. Ma mère et elle ne se sont plus jamais parlées depuis lors. La seule fois où je l'ai vue, ce fut à son enterrement.

— Et ? En quoi elle pourra nous aider ?

— J'aimerais savoir quel grief elle avait contre mon père. Je veux savoir si elle a une explication sur ce qui arrive à Ernest.

— Pourquoi pas ? Nomme-la.

— Elle s'appelait Joséphine Rondin.

— J'en appelle à toi Joséphine Rondin !

L'air se remit à frémir, les osselets entamèrent une nouvelle danse épileptique sur le bois. Le bourdonnement annonça l'arrivée de l'appelée.

Tout était de nouveau opérationnel pour palabrer avec l'ancêtre.

— Qui es-tu ?

— Je me nomme Joséphine Rondin.

— Te souviens-tu de François Bravard ?

— Oui. Je me souviens. Il m'a volé ma fille.

— Pourquoi dis-tu qu'il l'a volée ?

— Je ne voulais pas de l'union de ma fille et d'un vagabond.

— Un vagabond ? Que sais-tu sur ce François ?

— Il n'a aucune attache. Aucune famille. Un vagabond qui erre sur la Terre.

— Était-il violent ? Mauvais ? Une menace pour votre fille ?

— Il n'apportait que la violence autour lui.

— Qu'entends-tu par là ? As-tu été témoin d'une de ces violences ?

— Moi non, mais il y avait une rumeur.

— Raconte-moi cette rumeur.

— Un jour, un homme, qui venait de la mer, vint au village. Le voyageur se dirigea aussitôt à la cabane qui servait de refuge à François. Les deux hommes n'ont pas échangé un seul mot. Ils se sont longuement dévisagés avant de s'affronter dans un duel à mort. Un duel à l'épée. François vainquit l'homme de la mer. Il était le malin.

— Pourquoi ? Il ne s'est que défendu.

— Non. Un chasseur qui passait par là a assisté à la scène. Il a vu François tuer l'homme. Puis il a vu l'âme du tué entrer dans le corps de François.

— Il a avalé l'âme de l'homme ? Comme le fait un Vampire ?

— Je ne sais pas.

— Que s'est-il passé ensuite ? La milice n'a pas arrêté François ?

— Non. Il n'y avait plus de corps, pas même la moindre goutte de sang.

— S'il n'y avait pas de corps alors comment savez-vous que

ça a réellement eu lieu ?

— Le chasseur l'a conté au village.

— Et vous l'avez cru ?

— Pas au début. Mais quand François a entrepris de séduire Marie, je me suis méfiée.

— Pourquoi ?

— C'est ce qu'aurait fait n'importe quelle mère. Je ne voulais pas que ma fille s'approche d'un homme sur lequel circulaient de telles histoires.

— C'est un peu léger comme preuve pour lapider une union, non ?

— Non. Je voulais ce qu'il y avait de meilleur pour ma fille.

— Et depuis cet incident, y a-t-il eu autre chose ?

— Non. Ma fille est partie forniquer avec ce monstre et a enfanté trois enfants que je n'ai jamais vus.

— Que savez-vous sur la mort de votre fille ?

— Elle a été tuée par ce méphistophélique, tout comme sa fille et son fils.

— Et Ernest ? Vous savez quelque chose sur Ernest ?

— Non. Juste qu'il est damné pour être la descendance du malin.

— Bref, tu ne sais rien. Tu ne nous as pas été très utile. Pars maintenant ! Retourne au repos éternel !

L'esprit s'en alla.

— Alors ? Satisfait de ton entretien avec ta grand-mère ? Une sainte ! Ironisa Angélique.

— Elle a dit que mon père avait absorbé une âme humaine.

— Non. Elle a entendu un poivrot raconter qu'en plein jour,

ton père se serait nourri de l'âme d'un humain, un peu comme un Vampire. Bien entendu, le poivrot n'avait aucune preuve.

– S'il a arraché l'âme du voyageur, son corps a dû tomber en cendres. C'est ce qui se passe quand nous nous nourrissons.

– Tu as entendu le passage où j'ai précisé : En plein jour ? De plus, si ton père était un Vampire, tu l'aurais su au long des années passées à ses côtés. Ce n'est pas quelque chose que l'on peut dissimuler facilement ! Sans compter qu'un Vampire ne peut pas enfanter.

– Alors qu'est-ce que c'est ?

– Le délire d'un poivrot et un délit de sale gueule qui a amené à la diabolisation d'un pauvre bougre. Si ça s'était produit quelques années en arrière, il aurait été emmené sur un bûcher pour sorcellerie. Ces mortels sont fous !

– C'est vrai que des Vampires, c'est tellement plus logique !

15

Martha accompagna Pythie auprès du prisonnier. Elle souhaitait voir celui qui se prétendait du même sang que son petit-fils.

Pythie certifiait ce fait comme vrai. Martha avait tendance à la croire. La grecque faisait partie de la cabale. Cela amenait son poids de crédit.

L'homme luttait de toutes ses forces contre ces racines qui l'entravaient. Son visage rougissait sous l'effort, sa veine temporale menaçait de se rompre.

Le prisonnier avait une telle haine dans le regard que cela créait une atmosphère malsaine, une inimitié qu'on pourrait trancher au couteau.

Pythie, quant à elle, ne sembla point gênée par l'agressivité dont il faisait preuve.

— Bonsoir, vieil homme.

— Va te faire foutre, salope ! Approche-toi, que je puisse t'arracher la gorge !

Ernest tirait de toute sa masse vers sa geôlière.

— J'espère que vous avez pu vous reposer un peu. Nous vous apporterons de quoi vous sustenter après notre entretien.

— Rien à foutre de ta bouffe ! Je ne te dirai rien !

— Ça a le mérite d'être clair. Je pourrais tenter de vous charmer mais je suis bien moins efficace qu'Angélique dans ce domaine. De plus, il est bien plus dur de charmer un esprit qui l'eut déjà été. Non. Moi, je vais juste parler.

— Parle tant que tu veux ! Quand je me libérerai, je vous exterminerai jusqu'au dernier, sale buveur de sang !

— Voilà un stéréotype complètement faux. Nous ne buvons pas de sang. Mais ça, tu le sais déjà. Voilà ma question. Elle est simple. Durant toutes tes années à rechercher le meurtrier de ta mère, qu'as-tu appris sur ce Martial ?

— Je ne te dirai rien, vermine !

— Oui… C'est ça. Je lis que tu vois très bien de qui je veux parler. Tu as déjà vu son visage, des gravures ? Non, des peintures.

— De quoi tu parles ? Je n'ai rien dit !

— L'homme a été infanté par un vampire, du nom de Martha, en 1861, dans un petit village du nord de la Belgique.

Martha fut abasourdie par la prestation de son hôtesse. Elle semblait s'être infiltrée dans l'esprit même de l'homme.

Comment ?

La cabale était puissante. Voilà tout !

— L'Église perd sa trace pendant les deux guerres.

— Qu'est-ce que tu fais, sorcière ?

— Puis, il y a une forte activité dans le centre de la France pendant des années. Le clan s'était agrandi de deux autres

Vampires. Il est perçu comme le limier de la cabale. Décidément, tout le monde connaît l'existence de la cabale ! Voilà un sacré secret de Polichinelle !

— Je sais ce que tu me fais.

— Des lapins ? Tiens, on dirait que notre ami soldat en a marre qu'on lui trifouille le cerveau. Ta résistance est louable, chasseur. Mais vaine. Car si je ne suis pas aussi douée que ma commère, je suis, tout de même, en mesure de t'amollir un peu mentalement.

L'homme sembla, tout à coup, vaseux. Il perdit ses forces physiques, stoppant net sa lutte contre sa prison végétale. Même son regard avait un aspect ramolli. Une infestation psychique était à l'œuvre dans la psyché du soldat, Pythie en était la source.

— Ah ! Là, c'est mieux ! Donc, je reprends. Martial travaillait pour la cabale depuis les années 1900. On ne sait rien de cette époque, la cabale est trop bien organisée pour laisser fuir des informations. Ça reprend après la nuit de la mort de ma mère… Je veux dire de la mère d'Ernest. Puis, les apparitions se font sporadiques. Rien d'autre. L'église ne sait rien d'autre sur votre clan, Martha.

— Pourquoi nous ont-ils jamais attaqués ?

— Car ils arrivaient toujours trop tard, vous aviez déjà fui.

— C'était peut-être eux que mon fils fuyait ? Non, ça ne colle pas. Ce n'était pas la milice qu'il fuyait. C'était quelque chose de bien pire.

— Comme son patron de la cabale ?

— Oui, très certainement. Il avait dû lui désobéir, ou…

— Lui voler quelque chose.

— Mon petit-fils.

— Yves.

— Pourquoi la cabale voulait-elle Yves ?

— Je ne sais pas. Mais je sais qui pourrait le savoir.

— Qui ?

— Il faut d'abord que j'en parle à mes amis. Si c'est ce que je pense, nous avançons devant un lourd danger.

— Vous me faites peur !

— Allons Martha ! Tutoyez-moi ! S'amusa Pythie.

Ernest perdit connaissance.

Les deux femmes en restèrent là.

Elles remontèrent faire rapport de ce qu'elles avaient grainé.

16

La cérémonie que voulait pratiquer Hancokan demandait un lieu bien spécifique qui ne convenait pas à la demeure de Pythie.

De plus, Arthur avait insisté pour y assister, il souhaitait parler avec son père. Et surveiller ce qui se dirait. Il n'avait pas confiance en ces énergumènes de la cabale.

Ils venaient de débarquer dans leurs vies et Arthur devait leur faire confiance ? Leur confier sa vie et celle de son clan comme ça ? Par bonté d'âme ou par niaiserie ?

Hancokan ouvrit une brèche de téléportation et invita le Vampire hargneux à la traverser. Arthur s'exécuta, même si ce procédé de transport ne rentrait pas dans sa compréhension des choses.

Les Vampires arrièrent sous une hutte de bois circulaire, basse de plafond. Les murs étaient recouverts de peaux d'animaux.

Un feu brûlait en son centre, la fumée s'échappant par une aération au sommet de la cabane.

Arthur pensait être revenu au temps des cow-boys et des vertes prairies.

Au fond de l'habitat, se trouvait une malle en métal d'où s'échappait un genre de râle étouffé.

Hancokan invita Arthur à se détendre auprès du feu pendant la liturgie. Le Vampire s'exécuta en silence. Le mutisme de l'Indien semblait contagieux.

Hancokan déroula un tapis de coton sur lequel était représentée la chasse du bison par son peuple d'antan. Il s'y assied et déposa une longue pipe en bois à ses côtés.

— Nous allons communier avec les esprits.

— Les esprits ? Pourquoi ça ne me surprend pas ?

— Ton sarcasme est une preuve d'une bonne santé mentale, c'est bien.

— Alors je tiens la grande forme !

— Pendant que je parlerai avec les esprits, il faudra que tu gardes le silence et que tu te montres courtois. Certains peuvent se montrer susceptibles.

— Compris ! Silencieux et courtois. Je peux le faire.

— Bien alors je vais commencer.

Hancokan amena sa pipe jusqu'à ses lèvres. Il mit l'index de sa main droite dans le feu, attendit qu'il s'enflamme et en alluma le calumet. D'un geste de la main, le feu s'éteignit, laissant un doigt dévoré par les flammes.

Arthur pensait de plus en plus que ce vieil Indien avait vrillé du cerveau. Pourquoi s'être infligé une telle douleur ? Quoi que douleur, l'Indien n'avait même pas cillé.

Un fou !

Hancokan commença à inspirer la fumée doucement puis à la recracher par les narines. Il fit cela à trois reprises avant de reposer le calumet sur le tapis.

Le vieux Vampire leva les bras vers le ciel et implora ses divinités.

— Nagi yustosto huka* ! Je te prie, Ictiniké le rusé ! Ton plus humble serviteur a besoin de tes services !

Le feu augmenta de taille. Sa couleur, alors jaune roux, tourna au rouge bleuté.

Le vieux Sioux entonna, alors, une vocalise rythmée, un vrombissement guttural.

Le feu battait, explosait, s'enrageait. Puis sa flamme devint entièrement bleue et semblait danser sur le même tempo que les vocalises.

Et, au fur et à mesure que Hancokan augmentait l'intensité de sa mélodie, au fur et à mesure la flamme grossissait, se modelait, semblait se sculpter une forme.

Ce fut alors qu'un corbeau surgit du brasier. Il avait les yeux rouges.

Le volatile survolait la scène, croassant à tout va.

L'oiseau finit par se poser autour du feu, entre les deux spectateurs. Il regarda l'Indien.

— Pourquoi me déranges-tu, mortel ?

Sa voix était un grondement empli de mépris.

Arthur dut faire preuve de maîtrise pour ne pas fuir. Rien de tout ça n'était normal. Rien de tout ça n'était sain, ils allaient le regretter, il en était sûr !

Ils étaient en présence du mal à l'état pur.

Sans compter que l'être ailé les avait appelés « mortel ». Eux qui ne sentaient en rien les effets du temps. Si eux étaient mortels, qu'en était-il de cet oiseau ?

— Je vous prie, Ô grand esprit de la malice, de me pardonner mon impudence.

Hancokan s'inclina devant le corbeau.

— Je suis là. Parle maintenant ! Et prie pour ne pas m'avoir dérangé pour rien !

— J'ai grand besoin de tes services, de ton immense pouvoir. Il faudrait que j'entre en contact avec une âme déchue qui brûle dans les fosses des Enfers.

— Je peux le faire, en effet. Mais pourquoi le ferais-je ? Pourquoi rendrais-je service à la vermine mortelle que tu es ?

— J'ai une offrande pour toi, une âme dont tu pourras te désaltérer.

Le corbeau tourna la tête vers Arthur. Il le jaugea de la tête aux pieds.

Arthur était mal à l'aise sous le regard inquisiteur de l'esprit corbeau. Hancokan avait parlé d'une offrande, était-ce lui ? L'Indien dévoilait enfin son jeu ? Sa traîtrise ?

Le corbeau s'envola et survola le vieux chaman. Il avait une posture menaçante avec ses serres en avant et ses ailes qui écrasaient l'air pour se maintenir.

— Tu oses m'offrir l'âme de ce Vampire ? Une âme qui appartient déjà à quelqu'un ? Crois-tu que je puisse trouver plaisir à me délecter des déchets de l'enfer ?

La tente frémissait sous la colère du dieu bafoué.

Hancokan s'inclina, une nouvelle fois. Malgré sa soumission, il ne paraissait pas inquiet par ce qui lui tombait dessus. Il restait calme et serein comme à son habitude. Alors qu'Arthur avait rampé jusqu'au fond de la hutte, cherchant refuge derrière la malle.

— Ne vous y trompez pas, Ô très grand ! Ce Vampire n'est rien. Il n'est qu'un non-croyant, un impie qui ne mérite en rien votre attention et à peine la mienne. Non ! Pour vous, Ô grand Ictiniké, j'ai bien mieux ! Arthur ? Peux-tu ouvrir la malle ?

D'abord désemparé, Arthur s'exécuta et ouvrit le coffre. À l'intérieur était enfermée une petite fille aux longues boucles blondes, pas plus vieille d'une huitaine d'années. L'enfant était nue comme un ver, bâillonnée et les mains liés dans son dos.

— Arthur ? Peux-tu m'amener l'offrande ?

Le Vampire sortit la petite prisonnière de sa cage métallique. Elle pleurait et se lamentait à travers son bâillon. Ses yeux suppliaient la clémence de cet homme qu'elle apercevait pour la première fois.

Arthur mit l'enfant sur ses pieds et la poussa vers le vieux chaman. L'enfant luttait, elle hurlait de peur, elle pleurait, suppliait derrière le tissu.

— Arthur ? Peux-tu enlever le bâillon de l'offrande afin que notre dieu puisse se délecter de sa détresse ?

Le Vampire s'exécuta une fois de plus en démuselant la petite tête blonde.

Le corbeau survolait l'enfant qui se rapprochait de lui. Il semblait grandement satisfait par ce qu'il contemplait.

L'enfant hurla de plus belle. Elle se retourna vers Arthur, se jetant à ses pieds. Elle pleurait et baragouinait dans une langue étrangère, un anglais pleurnichard :

— Please ! Sir, I want to leave ! I want to see again my mom ! Pity ! I am afraid*!

— Lâche-moi, sale gosse ! J'y suis pour rien, moi ! Dégage !

Arthur arracha l'enfant de sa jambe. Elle se débattait contre sa mort. Et la jeta dans le sable de la hutte, au pied du vieux Vampire.

— Voilà l'offrande, mon seigneur. Est-ce que cela vous convient ? Reprit Hancokan.

— Voilà une âme exquise ! Et tu me l'échanges contre ?

— Je souhaiterais m'entretenir avec le Vampire dénommé Martial Sinclair, pourrissant, actuellement, dans les fosses infernales.

— Le marché est conclu.

L'oiseau se jeta sur l'enfant, saisit sa chevelure dans ses serres et la tira sans peine dans le foyer enflammé de nouveau ranimé.

L'enfant se débattait, hurlait mais ne put lutter contre ce destin horrible que celui de brûler vive.

Son hurlement continua une dizaine de minutes avant de s'éteindre, une fumée noire s'échappa du bûcher improvisé, lâchant ses effluves de chair carbonisée.

Une dizaine de minutes de cauchemar où un minuscule corps tressautait dans la tourmente enflammée, dans une cacophonie digne de la géhenne.

Une souffrance sans nom.

Un haut-le-cœur s'empara de la poitrine d'Arthur, menaçant de régurgiter. Il contemplait l'épouvante de la scène, il était horrifié par ces petites jambes qui se débattaient dans les flammes, par cette peau qui brunit sous la chaleur, cloquant, se recroquevillant, se détachant des os noircis.

L'enfant mourut, Arthur dégobilla un estomac vide.

Arthur fixait ce monstre immonde qu'était Hancokan. Il avait livré une petite fille aux horreurs de l'enfer sans sourciller.

Arthur se délectait des âmes des humains depuis fort longtemps, il en avait même arraché à des enfants pendant la seconde guerre mondiale, certes ! Mais jamais, ô grand jamais, il n'avait engendré pareille torture à ses victimes.

Il devait se nourrir mais il ne prenait pas plaisir à les faire souffrir.

Le feu reprit de plus belle. Une fois de plus, sa couleur vira au bleu. Mais aucun oiseau n'en sortit.

À la place, les flammes se sculptèrent en un visage.

— Papa ?

Arthur reconnaissait les traits qui se dessinaient dans les flammes : C'était son père vampirique.

— Où suis-je ? Ce n'est pas l'enfer. C'est autre chose ?

— Papa, c'est moi Arthur. Tu te souviens de moi ?

— Arthur ? Oui, je me souviens de toi, mon fils ! Que se passe-t-il ? Est-ce une nouvelle forme de torture ?

— Non, père. C'est bien réel. On t'a fait revenir pour te parler.

— On ? Tu es avec qui ?

— Un chaman. Hancokan. C'est lui qui a fait en sorte de pouvoir se parler.

— Bonsoir Monsieur Sinclair. Je m'appelle Hancokan. Nous vous avons fait venir pour vous poser des questions. Cela concerne votre fils, Yves.

— Yves ? Y a-t-il un problème ?

— Oui, en effet. Mais soyons concis, si vous voulez bien. Tout d'abord, pouvez-vous nous raconter comment s'est déroulée la nuit de la transformation d'Yves ?

— Oui. Je me souviens. Cela faisait quelques mois que je tissais des liens avec la famille Bravard pour approcher Yves…

— Soyons plus précis, voulez-vous ? Pour qui travailliez-vous à cette époque ?

— Je travaillais pour la cabale.

— Qui précisément ?

— Je ne sais pas. Je n'ai toujours eu affaire qu'à son bras droit, un dénommé Monsieur Wolf. Un être surnaturel qui n'était pas un Vampire pour autant.

— Il était quoi alors ?

— Je ne l'ai jamais su. Mais le fait qu'il puisse vivre en pleine journée et son nom Wolf me laissaient supposer un Lycanthrope.

— Pourtant les Lycanthropes et les Vampires ne travaillent pas ensemble. On est plutôt ennemis héréditaires.

— En effet.

— Quel lien aviez-vous tissé pour les approcher ?

— Lors de mes investigations, j'ai appris que leur fille était malade. J'ai donc approché François en lui faisant miroiter un remède pour sa fille. Il n'a donc pas hésité à me donner sa confiance jusqu'à m'autoriser à entrer dans son domicile. Lors de mes visites, j'ai pu permettre à deux autres Vampires de pouvoir y être invités. Sa femme me faisait autant confiance. Tout était parfaitement synchronisé.

– Qu'en était-il du remède de la fille ?

– Il n'y en avait pas vraiment. En fait, la cabale a maintenu la fillette en hibernation avec la promesse de trouver un remède avec le temps. Le père a été facile à convaincre, la mère un peu moins. Ils devaient se faire à l'idée que leur fille serait sauvée mais qu'ils ne seraient plus de ce monde pour le voir. Ils finirent, tout de même, par accepter. Mon patron me fournit alors une copie de chair de la jeune enfant pour qu'un enterrement ait lieu.

– Une copie de chair ? Comment est-ce possible ? Surtout à cette époque.

– Je ne sais pas. Un prodige. Une preuve de la puissance de la cabale.

– Continue.

– L'enterrement eut lieu. Je continuais à rendre visite à la famille. Notre objectif était Yves.

– Que vouliez-vous à Yves ?

– Je ne sais pas mais la cabale y accordait une immense importance. Mais la nuit de l'enlèvement, je sentis que quelque chose clochait. Ce que je faisais était mal, même pour des êtres vils comme nous. En premier lieu, je dévorais la mère. Mais, lorsque j'entrais dans la chambre du gosse, un Vampire se tenait au-dessus de lui, un Asiatique. Il venait de boire du sang du jeune Yves et lui avait fait ingurgiter du sien. Il avait entamé la transformation de l'enfant en Vampire.

– Un Asiatique ? Yin ? J'aurais dû m'en douter.

– Qui est Yin ? Interrogea Arthur.

– Yin est un membre très puissant de la cabale. Un adversaire très dangereux. Mais revenons à ton père, s'il te plaît. Donc, Martial, ce n'est pas toi qui as infanté Yves ?

— Non.

— Que s'est-il passé ensuite ?

— J'ai protesté. Je me suis interposé entre le Vampire et sa proie et je me suis enfui par la fenêtre avec le jeune garçon inconscient.

— Yin ne t'a pas poursuivi ?

— J'ai sûrement dû les semer.

— Ça, j'en doute !

— Quoi qu'il en soit, j'ai recueilli ce jeune Vampire en ma famille, prétextant l'avoir moi-même infanté, et j'ai fui à travers toute la France, avec ma famille, depuis lors, cherchant à échapper à la cabale.

— Vous n'avez aucun détail du plan de Yin ? Vous n'avez rien vu ou entendu ?

— Non, rien. Mais tout tournait autour d'Yves. Il était la pièce maîtresse de son plan.

— Papa ? Et que s'est-il passé la nuit de ta mort ? Connaissais-tu tes tueurs ?

— Oui. Ils avaient travaillé avec moi à plusieurs reprises. C'était des larbins de ce Yin. Ils ont dû réussir à nous repérer. J'ai lutté autant que j'ai pu mais ils m'ont vaincu. Malgré tout, je ne regrette rien, ma famille était sauve.

— Yves n'est pas mon frère ?

— Non.

— Mais il l'est en quelque sorte, n'est-ce pas ?

— Oui. Même si ce n'est pas mon sang qui l'a infanté, je l'ai éduqué comme l'un des miens.

— Oui. Et il fait partie du clan, papa. Il est mon frère et, quoi qu'il arrive, je le protégerai à n'importe quel prix ! Même au détriment de ma propre vie !

– Je n'en attendais pas moins de toi, mon fils ! Je suis fier de ce que tu es devenu.

– Monsieur Sinclair ? Encore une question. Que savez-vous d'Ernest ?

– Ernest ? Le petit frère humain d'Yves ? Rien. Je ne l'ai jamais revu depuis cette époque.

– Il est devenu un chasseur au service de l'Église et il arrive à gruger la vieillesse. Il a cent six ans et, pourtant, c'est un chasseur hors pair.

– Comment est-ce possible ?

– C'était la question que je comptais vous poser.

– Je n'en sais rien.

– Papa ? Comment c'est où tu te trouves ?

– Non ! Stoppa Hancokan. Ce qui se passe dans l'au-delà ne doit pas nous parvenir. Cela pourrait énerver des êtres que tu ne voudrais pas rencontrer. Martial Sinclair ? Il est temps de couper court avec l'au-delà. Il est temps, pour vous, de retourner au trépas.

– Non ! Hurla Arthur.

Mais Hancokan en avait décidé autrement. Il saisit une pincée de poudre d'une petite besace à sa ceinture et la souffla en direction du feu. Aussitôt, le feu cessa. Plus rien qu'une légère fumée s'échappa des braises restantes.

Le corps de la jeune Anglaise se mêlait à la cendre du bois mort. Seuls ses os ressortaient de tout ça, petit crâne noirci aux orbites vides.

– Qu'as-tu fait, vieux fou ? Je veux que mon père revienne !

Arthur saisit Hancokan par le cou. Une rage luisait de ses yeux.

Hancokan souriait.

Une force invisible repoussa le Vampire belliqueux en arrière. Mais Arthur ne souhaitait point en rester là. Il fonça vers le vieil homme.

Il n'arriva pas à son contact. Une sorte de mur invisible s'interposait entre lui et sa cible. Encore un tour tordu de ce chaman, pensa Arthur.

— Arthur ? Ton excès de colère est-il passé ? On peut retourner auprès des tiens leur apprendre ce qu'on a appris ?

— Ce n'est pas fini entre nous, papi ! Je t'aurais plus tard !

— Nous y allons ?

— Oui. Ramène-moi auprès des miens.

17

Angélique, Pythie et les deux Sinclair regagnèrent le confort de la salle de séjour.

La belle métisse entama le dialogue :

— Alors comment ça s'est passé avec le prisonnier, Pythie ?

— Intéressant. Et vous ? Vous avez pu parler avec le père Bravard ?

— Non. Son fantôme n'était pas accessible.

— Ah ? Et pourquoi ça ?

— Je ne sais pas vraiment. Il a peut-être dû être dévoré par d'autres Vampires ou en être devenu un lui-même.

— Il a été vu en train d'aspirer une âme, coupa Yves.

— Ça n'est pas totalement vrai. C'est une histoire, sans fondement, racontée par un poivrot. De plus, ça se passait en plein jour !

Angélique se sentit agacée par l'intervention intempestive du jeune garçon.

Histoire sans fondement égale perte de temps. Alors pourquoi en perdre ?

Était-ce sain qu'Yves s'accroche à une chimère ? Un père biologique qui n'était pas normal donc excusable ? Ou souhaitait-il se trouver des points communs avec ce dernier même à travers le fait d'être deux monstres des enfers ?

Non. Ce n'était pas sain. Non productif.

— Oui, en effet, cela me paraît peu probable. Vous avez pu obtenir d'autres informations ?

— Martial n'était pas seul la nuit du drame. Rien d'autre.

— Eh bien, nous, nous n'avons rien appris, si ce n'est que l'Église connaît l'existence de la cabale. Fait pour le moins ennuyeux dont les autres membres devront être mis au courant. Ceci dit, j'ai pensé à quelque chose, ou plutôt à quelqu'un, qui pourrait nous aiguiller sur ce que pourrait vouloir la cabale à ce petit Vampire.

Pythie fut interrompue par l'arrivée, peu commune, de Hancokan et Arthur. Martha eut un sursaut de surprise devant ce trou béant dans absolument rien.

— Hau, Mesdames !

Hancokan salua de la main les Vampires déjà présentes. Il semblait ne pas voir Yves ou ne le voulait pas.

— Hancokan ? J'expliquais justement à Angélique qu'il faudrait que nous discutions tous les trois sur un sujet très délicat.

— Et nous ? Se frustra Yves. Que je sache, tout ça, ça nous concerne, et moi encore plus !

— Oui. Mais il y a des choses qui n'appartiennent qu'à la cabale. Laisse-moi en discuter avec mes pairs et, s'ils jugent que c'est opportun, nous vous en ferons référence aussitôt après.

– Oui, jeune maya slé* ! Il faut laisser parler les sages Itancan* entre eux.

– Oh non ! S'offusqua Arthur. Vous parlerez autant que vous voudrez. Mais avant, tu vas raconter, à Yves, ce que nous avons appris auprès de mon père !

– Oui, en effet. Ce serait plus courtois de ma part, acquiesça Hancokan.

– Donc, jeune homme, Martial Sinclair ne t'a pas infanté. Il a menti.

– Quoi ? Qu'est-ce que tu me dis là ? Ce n'est pas possible !

– Écoute-le, Yves ! C'est bien plus complexe que ça.

– Sage remarque, Arthur. Donc, je disais, ce n'est pas Martial Sinclair qui t'a infanté mais, il semblerait que soit le général Yin.

– Yin ? S'étonna Angélique.

– Qui est Yin ? Demanda Martha.

Tout cela était dur à encaisser. Son fils menteur, son petit-fils qui ne l'était pas. Cette histoire ébranlait les fondations de son existence, rien de bon n'en sortirait.

– Yin est un membre de la cabale, Madame. Il était un puissant général chinois, de son vivant, qui dépêcha son armée aux quatre coins du monde afin de lui procurer des Vampires. Cet ambitieux voyait la puissance en ces êtres de la nuit et fit en sorte de le devenir aussi. Sachez que sa quête de pouvoir ne s'est pas tarie avec le temps, tout au contraire ! Donc si Yves est impliqué dans ses stratagèmes, on peut prévoir le pire.

– Et où peut-on le trouver ce Yin ? S'il est mon créateur, il a des comptes à me rendre. S'il cherche à me tuer, je ne vais pas me laisser faire !

– Non, petit maya slé. Tu n'iras pas le voir. Il est très puissant et peut-être même plus puissant que nous tous réunis. Donc, tant qu'on n'en saura pas plus, on reste tous ici. D'accord ?

– Vous avez peur de lui ? Et puis, pourquoi tu m'appelles Maya slé ? Ça veut dire quoi ce charabia ?

– Ça veut dire coyote en Sioux.

– Pourquoi tu m'appelles coyote ?

Hancokan sourit pour toute réponse.

Chez son peuple, un coyote avait plusieurs significations : Hormis nommer un canidé, il faisait référence à la traîtrise de ces animaux. Ce mot pouvait même être synonyme de bâtard.

C'était un peu la vision qu'il avait d'Yves en ce moment, celle d'un bâtard de Yin qui les entraînait dans une mélasse de traîtrise.

Un coyote.

Les trois vampires de la cabale s'apprêtèrent à quitter la pièce, quand Martha se permit une remarque intéressante :

– Excusez-moi ! Quelqu'un a vu ma petite-fille ? Je n'ai pas vu Vanessa depuis le début de la soirée.

– Je vois que je vous ai sacrément manqué, dites-moi !

Vanessa se tenait dans l'embrasure de la porte d'entrée, elle tenait son téléphone portable à la main.

– Comment as-tu pu sortir de chez moi sans déclencher les alarmes ? S'étonna Pythie.

– Tu veux parler de tes antiquités ?

Vanessa fit un clin d'œil à la Vampire grecque.

Elle s'approcha du groupe et jeta son téléphone dans les mains de la métisse noire.

Sur l'appareil, l'image d'un homme s'illuminait. Un homme brun, d'une trentaine d'années, descendait d'un paquebot avec un lourd baluchon à l'épaule.

— Qui est-ce ? Interrogea Angélique.

— Pendant que vous interrogiez les morts et le prisonnier, je me suis occupé de la vie réelle. J'ai fait mon job, quoi !

— Et ?

— L'homme que tu vois, et ceux des autres photos… Tu peux faire glisser l'écran, Angélique. Ça s'appelle la technologie… Ces mecs sont la nouvelle milice de chasseurs qui sont arrivés ce soir même à Marseille via les réseaux clandestins.

Angélique fit dérouler l'écran. Les photos représentaient une dizaine d'hommes dont une femme et un nain. Ils semblaient tous très dangereux, des mercenaires aguerris, des meurtriers au cœur froid.

Si la nouvelle milice de chasseurs avait déjà posé le pied dans cette ville, cela pourrait poser problème d'un moment à l'autre. Comme s'ils n'en avaient pas assez avec ce que leur avait préparé Yin ?

— Comment as-tu appris ça ?

— Ah ! Sachez, chère Madame, que cette ville m'appartient. J'ai quelques mignons qui ne demandent qu'à me satisfaire.

— Impressionnant ! Je dois l'avouer, applaudit Pythie.

— Mais n'ayez aucune inquiétude.

Cette maison est indétectable par n'importe quel moyen que ce soit, électronique ou magique. Qui qu'ils soient, ils ne nous trouveront pas de sitôt. Voilà donc un problème que l'on peut reporter à plus tard. Concentrons-nous sur le cas Yin, pour l'instant, si vous voulez bien. Angélique ? Hancokan ? Puis-je m'entretenir avec vous ? Pourquoi pas dans le jardin ?

Les deux s'exécutèrent, suivant leur hôtesse dans le vaste jardin de la demeure. Laissant les Sinclair réunis dans le salon.

Ils se regardèrent les uns les autres. Leur famille n'avait jamais passé de crise telle que celle-là. Même lors de la mort de Martial, le groupe n'en fut pas autant déstabilisé qu'aujourd'hui.

— Peut-on leur faire confiance ? Lança Arthur.

— Je ne sais pas, répondit Martha. Mais en avons-nous le choix ?

— En tout cas, il faut que je sache ce qu'il est arrivé à ma famille humaine. Et pourquoi ce général Yin veut, à tout prix, mettre ses sales pattes sur moi.

— Oui, Yves. Et la meilleure chance que nous ayons, pour l'instant, ce sont ces trois-là.

— Ils sont fous.

— Oui, Arthur. Et très puissant. C'est pour cela que nous devons rester soudés. Nous sommes une famille et devons penser de la sorte.

— Ne vous inquiétez pas, rassura Vanessa. Je n'ai pas seulement récupéré des photos ce soir. J'ai aussi organisé une échappatoire. Un bateau pourra nous transporter où nous voulons, quand nous voulons. Pour l'instant, mes mignons surveillent ces chasseurs.

— Tu es extraordinaire ma petite Vanessa ! Je suis fière de

toi !

– Merci, Martha.

– Surtout, n'oubliez pas que si je donne l'ordre de partir, il faudra s'exécuter sans réfléchir.

– Oui, Arthur, conclut Martha.

Yves savait qu'il pourrait compter sur le soutien de son clan dans tout cela.

Il venait d'apprendre qu'ils n'étaient pas de son sang, contrairement à l'humain qui s'époumonait dans la cave. Qu'en était-il de sa loyauté ? Vers qui irait-elle le moment venu ?

Qu'attendait son vrai père de lui ? Il voulait parler de Yin. Lui voulait-il du mal ou son bien ?

Après tout, on ne savait toujours pas ce qu'étaient ces Lycanthropes qui l'avaient pourchassé sur les quais.

Et qu'en était-il de son père humain ? Qui était-il réellement ?

Contrairement à Angélique, Yves croyait en la rumeur racontée par sa grand-mère maternelle. Son père était bien plus que simplement François Bravard.

Yves en était sûr. Et de cette réponse en dépendait le dénouement de cette affaire.

Arthur resta muet sur ce qu'il avait vu sous la hutte de Hancokan, en l'occurrence la mort atroce de la petite fille blonde.

Il préférait garder ça pour lui. Dévoiler ce côté machiavélique du chaman n'apporterait rien de constructif, pour l'instant.

Sa famille lui faisait confiance, et ils pourraient compter sur lui.

Parler maintenant de Hancokan pourrait nuire à Yves.

Plus tard.

Peut-être.

18

Le jardin de Pythie était une vaste étendue de gazon bordée par une haute haie de cyprès. Aux quatre coins de la maison, ornaient d’imposants pots de fleurs bien garnis.

Une piscine circulaire, faite de marbre, était percée près de la baie vitrée du salon.

L’air était frais ce soir, une légère bruine humidifiait l’atmosphère.

La clarté de la lune transperçait les nuages peu nombreux.

Les trois de la cabale palabraient calmement à la faible lueur d’une applique murale.

– Si c’est Yin qui est derrière tout ça, on a fort à s’inquiéter, commença Angélique.

– Yin nous a jamais montré toute sa puissance, on ne sait pas du tout de quoi il est capable. Mais le fait qu’il soit membre de la cabale en fait de lui l’un des Vampires les plus puissants de la planète.

– Tout comme nous, Hancokan.

– Il faudra rester sur nos gardes tout de même, Pythie.

— Savez-vous ce qu'il veut à Yves ? Il ne paraît pas si extraordinaire au premier abord, reprit Angélique.

— Je pense qu'Yves est loin du maximum de son potentiel. Si son frère humain a des aptitudes paranormales, il est facile de croire qu'Yves peut aussi avoir un trésor en lui. Trésor connu de Yin, apparemment.

— Si ce que tu dis est vrai, Pythie, il faut, à tout prix, apprendre ce qu'il en est.

— D'où mon idée. Il est quelqu'un, que nous connaissons tous les trois, dont la sagesse est devenue légendaire.

— De qui parles-tu ?

— Je veux parler de celui dont le nom nous a été interdit par Morgane Lafey, elle-même.

— Mais il est mort il y a cinquante ans !

— Non. Lors d'une de mes visions, je l'ai vu et je sais où il est.

— Arrête avec ton suspens ! Crache le morceau, Pythie !

— Notre ami est prisonnier dans une des prisons occultes de Morgane, en plein désert du Sahara.

— Le Sahara. C'est très astucieux. Cette étendue de sable, sans abris pour se cacher du soleil, la rend inaccessible à la plupart des Vampires. Hancokan ? Tu pourrais nous y emmener ?

— Non. C'est bien trop loin. Je ne peux déchirer l'espace-temps sur une si longue distance.

— Donc il va nous falloir l'aide d'Élisabeth McBeth. Son animosité envers Morgane est très palpable. Elle nous aidera forcément si ça peut nuire à Dame Lafey.

— Il faudra rester vague concernant Yves.

— Oui.

— Il y a un autre obstacle.

— Lequel, Hancokan ?

— Le gardien de la prison. Vous savez qui est son cerbère ?

— On dit que Morgane l'a confié à son plus vieil ami. Vous savez qui c'est ?

— Non.

— Et les Sinclair ? Demanda Pythie.

— Quoi, les Sinclair ?

— Qu'est-ce qu'on leur dit ?

— La vérité. De plus, lors de l'assaut de la prison, ils pourront nous être utiles. Ils ont fait preuve d'ingéniosité lors de notre première rencontre.

— Tu parles de Martha précisément ?

— Oui et d'Arthur à la volonté de fer.

— Bien ! Donc tout est réglé. Allons leur annoncer notre plan, puis allons persuader Élisabeth de nous aider, conclut Pythie.

19

Mardi 4 novembre.

Élisabeth McBeth habitait une petite demeure de Londres en Grande-Bretagne.

Il fallut plusieurs failles spatio-temporelles de Hancokan pour permettre à Pythie et Angélique de l'accompagner jusque-là.

Ce fut la deuxième nuit qu'ils pénétrèrent dans son salon. Hancokan était au bord de l'écroulement. Ces sauts l'avaient vidé de son énergie.

Il avait faim. Mais ce n'était pas du tout le moment.

Élisabeth habitait une petite maison du centre-ville de la capitale, véritable musée du napperon et du mauvais goût.

La bâtisse en pierre froide renfermait une multitude de meubles en chêne et en acajou. Chaque pièce de la maison était emplie à craquer.

Un portrait de la reine Victoria trônait sur la cheminée centrale de la salle de séjour, où les invités imprévus débarquèrent.

La vieille dame tricotait. Elle était assise dans son fauteuil, faisant face à sa fenêtre donnant sur la rue. Le fait de voir ces mortels aller et venir sur la chaussée avait un effet apaisant, regarder des poissons dans un aquarium aurait eu le même effet.

Élisabeth laissait son esprit voguer sur le ressac de son imagination. Elle repensait au Ruskoff, à Dame Lafey…

L'Indien de la Cabale débarqua inopinément, avec la métisse et la grecque, dans son salon, renversant, pour le coup, un petit guéridon où était installée la photographie de feu son mari. Photo en noir et blanc mitée par le temps écoulé.

Hippolyte avait vécu toute sa vie, pour ainsi dire, au côté d'Élisabeth. Ils se connaissaient depuis leurs plus folles jeunesses. Ils vécurent heureux et vieillirent ensemble malgré l'absence d'enfants. Pourquoi ? Oh, ils faillirent en avoir ! Élisabeth était même tombée enceinte. Malheureusement, l'enfant, un fils, ne survécut pas à l'accouchement.

Mourir à la naissance était assez fréquent à cette époque du début du XXe siècle. Malgré tout, cela restait un fait traumatisant pour la mère que de voir ce petit bout d'humain pendouiller dans les mains de la sage-femme. Suffisamment traumatisant pour ne plus espérer enfanter de nouveau. Son mari était un homme compréhensif, prêt à faire une croix sur sa progéniture pour le bien-être de sa femme.

Ils vécurent ensemble, même après cette nuit fatidique où Élisabeth rencontra son père vampirique. Il n'avait point été présent et s'en était toujours voulu de ne pas avoir su protéger sa tendre et chère.

Le nouvel état de demi-mort de sa femme ne fit point fuir

l'homme. Non. Il l'aimait et avait juré de rester à ses côtés malgré les coups durs.

C'eut été le plus bel acte d'amour qu'Élisabeth avait eu. Des années plus tard, elle se nourrit de son mari aimant. Elle jugea que sa présence était un frein à sa progression, son obsession de la puissance.

Elle l'avait aimé, certes. Mais quand on devenait Vampire, on avait une autre vision des choses dont le peu d'importance qu'était un humain sur la ligne temporelle. Il allait mourir de toute façon, autant que ce soit maintenant qu'Élisabeth puisse évoluer dans son état de Vampire.

Malgré tout, elle avait chéri cette photographie de leur mariage pendant tout ce temps.

La voilà au sol. Élisabeth n'en avait cure.

Tout d'abord affolée par cette intrusion, Élisabeth se calma. Elle ne montrerait point son désappointement à ses pairs. S'ils étaient venus pour en finir avec elle, eh bien, elle leur montrerait ce qu'elle valait.

Élisabeth les salua, installa ses invités et prépara le thé, qu'elle servit dans un magnifique service en porcelaine, sur de petits napperons brodés blancs. Il fallut tout le savoir-faire diplomatique de Pythie pour persuader l'Irlandaise de leurs intentions pacifiques.

Une fois la situation clarifiée et le thé servi, le dialogue put, enfin, démarrer :

— Que me vaut le plaisir de votre visite en mon humble demeure ?

— Nous sommes venus quémander de l'aide pour une affaire des plus urgentes et des plus sérieuses, répondit

Angélique.

— Fort bien ! Et en quoi puis-je vous aider ?

— Et si je vous disais que nous voudrions voler quelque chose à une certaine personne de notre connaissance ?

— Je vous dirais que cela est fort intéressant. Et cette personne ? Nous la connaissons bien ?

— Bien, je ne sais pas. Mais depuis fort longtemps.

— Et est-ce une personne désagréable ? Que je prendrais plaisir à voir lésée ?

— Je le pense, en effet.

— Alors je vous dirais que je suis fortement intéressée. Dites-m'en plus.

— Nous avons pour projet de voler quelque chose dans une des demeures de Dame Lafey.

— Oui ! Ça m'amuse fortement ! Continuez !

— Nous devons, pour cela, pénétrer sa prison du Sahara.

— Une prison au Sahara ? Je n'y aurais jamais pensé.

— Et, il se trouve que l'on aurait besoin de votre mode de transport pour y emmener un petit groupe.

— Vous voulez y aller par les ombres ?

— C'est là l'idée.

— Mais vous n'avez pas peur qu'elle l'apprenne ? Qu'elle se venge ?

— C'est un risque, en effet ! Mais de ce succès dépendent beaucoup de choses.

— Tiens donc ! Et quoi précisément ?

— Je ne peux point vous mettre dans la confidence. Vous m'en voyez navrée ! Acceptez-vous de nous aider ?

— Juste pour le transport ? Je vous emmène et vous ramène,

ce n'est que cela ?

– Oui. Pythie est en mesure de vous prévenir une fois le larcin accompli. Vous n'aurez même pas besoin de venir avec nous.

– Si. Je dois être présente physiquement pour le transport. Mais je ne resterai pas sur place.

Élisabeth faisait les cent pas devant sa cheminée allumée. Elle pesait le pour et le contre de la manœuvre. Ce ne fut pas une mince affaire car, même si l'idée de titiller dame Morgane lui procurait le plus grand plaisir, cela l'exposerait à une riposte.

Dame Morgane Lafey n'est pas une mince affaire.

– C'est d'accord ! Accepta la vieille Irlandaise.

20

Le groupe fut, une nouvelle fois, réuni dans le salon de Pythie. Un membre s'y était ajouté : Élisabeth McBeth. Son transport par les ombres permit aux voyageurs un retour quasi instantané.

Angélique avait déjà expliqué le plan aux Sinclair. Il ne restait plus que les détails :

— Bien ! Élisabeth, ici présente, nous transportera tous sur place et viendra nous chercher une fois le travail terminé. Mais, avant de partir, Hancokan va établir un plan détaillé de la prison. Une fois sur place, Pythie sera en mesure de nous rendre indétectables et de percevoir les pièges et les portes dérobées. On entre, on prend le butin, on ressort. Des questions ?

— Je ne viens pas, lâcha Martha.

— Pourquoi ? Il y a un problème ?

— Juste un pressentiment. Je préfère rester en arrière, surveiller le prisonnier.

— Il y aurait quelque chose dans le plan que vous

n'appréciez pas ?

— Ce n'est rien. De plus, une vieille femme comme moi vous ralentirait. Vous serez beaucoup plus efficaces si vous n'avez pas à veiller sur moi.

— D'accord, c'est vous qui voyez. Quelqu'un d'autre ? Non ? Alors, Hancokan, c'est à toi de jouer.

Angélique fut désappointée par la décision de Martha. Elle considérait cette vieille femme comme le véritable point d'appui du clan Sinclair, leur point fort.

Le fait qu'elle ne vienne pas, lâchait la bride au sauvage Arthur, un chien enragé à la volonté indomptable.

Espérons que tout se passera bien, que cette idée n'était qu'une réticence et non une prémonition. Elle devra, tout de même, se méfier des réactions d'Arthur.

Hancokan vint s'asseoir en tailleur au beau milieu de la pièce. Il prit une grande inspiration puis ferma les yeux :

— Manabhoszo kivati, protège mon corps pendant mon absence, s'il te plaît.

Yves s'approcha de sa grand-mère, suffisamment près pour pouvoir lui chuchoter à l'oreille sans se faire entendre d'autrui :

— Tout se passe bien, Martha ?

— Oui, mon petit.

— Pourquoi tu ne viens pas ?

— Ne te fais pas de mouron, Yves. Je veux juste être auprès de cette sorcière irlandaise au cas où lui viendraient des envies non souhaitables, comme vous laisser en plan là-bas ou rendre visite à Ernest pendant notre absence.

— Ah ! Tu veux que je reste aussi ?

– Non. Comme je l'ai dit, vous serez plus utiles tous là-bas sans moi.

Hancokan semblait avoir perdu connaissance. Quoique toujours assis, sa tête pendait maintenant sur le côté.

Arthur voyait là une tentation. Voir ce vieil Indien prétentieux sans défense lui donnait des envies de vengeance. Il était encore hanté par cette petite fille en train de brûler vive dans ce grand brasier. Il entendait encore son cri d'agonie assourdissant son ouïe.

Se venger là, maintenant ? Non ! Ça ne serait pas bien ! Non, pas bien du tout !

Mais ça serait tellement agréable !

Pythie le fixait. Elle souriait.

La jeune Vampire s'approcha de l'homme pensif, elle aussi assez près pour pouvoir lui susurrer quelques mots :

– Fais attention, jeune homme ! Tu penses bien trop fort. Quelqu'un pourrait t'entendre comploter contre Hancokan.

– Quoi ? Je n'ai rien dit.

– Oh non. Tu n'as rien dit mais tes pensées sont un feu de joie dans la nuit.

– Tu es dans ma tête ?

– Ah ah ah ! Ne t'inquiète pas, Arthur. Je ne dévoilerai pas tes sombres secrets. Je veux juste te mettre en garde : Hancokan a de nombreux amis et certains ne sont pas visibles.

Pythie s'éloigna sans attendre la réplique de l'homme surpris. Elle se permit, dans le même élan, une caresse sur le fessier de ce vampire musclé tout à fait appétissant.

Hancokan Leska planait au-dessus de l'assistance.

Il contemplait son corps inerte au milieu de la pièce. Son corps astral avait faussé compagnie à son enveloppe charnelle.

Sous cette forme, il pouvait voir une neuvième personne auprès de lui. Une forme diffuse blanchâtre tournoyait autour de son corps. Quoique d'aspect humanoïde, l'être ne possédait pas de visage.

L'être en question était son protecteur qu'il avait convoqué plus tôt : Celui qu'il nomma Manabhoszo kivati, l'esprit de la ruse et du changement.

Sous cette forme, Hancokan pouvait aller n'importe où rapidement, comme une certaine prison dans un certain désert.

En un clin d'œil, le corps astral se trouva au-dessus d'une dune de sable. Rien n'était visible à l'horizon, que du sable à perte de vue. Le ciel était totalement dégagé, permettant à cette infinité d'étoiles de brûler de mille feux.

Hancokan plongea droit dans l'amas sableux, le traversa et se retrouva dans une pièce souterraine toute de pierres construite. Elle était éclairée par des torches enflammées faisant danser des ombres sur les murs. Ces ombres seraient le point d'arrivée de son équipe.

L'Indien entreprit de visiter tout l'édifice, pièce après pièce. Ce bâtiment enterré était un vrai labyrinthe. Toute la structure était éclairée par des torches accrochées, à intervalle régulier, le long des murs. Des hiéroglyphes étaient gravés tout du long des couloirs, contant une indéchiffrable histoire, suite successive de personnages représentés latéralement, certains avec des têtes d'animaux.

À plusieurs reprises, l'homme spectral croisa la route de patrouilles composées d'hommes décharnés portant d'imposants casques représentant des chacals — à l'effigie du dieu Anubis sûrement — et armés de lourdes lances métalliques.

Certaines pièces étaient meublées somptueusement à la façon des antiques pharaons. Des statues d'or et de jade représentaient l'ensemble des dieux de l'Héliopolis céleste et de l'Ennéade. Tout donnait à penser se trouver dans l'Égypte antique.

Hancokan s'efforça de cartographier l'endroit dans sa mémoire jusqu'à trouver la pièce qu'il convoitait : La salle des trésors.

La salle des trésors était surveillée par deux gardes armés et fermée par une lourde porte métallique à double battant, certaines parties de ce seuil paraissaient être d'or massif. L'intérieur de la salle était un monticule d'or, de pierres précieuses aussi grosses que des œufs, de trésors inestimables empilés les uns sur les autres.

Mais ce qui intéressait le vieux chaman, n'était point toute cette richesse mais ce miroir, de la taille d'un homme, posé sur un coffre de marbre.

Voilà le but de leur quête.

Ce miroir qui n'avait pas de reflet.

Hancokan reprit connaissance. Une heure à peine s'était écoulée depuis son évasion astrale. L'homme se leva aussitôt et s'empressa de dessiner tout ce qu'il avait pu observer. Son esprit fut soulagé de pouvoir déverser ce lourd fardeau mémoriel. Le croquis du temple-prison n'était pas complet, mais, suffisamment, pour se projeter sur le chemin à suivre jusqu'à la salle au trésor.

Tous contemplèrent son œuvre. Le chemin était court et les patrouilles peu répandues. Difficulté moindre.

Il était temps pour le groupe de voleur d'entrer en scène.

Élisabeth prépara le transport. Elle éteignit toutes lumières de la salle pour en allumer une seule, celle d'une simple bougie. La flamme virevoltait, faisant danser la gigue aux ombres de la pièce.

Élisabeth les invita, alors, à se tenir la main de manière à former un cercle. En un instant, la ronde fut expédiée dans une dimension autre.

Une dimension de ténèbres. Seule la bougie éclairait encore, repoussant difficilement ces ombres agglutinées.

— Bienvenue dans le plan négatif, mes chers amis ! Présenta la Vampire irlandaise tout en ramassant la bougie. Bien. Maintenant je vous saurais gré de me suivre comme mon ombre. Hihihi. Oups ! J'ai omis de vous prévenir ! Nous ne sommes pas seuls ici. Tout au contraire ! Il y a, céans, une multitude d'ombres vivantes. En ce moment, elles nous encerclent, nous observent mais restent perplexes par ce que nous sommes, en l'occurrence des vivants qui ne le sont pas en réalité. Elles doivent se demander si nous sommes comestibles. Les habitants de ce monde se nourrissent de vie, plus précisément de l'âme des vivants. Ce que nous prenons plaisir à subtiliser aux humains et stockons en nous, notre énergie vitale quoi ! Mais cette situation de non-ingérence ne durera pas, malheureusement. Tôt ou tard, il y aura une ombre bien moins apte à penser, ou plus téméraire que les autres, qui décidera de nous goûter directement, histoire d'être sûr. Donc, suivez-moi. Ne vous laissez pas attraper. Mais, surtout, dépêchez-vous !

En effet, Ils pouvaient voir bouger les ténèbres environnantes, comme des vers glissant sous la peau d'un macchabée.

Ça grouillait de partout, silencieusement, furtivement mais mortellement.

Arthur fermait la marche. Il ne s'en sentait pas à l'aise.

Toujours ce sentiment, d'être poursuivi par une créature qu'il ne voyait pas, lui glisser le long de l'échine.

Il pouvait sentir, à plusieurs occasions, quelque chose lui frôler la jambe, une griffe brumeuse cherchant à l'agripper.

Quand arrivaient-ils ?

Vite ! Espérait le preux Vampire.

21

Les Vampires envahisseurs pénétrèrent dans la pièce de pierre, éclairée par une torche qu'avait préalablement visitée le corps astral de Hancokan, transportés par une autre ronde d'Élisabeth.

Élisabeth ne perdit pas de temps ici-bas. Sa tâche accomplie, aussitôt elle s'infiltra dans les ombres créées par la flamme tressautante de la torche afin de regagner la sécurité du luxueux salon de Pythie.

— Tant que nous resterons groupés, je ferai en sorte de nous rendre indétectables.

— Merci, Pythie. Allons-y !

Angélique ouvrit la marche.

Mais si l'architecture était exacte au souvenir, très récent, de Hancokan, le décor avait changé : Les couloirs baignaient dans un épais brouillard. On pouvait, à peine, percevoir un point lumineux, persistant dans ce blanc, qui indiquait où se trouvait le prochain brandon.

— Nous sommes attendus, les amis.

— Pourquoi dis-tu ça, Hancokan ?

— Car ce brouillard n'était pas là à ma première visite, Angélique. Il est ici pour nous aveugler.

— Tant pis pour l'effet de surprise. On ne peut plus reculer maintenant, il faut y aller.

— J'ouvrirai la marche, déclara Pythie en s'avançant. Ma clairvoyance me permettra de voir ce que l'on me cache.

Le groupe disparut dans la mélasse blanche.

Pythie avança à tâtons, suivie par les maraudeurs vampiriques. Ils progressaient au fur et à mesure d'un point lumineux à un autre, d'un flambeau à un autre.

Aucun garde n'arpentait ces couloirs.

Le peloton arriva devant l'escalier qu'ils devaient descendre selon le plan de l'Indien. Un autre obstacle vint leur barrer la route : Le brouillard fut remplacé par une multitude de toiles de soie tendues d'une paroi à l'autre. L'escalier était encombré de toile d'araignée au fil aussi épais qu'une corde. On ne voyait point la créature dont fut issu un tel fil mais elle devait être imposante.

Il n'y avait pas d'autres chemins, de connus, à part cet escalier. Les Vampires devaient franchir cet obstacle.

Ce fut Arthur qui s'engagea dans cette forêt adhésive. Ses ongles prirent l'aspect et la densité de longues griffes. Le mort-vivant trancha dans ces lianes de soie.

La difficulté de cette descente se limitait à son attribut gluant. Certes, Arthur coupait en ces longes de soie, mais son bras, enduit de glu, s'accrochait à l'amas naturel, s'agglutinant tout autour de lui, s'empêtrant de plus en plus qu'il avançait.

Il ne dut sa progression constante qu'à sa force surhumaine qui lui permettait d'arracher ces importuns naturels au fur et à mesure qu'il les débitait.

Le groupe dut suivre leur éclaireur de près car, déjà, les toiles déchirées commençaient à se reformer.

Au pied de l'escalier, le brouillard reprit avec moins d'intensité. L'assemblée de maraudeurs eut un dilemme : Le chemin de gauche ou de droite ?

Pythie savait pertinemment que la voie à suivre était celle de droite, si on se fiait au plan du chaman, mais le groupe partit vers la gauche.

— Non ! Leur chuchota la Vampire grecque suffisamment fort pour se faire entendre, un cri silencieux. Vous vous trompez ! C'est par là le chemin à suivre vers la salle au trésor !

Pythie leur montra l'autre couloir du bras.

— Non, Pythie, contra Hancokan. Je me souviens bien de ma dernière visite. Le chemin est à gauche.

— Comment peux-tu dire ça ? Vous autres, vous ne vous souvenez pas ?

— Justement, répondit Yves, je me souviens du schéma et Hancokan a raison.

— Ce n'est pas possible. J'ai vu le plan, moi aussi, et je me rappelle très bien cette partie de la carte… Je sais ce qu'il se passe. Vous devez faire l'objet d'un ordre subliminal perturbant vos perceptions, et donc, vous menant loin du point d'arrivée.

— Belle théorie, Pythie. Mais pourquoi ce ne serait pas toi qui serais victime de cet ordre ? Après tout, de nous tous, toi seule veux aller par là.

— Eh bien, jeune homme. Apprends, que de nous tous, je suis celle qui est la plus éveillée spirituellement. Donc, je ne suis point sujette à ce genre d'ordre alors que vous, oui. Ça clôt le sujet ? Vous me suivez ?

— Elle a raison, Yves, argumenta Hancokan. Même si tout mon être m'ordonne d'aller dans l'autre direction, mon cœur me persuade que Dame Pythie ne peut qu'avoir l'entendement nécessaire.

Le groupe acquiesça. Même s'ils étaient persuadés, au fond d'eux-mêmes, d'aller dans la mauvaise direction en allant à droite. La logique voulait écouter la prophétesse.

Pourtant au fur et à mesure qu'ils avançaient dans le couloir de droite, un pressentiment leur criait qu'un piège les attendait.

Que nenni. Le couloir aboutit à la porte de la salle aux trésors, gardée par deux gardes armés de lance. Le brouillard ne s'autorisa pas à aller jusque-là.

À peine les voleurs furent-ils sortis de la brume, que les gardes les chargèrent.

Yves esquiva la pointe avec aisance, passant la lance jusqu'au contact du vigilant. D'un geste, il planta sa main dans le dos du garde. Un nuage de poussière s'en échappa, et, lorsqu'il la retira, il n'en ressortit pas plus. Le garde se retourna en un revers du poing qui fit reculer le jeune Vampire.

Ces créatures, faites de matières séchées, avaient une force surhumaine. Mais n'égalaient pas celle d'une créature de la nuit, malgré tout.

Arthur le lui prouva en lui arrachant la tête sans mal.

Le deuxième garde chargea Vanessa. Il fut intercepté par Angélique qui brisa l'arme d'hast, au niveau de sa longe, comme un fétu de paille. Dans le même élan, elle planta la pointe de métal à même son crâne.

Mais le combat n'était point fini. Contre toute attente aucun des deux cerbères ne tomba, tout au contraire, ils n'eurent rien perdu de leur combativité.

Le premier garde se retourna et enserra ses mains autour du cou d'Arthur. Acte inutile car un Vampire n'eut point besoin de respirer. Arthur répondit à l'agression d'une manière encore plus sauvage : De toutes ses forces, il déchira le corps du garde en sa verticale.

Le deuxième garde dégaina une épée courte de son fourreau à sa ceinture. Il avait pour cible la Vampire métisse. Mais cette dernière avait une alliée en la personne de Vanessa. Les deux femmes agrippèrent les bras de l'homme desséché et, l'écartelant, le démembrèrent.

Du moins du haut du corps, car si les deux parties du premier garde essayaient de ramper de leurs mains, le deuxième ruait de ses jambes.

Malgré tout, la menace avait perdu de sa dangerosité. Arthur écrasa les mains des deux parties du premier alors que les filles démembrèrent le bas du corps du deuxième.

Soit, chaque morceau des cerbères continuait à bouger, cherchant encore de s'approcher des attaquants afin de poursuivre le combat. Cela ne méritait même pas l'attention qu'on pouvait y apporter.

Vanessa s'approcha de la lourde porte métallique. Elle était fermée à clé.

La belle Vampire à la mèche rose s'évertua à crocheter cette dernière à l'aide d'une paire de rossignol.

Cause perdue, la serrure lui résista.

Hancokan mit sa main sur l'épaule de la jeune femme afin de lui signaler d'arrêter :

— Stop, jeune femme ! Cette serrure est au-dessus de tes compétences de larcin, elle est protégée par une magie sournoise. Mais elle ne résistera pas à un chaman Sioux.

Le vieil Indien toucha à peine la porte qu'elle s'ouvrit aussitôt sur une petite pièce bondée d'un trésor incommensurable.

Un trésor jamais vu auparavant où il y manquait l'essentiel : Le miroir tant convoité.

Pourtant Hancokan l'avait aperçu la dernière fois : Un miroir sans reflet.

— Non ! S'écria Hancokan. Ce n'est pas possible ! Je vous jure que c'est ici que doit se trouver le miroir !

— Tu es sûr, espèce de salopard ? S'énerva Arthur.

Il avança vers le vieux Vampire d'un air menaçant :

— À moins que nous sommes un genre d'offrande à un quelconque gardien ?

— De quoi tu parles, Arthur ? Demanda Yves.

— Cet enfoiré a cramé une gosse vivante pour l'offrir à un corbeau. Alors nous ?

— Ne sois pas insolent, jeune homme ! Si je n'avais pas fait cela, tu n'aurais jamais pu parler à ton père ! Il est facile de lapider, mais bien plus dur de prendre des choix difficiles.

— Pff ! À d'autres ! Fallait que ce soit une petite gosse ?

— Oui, pour la pureté de son âme. Un grand cadeau pour un grand esprit.

— Et, cela faisait combien de temps qu'elle était dans ta caisse ?

— Trois nuits.

— Donc, bien avant qu'on ne songe à rencontrer un corbeau qui parle.

— À l'origine, je me l'étais mise de côté pour un repas. J'adore ces petites têtes américaines ! Et, si tu veux tout savoir, j'ai mangé ses parents et son grand frère.

— Et tu as confiance en lui, Angélique ? S'offusqua Yves.

— Oui, bien plus qu'en toi, en tout cas ! Qu'est-ce qui te choque là ? Tu as oublié ce qu'était un Vampire pendant tes années cachées ? Chacun de nous a ses petits plaisirs. Hancokan a un faible pour tout ce qui est anglais ou américain. Moi, tu as vu au cimetière ce qui fait frémir mon estomac : Les âmes errantes. Pythie craque pour les beaux mecs. Et vous, c'est quoi ? Les clodos du quartier ? Histoire de soulager votre conscience ? Arrête de me faire rire ! Tu es un Vampire, je te signale ! Un croque-mitaine qui se tapit dans les placards et sous les lits des enfants ! Qui est le plus hypocrite, ici ? Ta charmante petite famille qui fait attention à ne manger que ce qui ne se voit pas, ou nous qui acceptons notre vrai nature ?

Clap, clap, clap.

— Voilà une tirade qui résume bien la lie que vous êtes. Moi j'aurais aussi ajouté : Une bande de Vampires morts.

La voix venait de la pièce emplie d'or.

D'où exactement ? Du tas de pièces dorées.

Tout ce qui était dans la salle se mit à se dissiper. Toute cette richesse s'envolait dans le néant, même les murs n'étaient plus.

Quand l'évaporation eut fini, tous se retrouvèrent dans une grande salle éclairée par un chandelier, de bougies, suspendu au plafond. La pièce ne comptait qu'un trône, sculpté de magnifiques dorures, surélevé sur une estrade de marbre.

Un être se tenait, debout, devant ce trône. Un homme à la peau desséchée, recroquevillée de telle sorte qu'on pouvait deviner toute la structure de son squelette. L'homme était vêtu d'un pagne shendyt* blanc et était coiffé d'un némès* monté d'un pschent*, la coiffe royale des anciens pharaons. Même une barbe postiche était accrochée à son menton décharné.

Ce pharaon antique applaudissait alors qu'il descendait les quelques marches qui le séparaient du petit peuple, Yves et ses amis.

— Je suis impressionné par ton pouvoir, Pythie. Je vous vois mais je ne vous sens pas, un voile vous camoufle subtilement à mes sens accrus.

— Tu me connais ? Mais moi je ne te connais pas.

Les Vampires commencèrent à se placer en éventail autour de cet être d'un autre siècle.

— Oh, pardon ! Je n'ai pas l'habitude d'avoir des visiteurs consentants devant moi. Je me nomme Narmer, le pharaon Narmer.

— Le premier pharaon de l'Égypte antique ?

— Oh, non ! Le premier était Osiris. Je ne suis que le deuxième.

— Tu es donc une momie ?

— Je croyais les momies emballées dans des bandelettes et sortant d'un sarcophage ? Bouffonna Arthur.

— Oui, en effet. Je l'eus été à mon réveil dans ma deuxième vie. Mais, depuis ces cinq millénaires d'existence, j'ai eu le temps de me mettre à l'aise.

— Tu es le gardien de cette prison ? Le cerbère de Morgane Lafey ? Reprit Angélique.

— Un sous-fifre de Morgane ? Non. Je suis son professeur. Celui qui lui a appris son art. Du moins, son deuxième maître car le premier reste l'incroyable Merlyn. Mais le vieil homme ne lui a pas suffi, Morgane a cherché à acquérir plus de puissance, et, pour se faire, elle m'a cherché et trouvé. Quel plaisir ça a été d'avoir une élève si douée ! Ma plus brillante d'ailleurs. Peut-être grâce à ce côté vampirique. Qui sait ? Revenons-en à nous ! Donc, non, je ne suis pas à la botte de Dame Lafey, mais je suis le maître de ce temple et gardien de tout ce qui s'y trouve, même ce miroir que vous convoitez.

— Tu es au courant pour le miroir ?

— Ce fut facile de faire le rapprochement entre la visite du corps astral d'un Vampire de la cabale et ce miroir.

— Tu nous connais tous ?

— Seulement les trois de la cabale. Les autres doivent être vos disciples ? En tout cas des insignifiants qui manquent d'humilité.

— Manquent d'humilité ? Je vais t'en foutre, moi, de l'humilité ! S'offensa Arthur qui commençait, lui aussi, à avancer vers la momie royale.

Angélique le rattrapa par l'épaule.

— Attends ! Narmer ? Allons-nous nous battre pour avoir ce miroir, ou pouvons-nous arriver à un compromis ?

— Nous battre ? Il n'y aura pas de combat. Juste un puissant écrasant des parasites, nargua-t-il.

Le pharaon Narmer riait à s'en rompre les cordes vocales alors que deux trappes s'ouvrirent dans le mur derrière lui. Une douzaine d'énormes rats en sortirent, aussi haut que des molosses. Leurs yeux étaient teintés de rouge, leurs gueules perlaient d'écume blanche, leurs dents étaient une multitude de fines lames de rasoirs.

— Allez-y mes chéris ! Régalez-vous !

Les rats bondirent aux pieds de l'estrade, prêts à se jeter sur ces offrandes.

Hancokan avança alors, d'un pas serein.

— Je suis Hancokan ! Je parle aux esprits des forêts et des animaux. À qui crois-tu que vont porter allégeance tes abominations ?

Les rats stoppèrent leur avancée, puis se tournèrent vers leur maître, les babines retroussées. Déjà ils galopèrent vers leur maître déchu.

Narmer ne riait plus. Finalement, ces insectes lui donneraient un peu plus de fil à retordre.

Il leva la main et ordonna :

— Stop !

Le temps se figea autour de lui, pétrifiant tous ses adversaires. Cet effet ne durerait pas mais il suffira. Le pharaon dégaina une épée courte, dont la garde d'or était une tête de serpent, de son fourreau lié à sa ceinture. Il s'approcha de ses familiers monstrueux et, un à un, il les égorgea. Jamais personne ne retournera ses petits contre lui.

Jamais !

Le temps commençait déjà à vouloir reprendre son rythme.

Narmer sortit un petit sifflet de sa bourse de ceinture, le fit tinter et, alors même que ses invités reprirent leur mobilité, un imposant guerrier desséché, sûrement un zombie ou une momie, se tenait à ses côtés, brandissant un khépesh* — épée recourbée — derrière un pavois rectangulaire. Le guerrier égyptien, vêtu uniquement d'une jupe de cuir, était coiffé d'un casque intégral à l'effigie d'un chacal.

Narmer n'en avait pas fini. Il pointa Hancokan du doigt. Celui-ci se retrouva enfermé dans une bulle transparente qui lévitait au-dessus du sol dallé.

— Vieil insolent ! Lui cracha-t-il.

Le guerrier Chacal chargea l'assemblée des ennemis. Arthur lui fit face, prêt à en découdre de ses griffes acérées.

Son frère se tenait à ses côtés : Si cet être fut convoqué seul par le pharaon sorcier, ce devait être car il représentait une menace conséquente.

Vanessa s'avança vers la momie royale. De sa volonté hypnotisante, elle chercha à passer les défenses psychiques de l'ancien :

— Pourquoi nous battons-nous, oh seigneur ? Chercha-t-elle à séduire.

— Pff ! Petite enfant. Un conseil d'un ancêtre : Ne cherche pas à soumettre plus puissant que toi. Maintenant, tue ta famille !

Vanessa reprit son charme de volée. Ses barrières surprises cédèrent aisément, l'obligeant à aimer ce corps décharné. La belle se jeta sur Yves, cherchant à lui arracher la gorge de ses crocs nouvellement poussés.

Pythie devança Arthur en se jetant sur le guerrier momie telle une furie, toutes griffes et tous crocs sortis. L'homme mort était massif mais leste à la fois. On aurait dit deux danseurs étoiles, virevoltant l'un autour de l'autre, cherchant à blesser autant qu'à esquiver.

Angélique convoqua un fantôme de lui venir en aide. L'esprit d'une vieille femme vint à elle, son visage était défiguré par un rictus de folie. Seules sa tête et ses mains sortaient de son amas ectoplasmique. Sa chevelure hirsute semblait électrisée et flottait dans les airs.

— Va ! Lui dit la prêtresse vaudoue. Mets à mal mes ennemis !

La vieille fondit sur le pharaon, lui assenant coup sur coup, cherchant à l'agripper, lui arracher les yeux.

Un Narmer malmené dissipa ledit fantôme d'un cri de fureur :

— Cela suffit ! Cria-t-il à l'encontre de la vieille femme qui s'effilocha en lambeaux de fumée, son cri de folie fut remplacé par celui de la terreur avant de ne plus être.

Hancokan se libéra de sa prison suspendue. Tout comme il l'avait fait avec la serrure de la salle au trésor, le chaman détruisit la magie de sa cage.

Arthur saisit sa sœur par les bras, utilisant toute sa force pour maintenir son étreinte. Vanessa se débattait autant qu'elle put mais sa puissance musculaire était moindre par rapport à celle d'Arthur.

Narmer se tourna, cette fois, vers Angélique. Son visage ne riait plus, il était sculpté par la rage.

Angélique vit son propre corps s'écraser sur le sol de la pièce. Son poids augmentait encore et encore. Déjà, les dalles se craquelaient sous la lourde masse. Angélique sentait son corps se compressait contre la pierre. Elle sentait ses os menacer de se briser. La souffrance était déjà là et promettait d'être extrême.

Le guerrier tailladait la chair de la Vampire alors que Pythie arrachait lambeau par lambeau. Le corps n'était que déchet lyophilisé alors que la Vampire ne paraissait pas ressentir la lame de l'Égyptien. Même, ses plaies paraissaient s'effacer doucement.

– Vanessa ! Que fais-tu ? Reprends-toi ! Tu es bien plus forte que cela !

Yves tentait de raisonner sa furie de sœur, lui assenant une claque retentissante avec espoir de lui rendre ses esprits.

Cause perdue. Tout au contraire, Vanessa lança un regard larmoyant à son jeune frère, regard qui cachait une domination mentale subtile : Yves renversa Arthur, libérant sa sœur en détresse.

La famille s'affronta : Alors qu'Yves opposa sa rapidité et son adresse à la force brute de son frère, Vanessa maintenait son contrôle mental.

Angélique vit son corps prêt à céder sous cette gravité augmentée. Il lui fallut toute sa concentration pour briser cette étreinte. Elle se releva bien plus forte, bien décidée à vaincre son adversaire.

Elle était une grande prêtresse de la cabale.

Elle faisait partie des plus puissants Vampires de cette ère, et, à ses côtés, elle en avait deux autres.

Elle vaincrait !

— Manabhoszo kivati, j'ai besoin de ton aide ! Supplia Hancokan. À cet instant précis, une force invisible souleva Narmer du sol et l'expulsa contre le mur du fond de la salle du trône.

Arthur n'était pas dupe vis-à-vis de ce qui se tramait dans sa famille. Vanessa avait été charmée par ce pharaon d'un autre temps, et elle charma Yves par la suite. L'homme devait arrêter sa sœur pour libérer son frère, puis aller affronter son véritable adversaire : Le pharaon momie Narmer.

Chose ardue car Yves se dressait, à chaque instant, entre son frère et sa sœur. Jamais il ne laisserait qui que ce soit faire du mal à Vanessa. Personne ! Pas même son propre frère !

— Un démon de l'air m'assaille ? Fut surpris Narmer. Eh bien, j'ai de quoi l'occuper. J'en appelle à toi, Bes*, dieu bienfaiteur, chasseur des esprits du malin !

Un combat invisible eut lieu. Rien ne se fit paraître au regard des spectateurs hormis quelques chocs, de temps à autre, contre les parois de pierre de la salle. Si on ne le voyait pas, il n'en fut pas moins titanesque, deux esprits s'affrontaient sur un autre plan d'existence. Deux esprits à la puissance équivalente.

Angélique détourna son attention du vieux pharaon. Elle devait se trouver des alliés.

Angélique s'approcha de Vanessa dans son dos, lui déposa la main sur son épaule et lui susurra :

— Ma belle. J'ai besoin de ton soutien dans cette bataille et ton ennemi n'est pas ton clan. Mais ce vieux cadavre ambulant qui a osé pervertir ta pensée.

— Oui, ma reine. Tu as raison. Sus à l'ancêtre !

Vanessa fut libérée du charme du pharaon pour tomber sous le joug de celui de la métisse.

Quoi qu'il en soit, Vanessa et Yves se rallièrent à Arthur pour affronter la momie.

Aussitôt, Yves chargea sur son adversaire mais passa à travers. Le pharaon clignotait. Son corps changeait d'endroit à chaque moment, rendant difficile à saisir au contact.

Ce ne fut pas tout, alors que l'image du magicien se fixa, une dizaine en apparut, identique les unes aux autres par leur aspect et leur mouvement et chacune se mit à clignoter de nouveau. En un instant, le pharaon se trouvait n'importe où dans la pièce en plusieurs exemplaires.

Arthur et Vanessa courraient en tous sens pour différencier le vrai du faux.

Hancokan s'agenouilla au côté d'un rat muté. Il caressa sa pelure grise. L'Indien fermait les yeux en entonnant un chant de son peuple.

Le corps sans vie du rat se mit à tressauter, à frémir. Sa blessure mortelle se referma. Puis, ses yeux s'ouvrirent.

Le rat avait récupéré sa vie d'antan.

Il se releva fébrilement. Hancokan continuait à caresser l'animal gargantuesque, lui rendant la totalité de son énergie vitale :

— Là, mon ami. Te voilà remis sur pied. Il est temps que tu abattes ta vengeance sur ton assassin.

La bête se mit à grogner, il fixait le pharaon des yeux, du moins une de ses images. Il chargea, alors, en quête de son meurtrier.

Narmer voyait son énergie spirituelle s'épuisait de plus en plus.

Si ce combat perdurait, il en serait vidé et donc sans défense.

Mais ce moment n'en était pas encore arrivé là.

Le pharaon plia la gravité à sa volonté, les faisant voltiger tous dans les airs. Pour sûr, qu'il savait ceci inutile contre des métamorphes comme les Vampires, mais cela les déstabiliserait un instant, suffisamment pour que le vieux pharaon puisse reprendre ses esprits et mettre en place une stratégie pour vaincre.

En effet, le fait de léviter ne nuit que peu à la totalité des vampires qui en avait l'habitude par leurs transformations régulières en chauve-souris. Mais cela eut le mérite de désarticuler le rat nouvellement ressuscité et la momie guerrière, eux, non habitué à cet état de fait.

Les trois Sinclair prirent leurs apparences chyroptériennes et s'acharnèrent à poursuivre le sorcier égyptien à travers ses déplacements sporadiques à travers la pièce.

La Pythie combattante disparut, laissant le guerrier flotter seul au loin. Ce n'était qu'une illusion destinée à occuper le soldat mort-vivant. La vraie Pythie apparut au côté de la belle métisse :

— Narmer commence à s'épuiser, je le sens.

— Oui, mais comment savoir lequel est-ce ?

— Je le sais, moi. Je le vois à travers ses illusions. Tiens-toi prête à agir à mon ordre, commanda Pythie.

La belle grecque épiait les téléportations incessantes du sorcier. Elle attendait le moment crucial qui allait dévoiler le vrai du faux.

— Là ! Cria-t-elle.

À ce moment, Angélique tendit les bras vers le pharaon fraîchement apparu. Celui-ci ne se retrouva plus qu'un, ses images tout comme son clignotement disparurent. Le pharaon fut dévoilé à la vue de tous, impuissant à la curée qui allait s'abattre sur lui.

Hancokan balaya les jambes de l'Égyptien d'une rafale de vent, le jetant au sol.

Narmer était fatigué et au sol. Ses protections magiques venaient de se faire dissiper par cette sorcière négresse.

Il était au plus mal.

Il ne souhaitait pas finir ainsi. Ou du moins, il ne partirait pas seul.

Le sorcier pointa son index vers l'Indien qui venait de le jeter à terre. Une énergie semblait se cumuler à son extrémité avant de jaillir en un rai de lumière en la direction de Hancokan.

Le vieux Vampire sourit de nouveau devant l'assaut futile de son adversaire.

Si lui était éreinté de s'en prendre à tant d'adversaires à la fois, ce ne fut pas le cas de Hancokan qui avait encore du répondant. Le rayon vint s'écraser sur un mur invisible dans un flash aveuglant aussi inutile que l'attaque de cette momie décrépie.

Les trois Sinclair s'abattirent sur leur adversaire à terre tels les cavaliers de l'Apocalypse, arrachant, dépeçant, démembrant le corps.

Le corps de Narmer, privé de sa protection dermique, tomba en poussière un peu partout sur le sol de ce temple millénaire.

Si le combat prit fin à ce moment précis, même le guerrier momie retourna à la poussière qui l'avait vu naître, il n'en restait pas moins qu'il leur fallut retrouver l'objet convoité.

Ce fut Pythie qui s'en chargea.

Se concentrant, elle chercha autour d'elle. Elle semblait chercher au-delà de ces murs de pierres.

Son regard s'arrêta sur le trône du pharaon. Elle s'en approcha et, de sa force vampirique, l'écarta, dévoilant une cache où se trouvait ledit miroir.

Ils avaient réussi !

Non seulement, ils avaient terrassé le gardien de cette prison, qui fut tout de même robuste, mais, en plus, ils avaient récupéré l'objet qui ferait progresser leur enquête.

Une fois leur Graal récupéré, Pythie marmonna une phrase :

— Élisabeth ? Voulez-vous bien venir nous récupérer ?

La Londonienne Irlandaise vint quelques minutes après.

Le groupe se retrouva, au domicile de Pythie, l'instant suivant.

22

Martha avait préparé un repas digne de ce nom, de quoi ripailler après une victoire bien méritée.

Ils avaient vaincu car ils avaient lutté en équipe, laissant leurs doutes et leurs méfiances de côté face à l'adversité.

Un pas avait-il été franchi ?

Qu'était ce miroir ? Se demandait Yves.

Pourquoi cela avait demandé autant de risques ?

Il était évident que ce n'était pas un miroir ordinaire. Un miroir sans reflet. Juste une brume pouvait se voir à l'intérieur. Une brume en mouvement constant.

Le miroir était posé sur le canapé. Toute la troupe discutait dans le salon. La discussion tournait autour de ce qu'ils venaient de vivre.

Yves s'approcha de Martha qui ramenait les plats vides dans la cuisine. Il profita de l'isolement de la pièce adjacente au salon :

– Alors, Martha ? Comment ça s'est passé avec Madame McBeth ?

— Tout simplement. Elle a fait le travail demandé sans poser de problème.

— Vous avez un peu discuté ?

— Très peu. Elle n'est pas très intéressée de savoir qui nous sommes ou par les cris de ton frère dans la cave.

— Sûrement qu'elle doit penser que trop de curiosité pourrait lui nuire.

— Ou qu'elle est déjà au courant de tout ou, du moins, de ce qu'elle souhaite savoir. Ou, tout simplement, Madame McBeth a l'intelligence et le savoir-vivre suffisant pour ne pas se mêler de ce qui ne la concerne pas.

— Peut-être. Je me méfie des membres de la cabale que je ne connais pas. Ils ne sont pas devenus les plus puissants en faisant attention au savoir-vivre ! De plus, notre ennemi est le général Yin, de la cabale justement.

— Ennemi supposé. Il ne faut pas donner de jugement hâtif.

— Tu penses que tout ça est faux ?

— Faux ? Non. Complexe.

— Vous venez ? Les interrompit Vanessa. Angélique va nous parler du miroir. Elle veut que tout le monde soit là.

— Nous arrivons, ma puce ! Conclut Grand-mère Martha.

Tous se réunirent autour du miroir. Angélique, plus en avant, fit face à son assemblée.

— Voilà ce que nous avons ramené de la prison de Dame Lafey. Bien entendu, le clan Sinclair doit se demander pourquoi nous avons fait tout cela pour ceci. Ce miroir n'est pas ordinaire. Il est une cellule très spéciale pour retenir un être très particulier. Vous connaissez tous l'histoire du roi Arthur de Camelot et de Excalibur ? Vous avez tous entendu parler de Morgane Lafey, disciple de Merlyn l'enchanteur ? Il faut savoir que cette histoire n'est pas une fiction, elle est tout ce qu'il y a de plus réelle. Morgane a appris l'art de la magie auprès du grand Merlyn. Une fois qu'elle considéra avoir absorbé tout ce qu'elle put de son maître, elle le trahit. Il faut savoir que sa quête de pouvoir l'a poussée à vendre son âme à un seigneur Vampire, dont nous ignorons tout, afin de devenir une créature des ténèbres. Son savoir magique, sa ruse et ses nouvelles capacités vampiriques eurent raison de l'enchanteur. Morgane le vainquit et le transforma en Vampire à son tour. Oui, Merlyn était devenu, lui aussi, un Vampire, qui plus est, faisant partie de la cabale. Nous apprîmes, ce soir, qu'après Merlyn, Morgane trouva enseignement auprès de la momie Narmer. Ce dernier ne nous cherchera plus noise. Les siècles passèrent mais la haine entre les deux protagonistes ne faiblissait pas. Une nuit, il y a de ça cinquante ans, Merlyn fut tué. On ne sut jamais par qui, même si tous s'en doutaient. Depuis lors, la cabale cherche un nouveau membre pour le remplacer au conseil. Mais une chose est apparue en rêve à notre prophétesse Pythie : Merlyn n'est pas mort et, de surcroît, est prisonnier de Morgane Lafey. Ce don de voyance est une aubaine. Il se trouve que, ce soir, nous venons de sauver ce vieux Merlyn pour qu'il nous vienne en aide dans notre énigme. En quoi va-t-il nous aider ? Me demanderez-vous. Hormis sa puissance non contestable, il était un conseiller extrêmement sage des rois d'antan qui connaît très bien le fonctionnement de la cabale et du monde vampirique. Il est donc très approprié pour mettre en valeur ce que nous avons loupé. Nous allons donc le libérer. Mais, il faut savoir que ça fait cinquante ans qu'il est enfermé dans cet espace très restreint. On ne sait pas dans quel état d'esprit il sera. Sans compter qu'il doit mourir de faim. C'est pourquoi, Élisabeth a profité de notre interlude gustatif pour aller cueillir un encas à offrir à Merlyn.

Élisabeth fit entrer de force une jeune femme ligotée et bâillonnée. La jeune brune avait le visage noirci par son rimmel pleurant. Sa tenue de soirée très saillante supposait de l'endroit où elle fut récupérée : Une soirée quelconque.

— Des questions ?

— Comment le libère-t-on de sa cage ? Demanda Yves.

Angélique lui répondit d'un clin d'œil.

La belle métisse se retourna vers le miroir, le prit et le lâcha au sol. Le miroir explosa, sous l'impact, en une fine pluie de verre, s'éparpillant sur le sol de la pièce telle une poussière de scintillement. Ne resta que la brume en suspension que l'on avait pu observer dans le miroir. La brume tournoyait sur elle-même, grandissant, se modelant, prenant vie.

Lorsque la brume s'affaissa, il en sortit un vieil homme à la longue tignasse et à la longue barbe blanche tressée, terminée par un fermoir de métal gravé. L'homme était vêtu d'un chic costume noir à la chemise blanche et aux chaussures vernies noires.

Le vieil homme, frôlant les quatre-vingts ans, se redressa, s'étirant de tout son long, faisant craquer l'intégralité de sa colonne vertébrale ankylosée par ce long enfermement. Il sortit de la poche intérieure de son veston une petite paire de lunette à l'armature fine qu'il posa sur son nez aquilin.

Merlyn contempla, tout d'abord, la pièce où il se trouvait,

puis, dévisagea, un à un, chaque participant présent.

L'homme se tenait droit. Sa prestance en imposait. Si son enfermement avait altéré sa psyché, ou si sa faim était trop oppressante, il n'en montrait rien. Un self-control des plus parfaits.

Élisabeth traîna la fêtarde jusqu'aux bras de leur nouveau membre qui s'en délecta avec un grand sourire. La jeune femme partit en cendres, Merlyn s'en frotta les mains.

Angélique fit un pas vers lui. Elle ne savait comment débuter tout ça.

Qui était l'homme qui se dressait devant elle ? Le Merlyn qu'elle avait côtoyé, ou une version déviante qui, au moindre faux pas, éclatera sa folie à la figure de l'assemblée ?

Lorsqu'ils étaient tous deux à la cabale, Angélique n'entretenait guère une relation d'amitié avec le vieil enchanteur. Pas qu'il y ait eu un contentieux entre eux, mais seulement un manque d'occasion d'échanges. Pythie le connaissait mieux.

— Merlyn ? Ça va ?

— Bien entendu, ma chère Angélique ! Je suis sorti de ma geôle. Je ne peux qu'aller bien.

— Tu as subi un enfermement tellement long qu'on se demandait ce qu'il en sortirait.

— Un dément ? Je le suis peut-être un peu. Mais un dément libre. D'ailleurs, cela fait combien de temps que je suis enfermé ? On est en quelle année ?

— On est en 2014. Cela fait cinquante ans maintenant.

— Juste cinquante ans ? Ça m'a paru bien plus long à moi. Tant de solitude !

— Excusez-moi, interrompu Yves. Mais où étiez-vous enfermé exactement ? Dans ce miroir on ne voyait que des brumes.

— C'est, en effet, le seul paysage que j'avais à contempler. Des brumes à perte de vue, où que j'aille. Sûrement une poche dimensionnelle des Limbes.

— Des Limbes ?

— Oui, c'est un espace vide se trouvant entre deux dimensions. Mais je ne crois pas te connaître. Tu es ?

— Yves Sinclair.

— Enchanté, Yves. Un Sinclair ? Je ne connais pas ce clan.

— C'est pourtant pour nous amener des réponses sur mon clan que nous vous avons libéré.

— Ce n'était pas juste par miséricorde ?

Merlyn éclata de rire.

Angélique reprit la discussion :

— Ce jeune est un enfant du général Yin. Lors de sa transformation, il fut enlevé par un limier de ce dernier : Martial Sinclair, il y a de ça quatre-vingt-dix-neuf ans. Depuis, le général cherche à le retrouver coûte que coûte. De plus, Yves a un petit frère humain qui a suivi l'appel des chasseurs de l'Église. Il est actuellement notre prisonnier. Mais une chose impensable est à l'œuvre : Cet Ernest a cent six ans et pourtant il en paraît à peine une quarantaine. Quelque chose le protège des effets du temps passé. Autre fait intéressant, Yves a eu affaire à des Lycanthropes pouvant se transformer une nuit de croissant.

— En effet, le mystère est prenant. Un point que je peux éclaircir dès maintenant est l'apparition de Lycanthropes hors d'une pleine lune : Ce n'étaient pas des loups-garous à proprement parler que vous avez pu rencontrer mais des créations de l'esprit du général Yin. Je m'explique. Chaque membre de la cabale a réussi à dompter la réalité, à la courber pour en obtenir des effets. Angélique est devenue une prêtresse Vaudou, Pythie une prophétesse, Hancokan un chaman et Élisabeth une enchanteresse. Yin, lui, a maîtrisé l'art de la convocation surnaturelle, il est devenu ce qu'on appelle un convocateur. Ce qui lui permet de faire venir à lui de puissantes bêtes, mais aussi d'en créer. D'où les Lycanthropes : Ils n'étaient que des créatures créées. Ces créatures créées sont bien moins fortes que les originaux mais ils peuvent faire beaucoup de dégâts tout de même.

— Donc, ce soir-là, sur les quais, le général Yin m'avait retrouvé ?

— J'en ai bien peur, mon petit Yves.

— Comment ?

— Oh ! Le général Yin est un homme avec beaucoup de ressources et une ramification sociale très élargie. Il doit avoir des yeux et des oreilles partout dans cette ville et même au-delà. S'il ne vous a pas encore retrouvés ici c'est uniquement grâce aux pouvoirs de non-détection de Dame Pythie.

— Mais s'il pouvait nous repérer avant, pourquoi m'attaquer que maintenant ?

— Je ne sais pas. Quelque chose a dû le pousser à agir maintenant. La présence de ton frère ? J'en doute. Autre chose.

— La veille, j'avais rencontré Angélique au cimetière. C'est peut-être lié ?

— Peut-être, effectivement. Il a sûrement pensé que la présence d'Angélique, un membre de la cabale, pourrait menacer ses plans et le pousser à agir plus vite. Ou, alors, le moment était juste arrivé.

— Le moment de quoi ?

— Je ne sais pas. Mais je pense que ce qui protège ton frère contre le temps doit exister aussi en toi. C'est peut-être ce que recherche Yin. Il serait intéressant que je voie cet Ernest par moi-même.

Tous accompagnèrent Merlyn auprès du prisonnier.

Ernest montrait une fatigue physique extrême. Toutefois, ses yeux, quoique devenant de plus en plus vitreux, voulaient garder une obstination au défi. Son corps était douloureux et saignait aux attaches végétales à force de lutter contre ses entraves.

Pythie lui renversa un seau d'eau dessus. L'eau froide fit hurler un Ernest déshydraté. De sa langue, il chercha à récupérer autant de gouttes d'eau que possible.

Merlyn prit la parole :

— Bonsoir, Monsieur.

— Va crever !

— Vous voilà dans un sale état. Hancokan ? Pouvez-vous y remédier ?

L'Indien sortit une petite baie rouge de sa besace, il l'approcha de sa bouche et sembla lui chuchoter le mot « Lolhwaka* », ce qui signifie « appétit » en langue Sioux.

Hancokan enfonça, alors, le fruit dans la bouche du soldat.

Tout d'abord réticent, Ernest ne put refuser ce jus frais qui lui coulait dans la commissure des lèvres. Il l'avala d'une traite et, chose incompréhensible, s'en retrouva repu. Un seul fruit avait suffi à faire oublier à son estomac ces quatre dernières nuits de détention. Il s'en retrouva même revigoré.

Drogue ? Poison ?

– Merci, cher ami, remercia Merlyn à l'encontre de Hancokan. Ernest, c'est ça ?

– Vous m'avez drogué ?

– Non, nous vous avons nourri. Après tout, nous ne sommes pas des monstres !

Merlyn eut un rictus narquois.

– Pourquoi vous me parlez ? Votre sorcière ne lit plus dans ma tête ?

– Lire dans votre tête ? Bravo, Pythie ! Je ne t'en savais pas capable.

Merlyn applaudit la prophétesse grecque, y répondant par une courbette.

– Non. Nous ne lirons pas dans votre tête. En fait, rien de ce que vous pourriez dire ne m'intéresse.

– Alors, qu'est-ce que vous me voulez ? Pourquoi ne pas me tuer une bonne fois pour toutes ?

– Toute chose vient en son temps. Même votre mort. Pythie ? Approche-toi, veux-tu ?

Elle s'exécuta.

– Peux-tu me dire ce que c'est ?

– Quoi donc ?

– Ce qui est pendu là ?

Merlyn montrait le prisonnier enchaîné de sa main.

– Heu…

La question était déstabilisante. Le vieil homme cherchait-il à tester sa sagesse ? Que répondre ?

– Un humain ?

– D'aspect sûrement. Dis-moi ce que tu vois, non pas avec tes yeux, mais avec tes sens.

Pythie scruta l'homme, plus profondément cette fois. Elle cherchait à percevoir au-delà de sa chair.

– Je sens… C'est contradictoire… Il y a une énergie en lui, fusionnant avec son âme. Elle me rappelle celle des Lycanthropes… Non ! Ce n'est pas ça, c'est plus puissant et plus spirituel. L'être est bon en soi mais rougeoie de haine.

– Reste concentrée sur l'énergie.

– Je la sens mais ne la comprends pas. Elle est une sorte de fontaine de jouvence en sommeil.

– En sommeil ? Qu'entends-tu par-là ?

– En fait, cette énergie est incomplète.

– Très intéressant. Maintenant, Pythie. Continue à maintenir ta vision et observe Yves.

Pythie se tourna vers l'adolescent qui s'en sentit mal à l'aise.

Il allait être scruté en profondeur. Qu'allait-elle découvrir ? Que voulait-il qu'elle découvre ? Un secret ?

– Ça alors ! Je sens la même énergie chez Yves. Elle est enfouie bien plus profondément en lui, mais elle est là. Sûrement car elle n'a pas d'âme où s'accrocher. Tout comme pour son frère, elle est incomplète, même étouffée dans ce cas-là.

– Merlyn ? Qu'est-ce que c'est que cette énergie en moi ?

– Je crois savoir ce que c'est, en effet. Mais je n'en parlerai que quand tous mes doutes en seront effacés. Sachez, jeune homme, qu'une des réponses, du moins le début de La Réponse, se trouve être votre père biologique.

— C'est quoi ces foutaises ! Cracha Ernest. Je vous interdis de mêler mon père à vos histoires !

— Tu n'es pas intéressé par ce qui t'arrive ? Essaya de le raisonner Yves.

— Ce qui m'arrive ? Ça vous défrise tant que ça que la main de Dieu m'ait touché ? Il faut, à tout prix, qu'il y ait de la corruption dans tout ?

— Tu ne veux pas savoir ce qu'il est advenu de notre père ?

— Si c'est pour salir sa mémoire, non ! Je ne veux pas savoir !

— Bien ! Passons outre ces déboires fraternels, s'il vous plaît, reprit Merlyn. Comme je le disais, il nous faut savoir qui était ce père biologique. Qu'en savons-nous ?

— Il s'appelait François Bravard. Et s'il était là, il vous massacrerait jusqu'au dernier ! Défia Ernest.

— Nous avons essayé de communiquer avec l'âme défunte de François Bravard, argumenta Angélique. Mais rien n'est venu. Je pense que son âme a dû être absorbée ou qu'il a pu être infanté.

— Ma grand-mère maternelle nous a dit que quelqu'un avait vu mon père avaler l'âme d'un autre humain.

— En plein jour, précisa Angélique sur les dires d'Yves.

— D'accord. C'est peu, en effet, mais constructif malgré tout. Pythie ? Ta méditation te permet de fouiller à même l'histoire, si je me souviens bien ?

— Oui, Merlyn. Je peux, en effet, faire cela. Mais ça me prendra plusieurs nuits et un isolement total.

— Nous attendrons le temps qu'il faut. Ces informations sont primordiales pour la suite de cette enquête. De toute façon, nous ne sommes pas pressés. Du moment que l'on reste à l'abri dans ta demeure, nous resterons indétectables.

23

Cela faisait plusieurs heures que Pythie s'était retirée dans sa chambre afin d'entreprendre sa méditation.

Le reste de la troupe patientait autant que faire se peut.

Arthur et Vanessa avaient trouvé la salle de projection, après une exploration sommaire de la maison. Ils lancèrent la vidéo déjà installée : Un vieux film en noir et blanc d'Alfred Hitchcock narrant la rébellion des oiseaux.

Martha engagea Angélique dans la cuisine pour une confection de mélanges des cultures. Une odeur d'épices et de choux embaumait tout le rez-de-chaussée. Les spécialités culinaires s'affrontaient en un bigos* polonais, un genre de ragoût aux choux, et un calalou* africain avec sa marinade de bœuf, ses piments et son riz blanc.

Hancokan méditait dehors, humidifié par une légère bruine, à même la pelouse, sous le regard amusé d'Élisabeth qui crochetait un énième napperon, à l'abri sous une avancée de tuiles.

Merlyn était dans un profond scepticisme devant le

téléphone portable qu'avait laissé traîner Pythie sur sa table basse.

— Ceci est un téléphone portable, lui déclara Yves.

Le jeune homme s'assied alors sur un des fauteuils près du vieux vampire.

— Oui. Belle technologie. Cela a dû sauver bien des vies !

— Oui, sûrement. Moi, ça me sert à appeler mes amis ou à commander une pizza.

— Ah la pizza ! Cela fait une éternité que je n'en ai pas mangée !

— Vous ne les reconnaîtriez même plus avec leurs garnitures des plus abusés : Patates, bolognaises, pâte à tartiner à la noisette…

— À la noisette ? Pizza à la noisette ? Pourquoi pas ?

— Dites-moi. J'ai lu l'épopée du roi Arthur et d'Excalibur. Est-ce une histoire réelle ?

— Dans le moindre détail.

— Une épée magique ?

— Oui. Forgée avec un métal trouvé dans un météorite, imbibée de magie, bénite par la dame du lac.

— La dame du lac ?

— Une néréide de pure beauté avec un petit sourire délicieux. Une amie sincère.

— Mais dans l'histoire, vous êtes supposé être bien plus puissant que Morgane.

— Tout dépend du moment de l'histoire. Lorsque Morgane eut été enfant, mon ami Gorlois, son père, me la présenta. Aussitôt, j'ai ressenti la puissance spirituelle qui émanait de ce petit bout d'humain… Certains pensent qu'elle est l'incarnation de la déesse Morrigan, elle l'est sûrement d'une certaine façon… Je l'ai prise sous mon aile et ai décidé d'en faire ma disciple malgré le tempérament machiste de l'époque. Alors qu'elle grandissait, Morgane devenait une élève des plus brillantes. Déjà adolescente, elle cherchait à accroître son pouvoir. Elle utilisa ses charmes pour capturer dans sa toile le roi Urien de Gorre. Puis le roi Arthur, lui-même, qui donna naissance à Mordred, assassin de son père. Mais la politique et les courbettes monarchiques l'ennuyaient et, même mes connaissances magiques ne lui suffisaient plus. Elle s'enquérait alors à fouiller le monde de l'occulte pour trouver une réponse à ce manque qui la rongeait au plus profond de son âme. Elle entendit parler d'un homme qui pourrait la satisfaire. À cette époque, les chevaliers étaient déjà partis en quête du saint Graal et Mordred était considéré comme un vil traître à Camelot après avoir assassiné Sir Lamorak. Morgane trouva l'homme en question, qui n'était autre qu'un féroce vampire, lui vendit son âme et devint une créature infernale très au-delà de l'humaine qu'elle était. Ce fut alors qu'elle m'attaqua, traîtreusement, dans ma tour. La magie que je lui avais enseignée plus ses nouvelles capacités vampiriques eurent raison de moi : Je succombais à peu près au même moment où, non loin, sur le champ de bataille, Arthur et Mordred s'entre-tuèrent. Du moins, c'était ce qui aurait dû être. C'était sans compter la fureur de Morgane car, me voir mort, ne réjouissait en rien l'âme tortueuse de la vilaine. Non. Elle trouva plus sadique encore de me transformer, moi aussi, en une créature de la nuit. Puis, Morgane Lafey, devenue une

Vampire redoutable, trouva un autre professeur en Narmer 1er, ressuscita son fils Mordred et devint la régente de la cabale. Comme quoi, les héros ne gagnent pas à tous les coups. Au bout du compte, cela reste le vilain qui part avec le butin.

— Mais, une fois devenu vous-même vampire, pourquoi ne pas vous être vengé ?

— Me venger ? Oh, si j'aurais pu ! Mais Morgane était bien trop vicieuse. Aussitôt transformé, elle me subjugua de sa dominance spirituelle, faisant de moi son pantin.

— Son pantin ? Alors pourquoi Angélique parlait d'une animosité bien palpable entre vous deux pendant vos réunions de la cabale ?

— Que mise en scène. Depuis l'époque où je fus transformé en vampire, je ne fus jamais libre.

— Tant de temps en esclavage ? Quel supplice !

— Voilà l'âme noire de Dame Lafey.

— Il vous a fallu quinze siècles pour vous libérer ?

— Me libérer ? Je ne me suis jamais libéré.

— Je ne comprends pas. Si vous n'étiez pas libre, alors pourquoi vous avoir enfermé dans ce miroir, il y a deçà cinquante ans ?

— C'est une très bonne question. Une nuit, Morgane a décidé de me libérer. Mais ne pouvant pas me laisser errer à ma guise, elle m'enferma dans ses geôles magiques en plein désert.

— Pourquoi vous avoir libéré après tant de temps ?

— Je pense qu'elle avait besoin de toute sa puissance pour une quelconque tâche d'une grande importance. Et sa domination sur moi lui pompait trop d'énergie. Bien trop à son goût, en tout cas. Ou je ne l'amusais plus. Qui sait ?

– Qu'est-ce qui s'est passé il y a cinquante ans de si important ?

– Comment le saurais-je ? Je te rappelle que mon paysage se limitait à une brume constante.

– Et concernant mon père ? Vous disiez avoir une idée…

– La patience est une vertu qu'il faut cultiver, mon petit. Quand le temps des réponses viendra, tu seras le premier informé.

– Pour quelqu'un qui a vécu quinze siècles en captivité, vous êtes plutôt sain d'esprit.

– N'est-ce pas ?

Le jeune vampire n'en saurait pas plus ce soir.

Yves sortit de la maison.

Hancokan était encore dans l'herbe alors qu'Élisabeth croisait le fer avec sa pelote de laine.

Pourquoi s'était-il lancé dans ces intrigues ?

La simplicité de sa vie d'avant lui manquait. Une soirée sur les bancs de Rognac en compagnie de Lucie lui manquait.

Pourquoi remuer son passé ? Déterrer ce que d'autres se sont exténués à enterrer ?

Juste pour être entier.

Rien d'autre que de pouvoir boucher les trous de son mal-être.

En un rien de temps, il avait retrouvé un frère humain, ou presque, son père vampirique n'était pas le bon alors que son père biologique se révélait être bien plus.

En un rien de temps, Yves se retrouvait être un rouage d'un

plan machiavélique s'étendant sur le siècle passé.

Une soirée à traîner sur les bancs de Rognac.

Lucie.

Tu me manques tant.

Merde !

Il ne pouvait pas laisser faire, regarder le temps passer. Il ne pouvait pas regarder les autres démêler sa vie sans réagir.

Il était un Sinclair et il avait de la ressource, lui aussi. Et il le prouverait.

Yves sortit son téléphone portable et composa un numéro de son répertoire numérique.

Au bout de trois sonneries, une voix décrocha au bout du fil, la voix enrouée d'un Malik que l'on venait d'extirper des bras de Morphée.

– Allô ? Yves ? Tu fais quoi ! Il est trois heures du mat !

– Salut, mec. Désolé de te réveiller.

– Ouais, ça va ! Pas grave ! T'étais passé où ? On ne t'a pas vu dernièrement. Paul dit que tu as tellement flippé à la maison Pouget que tu t'es emmuré chez toi.

– Paul est un con.

– Lol ! Ouais, trop !

– Dis-moi. Tu aimes les défis ?

– Pas trop, non.

– Défi informatique ?

– Suis le meilleur, mec !

– Ça te dit de le prouver ? Mais pour ce défi, il te faudra le soutien de Paul.

– C'est quoi ton truc ?

– Je te donne un nom et tu me trouves tout ce que tu peux

dessus.

— Genre à la service secret ? On craque les mots de passe de la maison blanche et on débusque l'espion ?

— Dans ce style, oui.

— Je suis ton homme.

— OK, réveille Paul et trouvez-moi tout ce que vous pouvez sur François Bravard.

— François Bravard ? Connais pas. C'est qui ce mec ?

— T'occupe ! Fais ton job et appelle-moi de suite après. OK ?

— C'est parti. Au fait, tu devrais appeler Lucie, Yves. Elle est furax que tu ne l'aies pas rappelé la dernière fois. Elle va te défoncer, mec !

— Ouais, je vais l'appeler plus tard. Pour le moment, je n'ai pas trop le temps. Ne lui dis pas que je t'ai téléphoné, OK ?

— Tu peux compter sur moi.

— Allez, au revoir !

Yves agissait.

Il ne se laisserait plus porter par les flots, il ramerait aussi sur cette intrigue.

Il était un Sinclair et un Bravard.

24

Vendredi 7 novembre.

Pythie méditait depuis plusieurs nuits déjà.

Elle s'était enfermée dans sa chambre, dans le noir complet, allant jusqu'à calfeutrer sa porte et se mettre nue afin d'écarter tous stimuli extérieurs.

Ce qu'elle demandait à son esprit était un effort incommensurable, un exploit inouï que celui de fouiller tous les écrits existant sur la planète par la force de la pensée.

Elle en était capable. Elle le savait. Ça ne rendait pas la chose plus facile pour autant, moins éreintante.

Son subconscient voguait sur les pages de l'histoire de l'humanité, chinant les secrets les plus tordus de l'homme, en quête d'un nom : François Bravard.

Les heures passaient, les nuits passaient, le temps lui échappait.

Çà et là, des bribes de phrases, des mots épars, tous mentionnant sa recherche. Elle devait creuser bien plus en profondeur, pousser encore plus son esprit, sa concentration, afin de créer un texte réel.

Un flash vint l'aveugler.

Non pas dans la pièce mais dans son esprit.

Une image de sang. Une caverne de crocs écumants. Un grondement. Le froid.

Tout cela était soudain. Tout cela était vague. Cela n'avait rien à voir avec sa recherche sur Bravard. Non, cela concernait le futur. Son futur ?

Une vision de ce qui arriverait lui parasitait sa conscience.

En temps normal, il était difficile, pour une prophétesse, de distinguer correctement les images de prémonition, et encore plus de bien les comprendre.

En temps normal.

Ce n'était pas un temps normal en ce moment. Non. Pythie avait épuisé sa conscience à fouiller l'histoire. Elle avait donc du mal à se concentrer sur ces visions qui l'assaillaient.

Comment bien distinguer ce qui lui apparaissait ? Comment le préciser dans la chronologie ? Comment savoir à qui s'adressaient ces avertissements ?

25

Dimanche 9 novembre.

Les nuits passaient. Le téléphone ne sonnait toujours pas. Pythie méditait encore.

Au fur et à mesure que le temps passait, la tension se faisait plus oppressante dans cette immense demeure qui semblait se rétrécir les nuits passant.

Les vampires tournaient en rond, accentuant tout aspect de chaque conflit.

L'enfermement était pesant pour tout le monde.

Tout le monde ?

Peut-être pas.

Merlyn s'émerveillait d'heure en heure devant tout et n'importe quoi : Le four à micro-ondes, la téléréalité, la diversité des plats surgelés…

Hancokan méditait, lui aussi, pendant le plus clair de son temps.

Élisabeth s'absentait à certains moments. Yves l'avait surprise à glisser entre les ombres, sûrement pour évacuer le trop-plein de l'enfermement.

Vanessa s'était enfermée dans la salle de vidéo projection, autant pour s'occuper que pour fuir la mauvaise humeur de son frère Arthur.

Martha et Angélique discutaient très souvent, elles s'étaient trouvé plusieurs centres d'intérêt commun, en l'occurrence : Yves et ses hormones d'ado.

En fin de compte ce fut Yves qui supportait le moins d'être bouclé ici. Même Arthur trouvait un petit réconfort dans sa mauvaise humeur.

Yves s'impatientait.

Il faisait les cent pas du jardin à l'intérieur de la maison, n'arrivant pas à rester en place. Salle de vidéo, télévision de la salle de vie, cuisine, jardin, salle vidéo, salle de vie, cuisine, jardin…

Pourquoi ce téléphone ne sonnait-il pas ? Mais qu'est-ce qu'ils foutaient ?

Même Pythie se refusait à sortir de sa chambre.

Il fallut cinq longues nuits avant que la sonnerie du téléphone portable résonne.

Aussitôt, Yves décrocha, impatient d'apprendre quelque chose, le concernant, avant tout le monde.

Malik avait une voix fatiguée de l'autre côté du récepteur. La discussion dura un petit moment mais, une fois le téléphone raccroché, les yeux d'Yves pétillaient.

Il tenait quelque chose.

— Merci Malik. Tu es un as !

— Un maître même !

— Ouais. En tout cas, je t'en dois une.

Yves bouscula toute la maison, obligeant chaque habitant à venir se réunir dans le salon afin d'entendre sa trouvaille.

Il était fier. Un élan de passion le faisait bondir dans tous les sens.

— Qu'y a-t-il, Yves ? Se demanda Angélique.

— J'ai des nouvelles sur notre affaire.

— Ah bon ? Et comment ?

— Moi aussi, je connais du monde.

Il salua Vanessa d'un clin d'œil, qu'elle lui rendit.

— Voilà ce que j'ai déniché. Il y a eu un certificat de décès qui a été dressé au nom de François Bravard, le 25 mai 1936. Cause de la mort : Trois impacts de balles dans le sternum.

— S'il était mort d'une manière aussi ordinaire, j'aurais pu le contacter dans l'au-delà, stipula Angélique.

— Ce n'est pas tout. Un autre rapport a été publié après celui-ci, concernant le vol d'un cadavre : Celui de François Bravard. Le dossier n'a jamais été classé. Le corps n'a jamais été retrouvé.

— Si. Il a été retrouvé.

Pythie se tenait devant eux, un simple drap la couvrait.

— Comment ça ? Aucun dossier de la police ne mentionne que le corps a été retrouvé.

— Pas ceux de la police, en effet. Mais celui de l'Église, oui.

— Les dossiers de l'Église ?

— Commençons par le début, s'il te plaît. Le 12 novembre 1916, la police a été appelée pour une agression au domicile de la famille Bravard. Une fois arrivés sur place, ils n'ont retrouvé que l'enfant Ernest Bravard, caché sous son lit. Ernest raconta que des hommes étaient entrés chez eux pendant la nuit, ont tué sa mère, Marie-Christine Rondin épouse Bravard, et ont enlevé son grand frère, Yves Bravard. Le père, François Bravard, était absent. Ils y ont trouvé des preuves d'effractions et de bagarre, mais pas de corps. Présence de sang dans la chambre à coucher des enfants. Bien plus tard, un test ADN en sera effectué mais ne donnera rien. Il en sera conclu que le sang avait été dénaturé, mal conservé. Le père, restant introuvable, un avis d'arrestation a été lancé à son encontre. La police a conclu que le père avait kidnappé l'enfant et probablement tué la mère. Le corps reste introuvable. Ernest Bravard a été placé à l'église Saint-Patrick, comme pupille de la nation. Il s'en échappera une semaine plus tard. Le corps de François Bravard a été retrouvé, sans vie, le 25 mai 1936, flottant dans la Seine, Paris. Le corps fut truffé de trois balles dans le sternum. Les agresseurs de Monsieur Bravard ne furent jamais identifiés. Dans la nuit, le corps fut volé à la morgue de l'hôpital Hôtel-Dieu. Il y eut des signes d'effractions. Un rapport de police a été dissimulé : Il mentionnait que les signes d'effractions s'étaient produits de l'intérieur vers l'extérieur au niveau d'une vitre du deuxième étage. Un autre rapport, du médecin légiste cette fois, mentionnait que les blessures du corps ne correspondaient pas au rapport initial de l'officier présent sur les lieux de la récupération du corps. Il était écrit que le corps avait reçu trois impacts de balles au niveau du sternum, alors que le corps présent sur la table d'autopsie ne présentait aucun impact. L'ouverture permettra d'extirper, en effet, trois balles de petit calibre, logées dans le poumon droit. Ce dossier sera subtilisé par une milice du

Vatican. Plusieurs photos ont été prises pendant la Seconde Guerre Mondiale, montrant un François Bravard au combat contre les nazis. Tous les clichés ont été réquisitionnés par l'Église. Il n'y a plus eu de nouvelles de François Bravard après cette guerre. Un rapport de l'Église, concernant François Bravard, donne un nom à la créature qu'il était censé être. Ils le définissent comme étant un Éternel. Il est précisé, aussi, toute interdiction d'informer le capitaine Ernest Bravard sur quoi que ce soit concernant son père. L'Église doit faire preuve d'une attention très particulière concernant le capitaine Bravard. Et, là, où nous avons des ennuis, c'est cet ordre de mission, datant de la nuit où nous avons capturé cet Ernest, qui ordonne l'envoi immédiat d'une unité de choc à Marseille, afin d'enquêter sur le silence radio de ce dernier. Ils ont donc envoyé une équipe de chasseurs chevronnés qui se fait appeler la Meute Divine. Vanessa nous a fourni leurs photos.

— Ce ne sont que des humains, Pythie. Rien de bien alarmant, rassura Merlyn. Restons sur ce rapport de l'Église mentionnant la race des Éternels. C'est, en effet, ce que je soupçonnais : François Bravard est une créature surnaturelle nommée communément un Éternel.

— Et, donc ? Qu'est-ce qu'un Éternel ? Poussa Yves.

— Les Éternels sont les descendants directs de Mathusalem. Ce sont des êtres sur lesquelles le temps n'a pas de prise. Ils ne vieillissent pas. Ces êtres sont très difficiles à tuer. Il n'existe qu'un seul et unique moyen de le faire, c'est celui de séparer le cerveau du cœur. Ces êtres sont des centrales nucléaires à âme. Ils contiennent une essence spirituelle si forte qu'un Vampire s'en retrouverait vaporisé en l'absorbant. Ces êtres se nourrissent, eux aussi, de l'âme des humains, transmutant le corps de leurs victimes en cendres. Ils sont aussi les seuls capables d'absorber l'âme d'un autre Éternel sans en mourir. Tout au contraire, ce processus les rend encore plus fort, donc très convoité. Si François Bravard est un Éternel, il doit être encore vivant à l'heure où nous parlons.

— Mon père est encore en vie ? Et il n'a jamais cherché à nous retrouver ?

— Il devait penser vous avoir perdus, certainement.

— Il aurait dû vérifier.

— Quoi qu'il en soit, le fait que vous descendez d'un Éternel… Je pensais qu'un Éternel ne pouvait pas procréer. Encore un mystère… fait de vous des êtres très résistants. Sur Ernest, cette énergie spirituelle lui a permis de ralentir considérablement son vieillissement. Je pense que c'est ce qui t'attendait si tu n'avais pas été transformé en Vampire. Là où il serait intéressant, ce serait de déterminer ce qu'a pu t'apporter cette énergie spirituelle. Elle est en toi, ça, on le sait, mais comment se traduit-elle ? En tout cas, c'est sûrement ce que cherche Yin. Il doit savoir comment exploiter cette énergie à ses propres fins.

— Je serais un Éternel ?

— Non. Plutôt un hybride. Même si ce terme concerne plus ton frère. Toi ? Va savoir !

— Et mon père ? Comment allons-nous le retrouver ?

— Pour quoi faire ?

— Pour qu'il nous aide contre Yin.

— Nous sommes la cabale. Nous sommes plus puissants que Yin. De plus, qu'est-ce qui te fait croire que nous réussirons où le Vatican a échoué ? Qu'est-ce qui te fait croire que nous sommes capables de retrouver ton père ?

— Comme vous l'avez dit : Vous êtes la cabale.

— Et qu'est-ce qui te fait croire que nous le désirons ?

— Moi, je le veux !

— Je pense qu'il y a plus pressant actuellement. Comme empêcher Yin de mettre en branle son plan diabolique.

— Pourquoi est-ce si pressant ? Vous avez dit que tant qu'il ne m'aurait pas, il ne pourrait pas avoir accès à mon énergie spirituelle éternelle bâtarde.

— C'est un fait. Tout comme c'est un fait que, même si cette intrigue m'intéresse au plus haut point, nous avons d'autres préoccupations dans notre existence, comme me venger de Morgane ?

— Si vous m'aidez pour mon père, je vous aiderai contre Morgane.

— Ah ah ah ! Et comment comptes-tu m'aider contre Morgane ? Tu arrives à peine à survivre à Yin, alors Morgane…

— Y'en a marre ! Si vous ne voulez pas m'aider, pas de problème ! Je me débrouillerai sans vous !

— On ne te laissera pas tomber mon frère ! Ajouta Arthur. On n'a pas besoin de ces antiquités ! Je vous avais dit qu'ils finiraient par nous trahir !

— Calmez-vous, mes petits, apaisa Martha. Il y a sûrement une raison à tout ça.

— Oui, en tout cas, je l'espère, fut contrariée Angélique. Où veux-tu en venir Merlyn ?

— Où je veux en venir ? Pas plus loin de ce que j'ai déjà dit. Nous allons réfléchir à une stratégie d'attaque contre Yin.

— Ça, d'accord.

— Non ! Je ne suis pas d'accord ! S'offusqua Yves. Il est hors de question de partir en guerre sur l'ordre d'un général fou ! Après tout, Angélique, toi-même, tu pensais que Merlyn était devenu fou dans sa cage de brume. Pourquoi l'écouterions-nous aujourd'hui ? Je veux qu'on retrouve mon père !

— Tu me prends pour un fou ? Ah ah ah ! Peut-être le suis-je. Peut-être pas. Quoi qu'il en soit, le débat sur ton père est clos.

— Alors notre alliance est close, conclut Martha. Et nous partirons donc. Même Yves et son énergie spirituelle hors-norme.

— Ça, il n'en est pas question ! Contra Merlyn. Au-delà du fait de votre insécurité, nous avons besoin de cette énergie contre Yin. Sans compter que nous ne pouvons pas risquer qu'une telle énergie tombe entre ses mains.

— Voilà notre terrain d'entente. Vous ne voulez pas que nous partions et nous, nous resterons que si vous aidez Yves à retrouver son père.

— Martha ! Soyez raisonnable ! Nous ne retrouverons jamais cet Éternel s'il ne le souhaite pas. Après tout, nous ne connaissons qu'un grain de poussière sur la longue existence de ce personnage. Par où commencerions-nous nos recherches ?

— Pythie n'en serait-elle pas capable ?

— Je n'ai pas ce genre de pouvoir. Sauf s'il possède un objet bien particulier toujours sur lui. Mais ça, si c'est le cas, on ne le sait pas.

— Stop ! Cria Yves. Qui vous dit que j'ai toujours envie que vous vous mêliez de mes affaires ? Il y a deux secondes, vous nous traitiez d'inutiles ! Je pense que je vais partir retrouver mon père, seul.

— Yves !

— Non, Martha ! J'en ai marre de leurs grands airs ! Nous sommes des Sinclair ! Nous avons vécu toutes ces années sans avoir besoin de l'aide de qui que ce soit. Pourquoi commencer maintenant ? Y'a pas à dire, on aurait dû écouter Arthur depuis le début !

— Vous ne direz pas que je ne vous avais pas prévenus, se réjouit Arthur.

— Yves ! Tu laisses tes émotions te dominer…

— Écoute ta grand-mère, Yves, interrompit Angélique. Je t'assure que nous souhaitons t'aider.

— Alors pourquoi vous réagissez ainsi ?

— De nous, tu parles de Merlyn. Il n'est pas nous. Malgré tout, ce qu'il dit est juste…

— Quoi ??

— Laisse-moi finir ! Quand Merlyn dit que, pour l'instant, nous sommes dans l'incapacité de pouvoir retrouver ton père, il dit juste. Quand il t'explique que nous devons empêcher Yin d'exécuter son plan, là encore, cela nous concerne tous ici présents. Alors mettons nos ressentiments de côté et réfléchissons à la suite des évènements. Objectivement.

Putain !

Elle avait raison !

Et c'était bien plus rageant que le dédain de Merlyn.

Être obligé de s'avouer avoir besoin de cette cabale…

Merde !

Yves sortit de la pièce en claquant la porte. Cette dernière se fissura sous le choc, tout en s'encastrant dans son cadre.

Sa colère accentuée par sa frustration était un mélange détonnant.

Il souhaitait retrouver son père.

Il souhaitait se venger de Yin.

En fait, non.

Il souhaitait retrouver sa vie d'avant. Son ignorance, sa simplicité.

Son banc et ses amis humains.

26

Pourquoi ?

Pourquoi son père ne les avait-il pas recherchés ? L'amour qu'il leur accordait n'était-il pas assez grand ?

Il était allé jusqu'à donner sa fille malade à une bande de Vampires.

Et Angélique ? Était-elle sincère ou s'inquiétait-elle juste pour « leurs destins croisés » ? Où pensait-elle que cela allait les mener ?

Un destin croisé.

Foutaise.

Son téléphone se fit entendre. C'était Lucie.

Que voulait-elle ? L'engueuler pour avoir disparu ces dernières nuits ?

Yves était de très mauvais poil. Ce n'était pas le moment de lui chercher des noises.

Il raccrocha.

Sa sonnerie retentit à nouveau. C'était encore Lucie.

Elle était têtue !

Il raccrocha une nouvelle fois.

Sa mélodie numérique chanta encore une fois. Toujours Lucie.

Pourquoi insistait-elle à ce point ?

Yves céda et décrocha :

— Lucie. Je n'ai pas le temps pour te parler maintenant !

— Bonsoir Monsieur Sinclair.

La voix était masculine.

— Qui est à l'appareil ? Pourquoi avez-vous le téléphone de Lucie ?

— Vous pouvez m'appeler Monsieur Wolf.

M. Wolf ? Arthur lui avait parlé d'un certain M. Wolf qui servait de contact entre son père, Martial, et le général Yin. Arthur avait précisé qu'il n'était pas Vampire mais très certainement Lycanthrope.

Alors qui était à l'appareil ?

Les loups-garous vieillissaient au même rythme qu'un humain normal.

Si c'était l'homme que connaissait son père, il devrait ou être mort ou pourrir dans un hospice.

— Mon père a connu un M. Wolf. C'était dans les années 1900.

— Je suis son descendant.

— Où est Lucie ? Si vous lui avez fait du mal…

— Pas de menace inutile, M. Sinclair. La jeune fille va bien. Pour l'instant du moins. Sachez que sa santé repose seulement sur vos prochains choix.

— C'est-à-dire ?

— Vous savez que je travaille pour le général Yin, n'est-ce pas ?

— Oui, je m'en doute. Mais comment vous, vous savez que je le sais ?

— Peu importe. Sachez juste que le général Yin souhaiterait réellement vous rencontrer.

— Ça, je n'en doute pas. Et je suppose que si je ne viens pas, vous allez tuer Lucie ?

— Oui. Vous avez bien cerné le marché.

— Et pourquoi je me mettrais en danger pour une simple humaine ?

— Car, vous y tenez.

— Moi, Vampire, m'intéresser à une humaine ? Ce n'est que ma réserve de nourriture.

— Alors nous nous sommes trompés. Soit ! Je vais vous dire, tout de même, ce qu'il va lui arriver : Nous la torturerons encore et encore jusqu'à ce qu'elle s'effondre en futile supplication. Mais, là, encore, nous continuerons à la torturer. Et cela durera autant que sa vie continuera à subsister dans son corps fragile. Mais, tout ça ne vous intéresse pas, c'est bien cela ? Alors, désolé de vous avoir dérangé et je vous souhaite une bonne soirée. Par respect du détail, je tiens à préciser que nous ferons tout cela chez elle. C'est plus intime.

L'homme raccrocha avant même d'entendre la réplique haineuse d'Yves.

— Merde ! Se permit-il.

Lucie était en danger par sa faute.

Certes, ce n'était qu'une humaine, mais, là où ce Wolf avait visé juste, c'était l'intérêt que lui accordait le jeune Vampire.

Elle était son amie.

Et elle était menacée par ses ennemis.

Il irait la sauver et il massacrerait tous les Vampires, et autres créatures, présents. Il ferait souffrir ce prétentieux bien plus que les autres.

Mais comment demander de l'aide aux autres ?

Après la discussion houleuse pour retrouver son père Éternel, Yves allait leur demander de l'aider pour sauver une simple humaine ?

De se jeter dans la gueule du loup ?

Car piège, il y avait. Le jeune homme n'était pas dupe.

Ils n'accepteraient jamais de l'aider et Yves perdrait le peu de crédibilité qu'il lui restait.

Comment faire ?

Affronter seul toute une horde de Vampires ?

Avait-il le choix ?

Oui. Abandonner Lucie aux mains de ses tortionnaires.

Donc il n'avait pas le choix.

Il irait combattre seul.

— Yves ?

Élisabeth sortit de l'ombre.

— Les autres pensent que tu as besoin de solitude.

— Ça fait longtemps que vous êtes là ?

— Suffisamment, en effet.

— Et ? Vous allez tout raconter aux autres ?

— Pourquoi je ferais cela ?

— Vous êtes tous de la même clique, de la cabale.

— Oh, tu sais ! La cabale n'est pas une équipe en soi mais juste un endroit où les puissants viennent se pavaner devant les autres, narrer ô combien ils sont merveilleux.

— Une équipe ? Non. Juste une parodie du haut peuple. Non. Je ne dirai rien. Je te propose même de t'emmener où tu le souhaites. Tu auras, au moins, l'effet de surprise. Mais ne compte pas sur moi pour faire plus. Je n'aime pas la violence. Je ne fais que le transport.

— Merci. Mais pourquoi m'aideriez-vous ? On ne se connaît pas.

— Pas plus que les autres, à une ou deux nuits près.

— Mais qu'avez-vous à y gagner ?

— Ton soutien contre Merlyn ?

— Pourquoi Merlyn ?

— Car si Morgane est une vraie garce, Merlyn est bien pire. Pourquoi remplacer une vipère par un tyran ?

— Au point où j'en suis ! Je n'ai pas tellement le choix de toute façon. Je suis seul et j'ai bien besoin d'un coup de main.

— Marché conclu ?

— Ça marche.

Ils se serrèrent la main.

Élisabeth commença son rituel de transport extra-dimensionnel. Le plan négatif était un raccourci rapide pour tout endroit sur cette planète.

27

Lucie habitait avec ses parents dans une petite villa de Rognac. Elle était fille unique.

Son père faisait du travail à la chaîne dans une usine de confection de pains industriels. Sa mère était infirmière à l'hôpital Nord, un hôpital public somatique de Marseille, dans le service de médecine interne.

C'était une petite villa sans prétention avec un petit jardinet et une petite piscine dans un petit quartier.

Mais ce ne fut pas là qu'arriva Yves.

Pas de petite chambre de fille/garçon manqué. Pas de Lucie, ni de Lycanthrope tortionnaire.

Non. À la place de tout ça, Yves arriva dans un sous-sol sans fenêtre au plafond voûté, à peine éclairé par un plafonnier poussiéreux.

Mais Yves n'y était pas seul. Certes, il était arrivé aux côtés d'Élisabeth, mais trois autres personnes, en costume noir trois pièces, furent présentes. L'homme, qui se tenait le plus en avant, attendait les mains croisées devant lui. Son regard fut caché derrière une paire de lunettes noires à l'armature fine. L'homme était typiquement latin. Quatre traits cicatriciels, parallèles les uns aux autres, lui striaient la joue gauche au travers d'une barbe naissante.

Les deux autres avaient une stature plus imposante. Très certainement le service de sécurité. Leurs teints étaient bien plus blafards que celui du premier.

L'homme aux lunettes noires ne sembla point perturbé par cette arrivée soi-disant surprise. Tout au contraire, il souriait.

— Vous avez changé d'avis, Monsieur Sinclair ?

— Élisabeth ? Où sommes-nous ?

Yves se retourna vers sa coéquipière. Elle souriait aussi.

Élisabeth sortit un petit morceau de verre rougeâtre de son sac à main.

À ce moment, Yves sentit son corps se faire attirer en direction de l'objet. Il sentait son corps se recroqueviller sur lui-même, se plier en son intérieur.

Yves luttait de toutes ses forces mais il perdait du terrain. Il était aspiré par ce rubis. Littéralement.

Le jeune homme finit par disparaître.

— Félicitations, Madame McBeth. Vous avez mené ce complot avec une main de maître.

— Oh ! Vous êtes trop aimable, Monsieur Wolf.

Yves ne savait pas où il se trouvait. Il était dans un genre de grotte entièrement composée de rubis.

Il n'y avait aucune issue. Seule la lumière filtrait à travers les parois.

Il n'y avait rien.

Il était seul.

Élisabeth l'avait poignardé dans le dos.

Comment n'y avait-il pas songé avant ? C'était pourtant si évident !

Pour quelle raison l'aurait-elle aidé sinon pour le trahir ?

Il était nul !

Il criait, à tout va, qu'il pouvait se débrouiller tout seul.

Et, maintenant, il avait été capturé, sans même combattre. Il avait livré son énergie spirituelle d'Éternel directement à son ennemi, le général Yin.

Car, il était évident que Yin était le chef d'orchestre de ce traquenard.

Il était nul !

28

Tous étaient dans le salon.

La dernière discussion entre Yves et Merlyn avait jeté un froid. Cela avait même fragilisé l'alliance, déjà faiblarde, entre le clan Sinclair et la Cabale.

D'ailleurs, s'ils étaient encore ensemble à l'heure actuelle, c'était juste car ils étaient d'accord sur la dangerosité de l'adversaire et, que seule cette alliance pourrait en venir à bout.

Ce fut la seule et unique raison.

Déjà, les deux camps gambergeaient à ce qui arriverait une fois cette affaire résolue.

Leur alliance continuerait ? Ils partiraient chacun de leurs côtés ? Où régleraient-ils leurs comptes ?

Yves s'était isolé pour décompresser sa frustration. Lui qui voulait à tout prix retrouver son père, cela semblait compromis.

— Il y a un problème.

Pythie venait de rompre la gangue de tension qui s'était

installée dans la pièce.

La belle Vampire regardait autour d'elle. Elle sentait que quelque chose arrivait. Son sixième sens carillonnait le long de son échine.

Où ?

Quoi ?

— On est en danger.

— Qu'y a-t-il, Pythie ?

— Je ne sais pas, Angélique. Quelque chose arrive.

— Où ?

— Tout autour de nous.

Pour confirmer ces mots, la baie vitrée éclata en un tsunami de verre.

Plusieurs dizaines de Lycanthropes venaient d'entrer par effraction dans la demeure. Des dizaines de fauves lupoïdes gigantesques et extrêmement mortels. Leurs pelages noirs se confondaient avec les ténèbres de la nuit, mais éclataient à la lueur des lampes intérieures.

Les loups-garous pénétrèrent dans le salon, encerclant la petite troupe vampirique. Tous grognaient en chœur, tel un tonnerre assourdissant, retroussant leurs babines sur une rangée de crocs démesurés, s'aiguisant les griffes à même le plancher.

Hancokan édifia, aussitôt, sa barrière protectrice autour du groupe.

Cela pourrait leur laisser du temps. Du moins, passer l'effet de surprise et permettre aux Vampires de se préparer à cette bataille des plus titanesques.

— Il faut aller chercher Yves ! S'écria Angélique.

– Où est Élisabeth ? S'étonna Merlyn.

– Comment ça a pu arriver ? S'apitoya Pythie. Ma maison est indétectable. On était censés être à l'abri !

– Indétectable tant qu'on ne divulgue pas son emplacement, précisa Merlyn.

– Élisabeth ?

– Élisabeth. Une vipère en notre sein. Ah ah ah ! S'esclaffa le vieil enchanteur.

Le groupe se prépara.

Le clan Sinclair dégainait leurs griffes et leurs crocs. Le faciès de Martha se rapprochait fortement de ces créatures qui l'agressaient actuellement.

Le corps de Merlyn explosa littéralement, ne laissant plus qu'une forme brumeuse flottant dans les airs. La forme riait de plus belle.

La peau de l'Indien, quant à elle, prit un aspect rugueux, écailleux. Elle se recouvrait d'écorce en sa totalité.

Les loups-garous bondissaient contre la barrière protectrice. Encore et encore, sans relâche. À l'intérieur, on pouvait sentir les vibrations provoquées par la violence de l'assaut. Cela ne présageait rien de bon.

– Vous êtes prêts ? Car je ne vais pas pouvoir garder cette barrière encore bien longtemps !

– Que sonne le cor de Camelot ! Ce soir, une grande bataille sera écrite pour les livres d'histoire ! Clama Merlyn.

Hancokan céda. La barrière se désagrégea.

Sans attendre les Vampires partirent à l'attaque. Il en allait de leur survie.

Arthur, Vanessa et Martha s'élancèrent au contact des

créatures, toutes serres tendues.

Merlyn disparaissait et réapparaissait de partout dans la pièce. En un clin d'œil, l'homme nuageux changeait d'endroit, déstabilisant ses agresseurs, qui ne savaient où donner de la tête, et des crocs.

Pythie disparut du paysage. Déjà, elle avait réécrit un mirage qui faisait paraître certains loups-garous comme des gibiers pour leurs frères. Cinq s'affrontèrent les uns les autres.

Angélique appela un esprit désincarné en renfort. Ce fut l'âme d'un homme en treillis. Le trou qui s'ouvrait en son front laissait imaginer sa mort. Le soldat fantôme se jeta dans la mêlée sans plus d'indication.

Les loups-garous étaient bien plus nombreux que les Vampires. Mais la pièce n'était pas assez grande pour permettre un bon déplacement. Pas tous les assaillants eurent la possibilité de se choisir une cible, certains devaient attendre leur tour, une ouverture.

Chaque Sinclair avait deux poilus à combattre. Si la force et la combativité d'Arthur lui permettaient de tenir face à ses adversaires, Vanessa s'en trouva vite dépassée. Déjà, les entailles la déchiquetaient. Elle ne tiendrait pas un round de plus.

Martha avait choisi la stratégie de l'esquive. Sous sa forme de chauve-souris, elle se réfugia dans les hauteurs du plafonnier, virevoltant entre les pattes tendues pour l'attraper. Pour l'instant, sa vivacité lui permettait de tenir la distance et de rester entière.

Ce combat n'était pas du tout du niveau des Sinclair. Leur

chance de survie ? Zéro semblait un pronostic correct.

Hancokan se débrouillait bien mieux. Sa peau d'écorce limitait les dégâts des griffes. Du moins suffisamment longtemps pour permettre à ses alliés insectes de se regrouper autour de lui, dévorant en un rien de temps toutes créatures qui oseraient poser la patte sur ce tapis de mort.

Merlyn s'amusait de la situation. En un claquement de doigts, il figea le temps dans la pièce. Un loup-garou, alors encore dans le jardin, pénétra dans la zone de pétrification temporelle et s'en retrouva capturé à son tour.

Merlyn arracha la gorge des deux Lycanthropes qui malmenaient la belle Vanessa. Dans le même laps de temps, il glissa une pierre blanche, possédant un glyphe gravé, dans la poche de la jeune rebelle.

Le temps commençait déjà à forcer la magie de l'enchanteur pour reprendre son rythme normal. Merlyn eut le temps, tout de même, de décapiter trois autres créatures avant que cela se fasse.

Chaque loup mort tomba en une bouillie noirâtre avant d'être effacé totalement. Ils étaient des créations, sûrement de Yin, dont avait parlé Merlyn plus avant. Plus faibles que les originaux mais tout aussi mortels.

Angélique créa une vague d'énergie autour d'elle. Ladite vague engloba les quatre assaillants qui menaçaient la belle métisse. Rien ne se passa si ce ne fut que les quatre se retournèrent contre leurs frères, défendant leur nouvelle maîtresse.

Au fur et à mesure que les loups tombaient, d'autres prenaient leurs places. Le nombre était incessant.

Un Lycanthrope sauta aussi loin qu'il put au-dessus de l'amas d'insectes.

La créature arriva au contact de l'Indien, lui lacérant son dos avant de tomber à la renverse pour disparaître dans une bouillie de nécrophages.

Hancokan perdit l'équilibre sous le choc, écrasant quelques-uns de ses alliés à mille pattes. S'il pouvait encore se tenir debout, il ne le dut qu'à sa protection d'écailles. Mais son armure avait cédé sous les griffes de l'animal, laissant une grande faille à l'air libre. Une faiblesse que s'empresseraient d'utiliser ses ennemis.

De plus, son armée rampante commençait à diminuer en masse à force de se faire piétiner par l'adversité. Ils étaient encore conséquents mais pas pour longtemps.

Arthur aussi saignait de toute part. Il ne continuait le combat que grâce à sa volonté sans limite. Repoussant ses agresseurs autant que possible.

Le frère ne vit plus la sœur. Elle avait disparu. Où était-elle ? Était-elle en péril ? Ou morte ?

Ce qu'Arthur ignorait, c'était que la pierre de Merlyn permit, à Vanessa, d'être transportée dans un autre lieu, loin du combat qui faisait rage. Son corps était vivant mais baignait dans son sang.

Elle vivrait.

L'aile gauche de Martha fut saisie par une patte velue, la ramenant au niveau du combat, bien trop près de ses assaillants qui s'apprêtaient à dévorer la chauve-souris.

Merlyn, lui, était bien à l'abri. Hormis le fait qu'il disparaissait sans cesse, le peu de Lycanthropes qui lui posèrent la patte dessus le traversèrent tout simplement. Le corps brumeux ne permettait pas les contacts physiques, protégeant totalement le Vampire des griffes de cette armada sauvage.

Merlyn riait à s'en rompre les cordes vocales. Ses yeux menaçaient de sortir de ses orbites à tel point sa folie illuminait son regard.

Pythie se concentrait sur son illusion. Déjà, un loup avait trépassé sous les lacérations de ses congénères.

Mais son invisibilité ne la protégeait que sur une courte durée. Là, un Lycanthrope avait accroché son odeur, la remonta et grogna déjà à quelques centimètres du visage de Pythie. La peur déstabilisa la prophétesse qui en perdit sa concentration, défaisant son illusion.

Angélique fut, elle aussi, débordée de tous côtés. Même si ses loups séduits la défendaient de leurs vies, Ils eurent du mal à repousser la masse toujours grandissante des Lycanthropes.

Le combat semblait impossible. Seul Merlyn s'en sortait bien et s'en amusait.

Il était clair qu'Élisabeth avait poignardé ses frères dans leur dos, mais qu'en était-il d'Yves ? Où était-il ? Dans quel guêpier s'embourbait-il ?

Hancokan demanda son aide à son ami, Manabhoszo kivati, qui vint prendre part au combat, projetant les créatures lupoïdes avec férocité contre les parois de la demeure.

La maison tremblait de toutes parts sous les coups incessants de ce combat, crachant sa poussière de ciment, se fissurant par endroits. Çà et là, un mur s'écroulait, un meuble s'écrasait, une vitre se brisait.

Arthur frappait son adversaire avec hargne. Il était encore présent. Il tenait.

Martha, voyant aucune échappatoire à ces gueules béantes, dispersa son corps en une centaine de rats qui partirent dans toutes les directions. Quelques-uns furent piétinés, quelques-uns furent capturés et dévorés, mais quelques-uns trouvèrent le salut par la baie vitrée brisée, fuyant à travers le jardin.

Merlyn enferma un de ses adversaires dans une sphère de force qu'il projeta avec violence contre un groupe à peine entré.

Un loup-garou traversa à travers sa forme.

— Oh ! Que c'est vilain ! Ironisa le vieux.

La bête vit son corps se remodeler en une autre bête plus porcine avant de voir ses frères n'en faire qu'une bouchée.

Pythie se tenait devant la gueule reniflante du loup. Elle pouvait sentir son haleine chaude souffler sur son visage.

Elle resta immobile, priant, à qui veut bien l'entendre, pour que l'animal passe outre cette odeur non en corrélation avec sa vision.

— Pitié ! Murmura-t-elle à l'au-delà de la perception.

Alors que son allié fantôme malmenait les troupes adverses, Angélique provoqua une aura de terreur dans son regard. Chaque canin qui tiendrait ledit regard se verrait plongé dans ses plus terribles cauchemars.

Les Lycanthropes, terrorisés, poussaient à travers la meute, cherchant à s'éloigner le plus possible de cette démone ensorceleuse. On pouvait les entendre couiner la queue entre les jambes alors qu'ils fuyaient.

Les loups résistaient de plus en plus longtemps dans la mélasse d'insectes, arrivant régulièrement jusqu'au contact du vieil Indien, voyant sa carapace d'écorce se craqueler de toutes parts, menaçant de craquer une bonne fois pour toutes. L'homme se retrouvait à genoux sous les coups répétés.

Hancokan fatiguait. Il était harcelé de tous les côtés, bousculé, griffé, mordu.

Arthur s'écroula. Cinq loups le déchiquetèrent sans attendre.

Il n'en pouvait plus. Il avait lutté du mieux qu'il pût mais il était inférieur en nombre et en force. Sa mort était assurée et sa non-vie vampirique arrivait à son terme.

Le Vampire se vit vidé de ses entrailles, vit ses membres se faire arracher les uns après les autres, avant de tomber, finalement en cendres, lorsque sa tête fut pulvérisée par la lourde patte de son tueur.

Arthur ne fut plus.

Il en fut de même pour Pythie, dont la prière ne fut pas entendue.

La bête grognant finit par ouvrir grand sa gueule pour la refermer définitivement sur la tête de la prophétesse.

Le corps la Vampire grecque s'écroula sur le sol, telle une marionnette à qui on aurait coupé les fils, avant de s'affaisser en un tas de cendres au pied de son meurtrier.

Voilà une prophétie qu'il lui aurait été bien utile. Celle de sa deuxième mort.

Une image de sang. Une caverne de crocs écumant. Un grondement. Le froid. C'était la vision qu'elle avait eue plutôt. En voilà la signification : Sa propre mort.

Angélique fut propulsée dans les airs par la force d'un coup de griffe dans son dos. Elle en perdit l'usage de ses jambes à cause de sa colonne vertébrale sectionnée.

La voilà réduite à moitié alors que le nombre de ses adversaires ne semblait en rien diminuer.

Était-ce fini pour elle aussi ?

En tout cas, elle ne périra pas sans combattre.

Elle cria de tout son coffre.

Ce son immonde créa un vent de panique dans les rangs ennemis : Certains ne furent que déboussolés alors que d'autres décidèrent de fuir, d'autres encore s'échappèrent dans une prostration fœtale.

— Non ! S'énerva Merlyn. Cela ne devait pas se finir ainsi ! Pourquoi fuient-ils ? Affrontez-moi ! Mourez de ma main !

— Calme-toi, Merlyn, tenta d'apaiser Hancokan. Il faut profiter de cette accalmie pour fuir.

— Fuir ? Pourquoi ? Nous gagnons !

— Non. Nous perdons ! Regarde autour de toi. Arthur et Pythie sont morts. Angélique est blessée. Martha et Vanessa ont disparu et on n'a pas de nouvelle du jeune Yves. Il faut fuir !

Le vieil enchanteur regardait autour de lui. Si lui n'avait souffert d'aucunes blessures, ce ne fut pas le cas de l'Indien et de la métisse. Les tas de cendres d'Arthur et de Pythie avaient été piétinés et balayés par la meute non faiblissante des loups-garous de Yin. La maison n'était que ruine, champs de bataille et tombeau funéraire de ses pairs.

— Oui. Tu as peut-être raison. Tant pis pour la bataille

épique. Partons.

Merlyn leva les bras et tous disparurent de la demeure, laissant une meute de loups perplexes sur un champ de ruine, feu le salon de feu Dame Pythie.

Un rat s'engouffrait à travers le trou de la clôture, se retrouvant dans la rue. Derrière lui, les loups hurlèrent à la lune, non pleine, en une plainte de demi-victoire.

Aussitôt, le quadrupède traça se mettre à l'abri, à travers les ombres des lampadaires, jusqu'à une ruelle bien plus sombre encore où l'attendait à peine une dizaine de ses congénères.

Les rats se regroupèrent, se reniflant les uns les autres avant de commencer une fusion des chairs, bouillie de pattes, têtes, queue donnant une mélasse bouillonnante. Un réseau sanguin, au ton d'hémoglobine noirâtre, se dessinait sur l'abomination.

De cette symbiose charnelle, Martha reprit forme humaine.

Elle était extrêmement affaiblie. Elle souffrait en ses entrailles.

Son esprit avait du mal à garder une cohérence sur ce qui se passait ou s'était passé.

Elle était seule.

Elle avait faim.

Très faim.

29

Yves était suspendu par ses bras via une chaîne, accrochée au plafond à l'aide d'une épaisse plaque de métal.

Il avait perdu connaissance un peu plus tôt dans sa prison de rubis, vraisemblablement à cause d'un autre traquenard d'Élisabeth McBeth.

Yves ouvrit les yeux sur sa nouvelle geôle. Celle-ci ressemblait réellement à une cellule ordinaire. Ses murs de briques suintaient d'une humidité bien présente, formant de petites flaques sur ce sol terreux. Encore là, aucune ouverture ne fut construite hormis la barrière de barreaux qui se dressait devant lui.

L'odeur était nauséabonde dans ce souterrain. Une odeur de moisissure et de viande pourrie, de fiente aussi.

De l'autre côté des barreaux, Yves percevait une autre cellule dans laquelle il pouvait apercevoir une jeune fille vêtue d'une chemise de nuit dont les motifs à fleurs jaunes perçaient à peine la couche de boue déposée. La jeune fille était recroquevillée sur elle-même, en chien de fusil, au fond de sa prison.

Même si Yves ne voyait pas son visage, il savait que c'était Lucie dans cette cage.

— Lucie ? C'est toi ?

La jeune fille ne répondit pas. Elle ne fit que s'enfoncer un peu plus dans ce fond de geôle. Si elle pouvait se fondre dans la pierre et disparaître à jamais, elle le ferait sans hésiter.

— Lucie ? C'est Yves. Ça va ?

La jeune captive leva légèrement la tête, essayant de voir son interlocuteur à travers sa frange tombée en rideau sur son visage.

— Lucie ? Réponds-moi, s'il te plaît !

La jeune fille redressa entièrement sa tête. Elle regardait l'homme derrière les barreaux.

Yves percevait maintenant tout son visage œdématié, bleui par ses ecchymoses. Lucie avait été battue avec violence et cruauté, son œil gauche était entièrement clos par la boursouflure de son orbite. D'ici, le jeune Vampire pouvait voir briller ses yeux larmoyants, cette détresse qui luisait dans son regard.

— Oh, Lucie ! Que t'ont-ils fait ?

Lucie rampa difficilement jusqu'aux barreaux de sa cellule. Elle traînait sa jambe gauche sur le sol et évitait d'utiliser son bras droit. À plusieurs endroits, sa chemise avait été lacérée. Là, une lacération laissait sortir un petit sein timide dont le téton avait été sectionné.

Elle avait subi des tortures innommables.

Tout cela à cause de lui. Seulement car elle le connaissait et avait eu le malheur d'attirer sa sympathie.

Une malveillance pure était à l'œuvre en ce lieu.

Pauvre Lucie.

— Lucie ? Tu peux parler ?

— Yves ? C'est toi ?

— Oui, c'est moi.

— Ils m'ont kidnappée chez moi, dans ma chambre, en pleine nuit. J'ai entendu mes parents hurler.

Les sanglots éclatèrent dans sa gorge. Elle souffrait en son corps mais aussi en son âme.

— Calme-toi, Lucie. Je suis là maintenant.

— Ils ont tué mes parents !

Lucie criait maintenant. Elle avait du mal à gérer son relâchement émotionnel.

— Ne crie pas, Lucie. Ils vont t'entendre.

— Ils m'ont frappée sans rien me dire. Juste comme ça. Ils m'ont sortie du lit et m'ont jetée par terre. Ils m'ont rouée de coup de pied, de coup de poing. Pourquoi ? Pourquoi moi ? Qu'est-ce que je leur ai fait ?

— Tu n'y es pour rien, Lucie. Le fautif, c'est moi.

— Toi ?

— Ils s'en sont pris à toi pour m'atteindre moi.

— Toi ? Pourquoi ?

— L'homme qui a tué tes parents s'appelle Wolf. Il travaille pour le général Yin, un vieux Vampire qui souhaite m'utiliser à ses fins.

— Wolf ? Des Vampires ? Je ne comprends pas ce que tu dis ! Qu'est-ce qui se passe ?

— Calme-toi, Lucie. Si tu cries, ils vont venir.

— Non, non ! Je ne veux plus qu'ils viennent.

— Alors, ne crie pas ! Écoute. Je sais que tout ça va te paraître fou, mais il va falloir que tu me croies. Je suis un Vampire tout comme ce général Yin.

— Oh mon Dieu ! Mais qu'est-ce que tu racontes ? Non. Je ne veux pas t'écouter !

Lucie secoua sa tête de gauche à droite comme si elle souhaitait chasser une mauvaise voix dans sa tête.

— Écoute-moi, Lucie !

— Non ! Laisse-moi ! Hurlait-elle tout en s'éloignant jusqu'au plus profond des ténèbres de sa cellule.

— Je suis un Vampire. Que tu le veuilles ou non, les créatures de la nuit existent !

— Lucie ? Écoute-moi, Lucie !

— Je vais te sortir de là. Ma famille va nous sortir de là. Lucie ?

Une clé déverrouilla une serrure au loin.

Une porte s'ouvrit. Elle rugissait sur ses gonds rouillés.

Des bruits de pas se rapprochaient de la cellule d'Yves.

Monsieur Wolf arriva à hauteur du cachot du jeune Vampire. Il était accompagné par un autre homme.

Un Asiatique d'une trentaine d'années se tenait là, les mains dans le dos.

L'homme était petit de taille mais rayonnait d'une incroyable prestance. Ses cheveux, d'un noir prononcé, étaient plaqués en arrière. L'homme portait une fine moustache qui surlignait la courbe serrée de ses lèvres pâles.

L'homme était vêtu d'un hanfu* entièrement fait d'une soie noire, traînant à même la fange de ces bas-fonds.

Un hanfu est un costume traditionnel chinois fait d'un col

croisé, d'un large rabat de tissu sur le côté droit et de manches amples. Le tout fermé par une large ceinture de soie.

L'homme fixait Yves suspendu. Il souriait. Il semblait satisfait du spectacle.

— Quoi ! Fanfaronna Yves peu fier. Tu veux ma photo ?

— Pourquoi tant de colère dans votre bouche, Monsieur Sinclair ?

Étonnamment, l'homme ne possédait aucun accent.

— Vous êtes Yin ?

— Général Yin, s'il vous plaît. Je fais cas de l'étiquette.

— Rien à foutre de ton étiquette !

— Monsieur Wolf ? Voulez-vous bien aller saluer Mademoiselle Colombe de ma part ?

— Non ! Espèce d'enfoiré ! Laissez Lucie tranquille !

— Vous avez une drôle de manière de me demander une faveur, jeune homme.

— D'accord ! D'accord ! Je m'excuse ! Non, attendez !... Excusez-moi Général !

— Nous progressons. C'est encourageant.

— Maintenant que vous m'avez, relâchez-la !

— Encore une faveur ? Et pourquoi ferais-je cela ?

— Elle ne vous sert à rien. C'est moi que vous voulez. C'est mon énergie d'Éternel que vous désirez.

— Énergie d'Éternel. J'appelle ça du Chi. Mais le terme d'énergie éternelle s'applique aussi bien.

— Vous allez la relâcher ?

— Que savez-vous de cette énergie ?

— Pas grand-chose si ce n'est que c'est un héritage génétique de mon père humain.

— Père Éternel

— Pardon ?

— Pas humain, Éternel.

— Oui. Mon père Éternel, Général Yin.

— Concevez-vous la puissance qu'elle représente ?

— Je n'en ai pas la moindre idée. Mais, je pensais qu'un Vampire ne pouvait pas l'absorber ? À quoi vous servira-t-elle ?

— Je vais, en effet, m'en servir. Mais ça ne sera pas moi qui l'absorberai.

— Alors qui ?

— Ne soyez pas si pressé, Monsieur Sinclair. Vous le saurez bien assez tôt. Dans deux nuits très exactement.

— Qu'est-ce qui va se passer dans deux nuits ?

— Vous allez mourir. Et votre amie me servira de repas.

— Espèce d'ordure ! Si tu lui fais encore du mal…

— Vous ferez quoi ?

Yves se tut. Il ne fera rien. Il ne pourra rien y faire.

Il était à la merci de ce général dans un cachot à la localisation inconnue de sa famille.

Il se sentait tellement affaibli que même se changer en chauve-souris, histoire de sortir de ses entraves, lui paraissait irréalisable.

Il était tellement affaibli que l'idée de se nourrir de Lucie lui traversa l'esprit.

Heureusement, il était enchaîné dans une autre cellule hors de portée de celle de Lucie.

Encore deux nuits puis ils allaient mourir. C'était inévitable.

30

Vanessa baignait dans son sang.

Ses blessures commençaient à se cicatriser, grâce à sa faculté vampirique, mais elle restait très faible. Se lever n'était pas encore possible.

Il lui fallait des soins et, surtout, de quoi se sustenter.

Son esprit était embrumé par son instinct animal. C'était à peine qu'elle s'aperçut de l'arrivée de ses camarades.

Ses compagnons apparurent brusquement dans la pièce.

La pièce était une cave arquée plongée dans l'obscurité. Allumer la simple ampoule pendante fut le premier geste de Merlyn, éclairant faiblement toute une longueur d'étagères emplies de bouteilles de vin, la poussière témoignait de l'ancienneté de cet abri. Une vraie mine d'or pour les œnologues. Parmi ces richesses éthyliques, on pouvait trouver un Richebourg de 1985 dont la valeur seule égalait celle de toutes les autres bouteilles ici présentes.

Chose peu ordinaire, toutes les issues, fenêtres, portes, furent murées. Personne ne viendrait les déranger en ce lieu, du moins par des moyens conventionnels.

Ils n'étaient pas tous revenus. Yves, Martha, Arthur, Pythie et Élisabeth étaient absents alors qu'Ernest, lui, était là, et libre de toute entrave.

Il ne fallut que peu de temps au chasseur pour sentir ses membres libérés.

Il voyait bien qu'il n'avait que changé de prison mais, pour l'instant, il était libre de s'en prendre à ses matons.

Il ne s'en priva point.

Sans attendre, Ernest chargea son plus proche adversaire. Ce fut Angélique dont le dos ensanglanté lui interdisait la position verticale.

Cible sans défense pour le militaire peu scrupuleux.

Toutefois, il n'arriva pas jusqu'à sa cible. L'homme se retrouva, une nouvelle fois, coincé dans une sphère de force.

Une frustration sans précédent éclata en lui, se répercutant à travers son cri de rage. Le voilà de nouveau capturé sans avoir pu faire subir le moindre mal.

Piètre chasseur qu'il était. Lui, un élu de dieu ?

Mais il ne perdait pas espoir. Il avait été libre une fois, cela se produirait de nouveau. Et là, il sera prêt.

— Cette sphère n'est pas éternelle. Pouvez-vous prendre le relais, Hancokan ?

— Je m'en occupe.

Au moment où Merlyn éjecta le soldat contre le fond de la cave, Hancokan fit sortir des entraves végétales du sol. Ernest se retrouva dans la même situation délicate que dans la cave de Pythie.

Il lui fallait attendre de nouveau.

Hancokan s'approcha de son amie métissée, apposa sa main sur sa plaie béante, puis pria en silence. La blessure se referma, l'os se ressouda, la femme se releva.

En un instant, et grâce à sa vitesse surhumaine, Angélique arriva au contact de l'enchanteur, lui décochant une gifle telle que l'homme fut jeté à terre.

— Comment oses-tu, femme ? S'offusqua Merlyn, se relevant.

— Comment j'ose ? Et toi ? Tu aurais pu nous téléporter dès le début de la bataille !

— Oui, et alors ?

— Alors on aurait pu éviter la mort de trois des nôtres !

— Tout d'abord, juste deux car Martha n'est pas morte. J'ai pu apercevoir sa métamorphose en une marée de rats qui prirent la fuite au-delà du jardin de notre hôtesse décédée. Deuxièmement, les Sinclair ne sont pas des nôtres. Donc je ne regrette que la mort de Pythie. Qui aurait cru qu'elle était si faible ?

— Salopard !

Angélique arma son poing. Elle fut retenue par Hancokan.

— Du calme, Angélique. Ce qui est fait est fait. La seule chose qui compte est de retrouver Yves et de court-circuiter Yin.

— Et c'est tout ? Il tue trois des nôtres et c'est tout ?

— Ce n'est pas lui qui les a tués mais le général Yin. Si tu veux les venger alors ne te trompe pas d'adversaire.

— Cette histoire n'est pas finie, Merlyn. Une fois le problème Yin réglé, je m'occuperai de toi.

— Tu essaieras, je le pense. Mais tu échoueras. Pour le

moment, il nous faut retrouver Yves et, il se trouve que la seule personne qui en était capable est morte. Comment faire alors ?

— On ne peut pas retrouver ni Yves, ni Yin. Mais pourquoi ne pas trouver ce pourquoi Yin se démène ?

— À quoi penses-tu, femme ?

— Une machination planifiée sur plus d'un siècle, ça doit laisser des traces.

— Donc ? Comment trouve-t-on ces miettes ?

— Occupons-nous d'abord de Vanessa et Martha puis nous en reparlerons. Hancokan ? Peux-tu t'occuper des blessures de Vanessa ?

— Oui, Slolya*.

L'Indien soigna la belle Sinclair. Ses yeux, alors, vitreux se teintèrent de rouge au fur et à mesure que son corps se rafistolait. Déjà, elle lorgnait sur le prisonnier enchaîné, sur la force vitale qui lui ferait tant de bien.

Dès que son corps lui permit, la jeune Vampire progressa de plus en plus vite vers cette source de nourriture.

Malheureusement, Ernest avait son importance dans cette histoire. Angélique s'interposa.

Vanessa disparut sans crier gare, ainsi que Merlyn.

Ils réapparurent le souffle d'après dans un bar de quartier peu fréquenté en cette heure tardive de ce soir de semaine. Cinq ou six poivrots, en comptant le barman, y étaient occupés à vider leurs verres jusqu'à leurs saouls.

Tout d'abord surpris par cette arrivée impromptue, ils furent ensuite terrifiés lorsque la sauvageonne à la mèche rose se jeta sur le premier client, lui arrachant la gorge d'un coup de croc avant de le réduire en cendres.

Ce fut un massacre dans ce bar « Chez Roger » dont personne n'en réchappa. Merlyn y veilla.

Ce fut une Vanessa rassasiée, à la mâchoire teintée de sang, pas le sien, qui réapparut au côté de Merlyn et d'un jeune couple apeuré. Merlyn avait pensé nourrir Martha une fois retrouvée. Il avait cueilli ces deux amoureux dans leur voiture, à l'arrêt à un feu rouge.

Le couple fut jeté au fond de la pièce, près du chasseur, sans peu d'attention. Ils ne savaient ce qui les attendait mais le sang sur le visage de la femme, leur moyen de transport et, maintenant, cet homme crucifié dans des racines solides n'inspiraient rien de bon. Ils pleurèrent et se lamentèrent en silence.

Pensaient-ils que s'ils faisaient le moins de bruit possible, ces monstres finiraient par les oublier ? L'homme s'arma d'une bouteille de vin. Arme dérisoire mais arme quand même.

— Angélique ? Où est ma famille ? Demanda Vanessa.

— Je suis désolée, mais Arthur a été tué par les loups.

— Oh merde ! Et les autres ?

— Martha a réussi à s'enfuir. Dès qu'on le peut, on part à sa recherche. Pythie est morte elle aussi. Et on n'a pas de nouvelles d'Yves et Élisabeth. On pense que McBeth a tendu une embuscade à Yves.

— Je… Oh mon Dieu !

Vanessa s'écroula au sol. Ces nouvelles étaient trop pour elle. Les larmes lui coulaient sur le visage, traçant des sillons à travers le sang de ses victimes.

Elle était la dernière Sinclair encore en ces murs. Comment savoir comment allaient Yves et Martha ? Qui savait si elle n'était pas tout simplement la dernière Sinclair sur cette planète ?

Elle pleurait.

Que pouvait-elle faire d'autre ? En quoi pouvait-elle servir à l'heure actuelle ?

— Ne t'en fais pas Vanessa. Martha finira par refaire parler d'elle. Je te rappelle que c'est la doyenne de ton clan. Elle en a vu d'autres au fil du temps et elle s'en est toujours sortie. Pourquoi ça serait différent aujourd'hui ?

— Oui. Tu as raison, voulut se rassurer la belle rebelle. Médiocre réconfort.

— En attendant, il faut nous consacrer à Yves. Comme le soulignait plus tôt Merlyn, la seule d'entre nous qui aurait pu le localiser était Pythie et elle est morte.

Angélique ne put retenir son regard en coin envers l'enchanteur, cet assassin.

Cette haine qui en luisait en disait long. Même Vanessa perçut ce message, même si, pour l'instant, elle n'en comprit pas toute l'ampleur.

— Mais il reste une piste à explorer : Celle du pourquoi de tout ça.

— Je ne comprends pas.

— Yin a placé ses pièces sur son échiquier pendant plus d'un siècle pour arriver à ce jour. Il serait étonnant qu'on n'en trouve pas quelques traces.

— J'ai réfléchi à cela moi aussi, coupa le vieil Indien. Il est des êtres qui peuvent nous éclairer sur toute cette affaire.

— Les esprits ?

— Oui. Les esprits. Mais pour qu'un esprit accepte de nous parler, il nous faut lui présenter un beau présent. Là, je pense à notre chasseur avec l'énergie des Éternels en lui.

— Notre carte joker en somme.

— Sommes-nous prêts à payer ce tribut ?

— En avons-nous le choix ?

— Je ne pense pas, en effet. Qu'en penses-tu, Merlyn ?

— Moi ? Je ne dis rien. Je risquerais de me faire gifler à nouveau.

— On ne joue pas là ! S'énerva Angélique.

Elle savait que l'enfermement avait fissuré l'esprit du vieux Vampire mais la question dont elle aimerait une réponse était : Jusqu'à quel point ?

Et pire encore : Restait-il encore fiable ?

Trois d'entre eux en avaient déjà pâti et pas qu'un peu : Deux morts, une disparue. Juste pour sa folie.

— Et Martha ? Quand allons-nous la chercher ? Demanda Vanessa.

— Comme je te l'ai dit, nous ne savons pas où elle se trouve. Pour l'instant, nous sommes pressés par le temps. Car si Yin a Yves, combien de temps reste-t-il avant le dénouement de son plan ? Il nous faut sauver ton frère. Après cela, je te promets de t'aider à retrouver ta grand-mère. Après.

— D'accord, Angélique. Comment je peux aider ?

— Tu pourrais faire jouer ton réseau. Peut-être qu'un de tes contacts pourra nous prévenir de la présence de Martha dans la rue ?

— Oui. C'est une bonne idée. Je vais les appeler.

31

Cela faisait des décennies que Fernand vivait dans les rues d'Aubagne. Cela faisait des décennies qu'il s'était clochardisé.

Et dire que sa vie avait plutôt bien commencé. Il avait une femme et un boulot de contremaître dans le bâtiment. Pas d'enfant mais un chien.

La descente aux enfers a débuté avec la maladie de sa femme : Un cancer du sein égrenant ses métastases dans tout son corps. Une maladie longue et douloureuse.

Fernand devait être fort pour soutenir sa femme, l'alcool l'y aida.

Sa femme mourut, l'alcool continua à aider Fernand. Même lors de la perte de son boulot : Licenciement pour faute grave. La bouteille était un ami non apprécié par ses patrons.

L'alcool l'y aida.

Plus de femme, plus de boulot, plus d'argent pour payer le loyer et encore moins la bouffe de ce foutu clebs.

Un jour, Fernand partit tout simplement de chez lui avec sa

bouteille pour seul bagage. Il ne rentra plus.

Maintenant Fernand vivait de la rue et dans la rue avec pour seul objectif : Pouvoir se procurer son alcool qui lui fit tant de bien.

Cette nuit-là, Fernand finissait une bouteille de rouge bon marché emmitouflé dans sa couverture miteuse. L'air se fit frais ce soir-là. Déjà, la chaleur de son alcoolémie lui fournissait un cocon douillet, l'appelant à rejoindre Morphée.

Mais un grognement le tira de sa torpeur. Sûrement quelques chiens égarés en quête de territoire et de nourriture.

Le grognement provenait de l'entrée de la ruelle qu'un lampadaire éloigné éclairait timidement.

Un chien s'y tenait. Un gros chien. On aurait pu dire un gros loup.

Il grognait en approchant.

— Oust ! Sale bête ! Lui commanda le clochard en lui balançant sa bouteille vide qui vint rouler dans le caniveau derrière le canidé.

Le chien continua d'avancer, très peu impressionné par la prouesse de l'homme.

Fernand décida de se lever, ainsi que de faire des grands gestes tout en réitérant son ordre. Mais la bête avança toujours.

Ce fut alors que la créature remodela sa forme pour devenir une vieille femme habillée de guenille.

L'homme fut époustouflé par cette apparition peu ordinaire. Il ne posa aucune résistance quand cette dernière lui prit la tête entre ses mains.

Martha ouvrit grand sa bouche et absorba l'âme du SDF.

Fernand ne fut plus que cendres.

Martha récupérait de ses blessures. Malgré tout, elle était seule.

Elle était retournée dans la maison de Pythie. Elle était déserte.

Comment pourrait-elle retrouver son clan ? Ils devaient sûrement s'inquiéter. Ils devaient la chercher à travers toute la ville.

Non. Avec le général Yin dans les parages, Angélique leur aurait refusé de prendre un tel risque.

C'était à elle de les rejoindre.

Un téléphone portable ? Elle n'avait jamais pris la peine d'en apprendre l'usage. Elle le regrettait maintenant.

Le mieux serait de retourner à Marseille et de retrouver ce Kamel, l'ami de sa petite-fille. Lui saurait comment la contacter.

Il lui fallait un véhicule.

Le véhicule se présenta en une fourgonnette de la croix rouge française, tournant dans le quartier afin d'amener du réconfort aux démunis. Voilà la raison qui avait poussé Jeanne et Bernard, deux quinquagénaires, en dehors de leurs domiciles dans cette froide nuit de novembre.

Lorsqu'ils virent cette vieille dame dans ses vêtements déchirés se diriger vers eux, ils s'arrêtèrent aussitôt.

Sans attendre, ils lui tendirent une couverture et un bol de soupe. Sans attendre ils lui offrirent un sourire et une poignée de main.

Martha leur offrit la mort en retour. Pire. L'effacement total de l'existence, la destruction de leurs âmes.

— Merci, lança-t-elle dans le silence de la nuit, prenant place derrière le volant de la fourgonnette.

Elle ne connaissait pas du tout Aubagne. Il lui fallut tourner un moment avant d'alpaguer un panneau mentionnant la direction de l'autoroute menant à Marseille.

Ce fut alors, qu'une déflagration ébranla le véhicule. Un de ses pneus venait d'éclater, immobilisant la fourgonnette.

La vieille Vampire sortit du fourgon. Elle était en alerte. Cela pouvait être un piège. Un guet-apens tendu par les sbires de Yin.

Sa crainte se justifia lorsqu'elle aperçut un homme avancer vers elle. C'était un golgoth noir d'environ deux mètres de haut et autant de large, au crâne aussi lisse qu'un sou neuf. Son épaule supportait une lourde machette qu'il tenait d'une seule main.

L'homme la fixait, ne laissant peu de doute sur ses intentions.

Martha ne souhaitait pas entreprendre une bataille avec un ennemi qu'elle ne connaissait pas. La fuite s'imposait.

Sous sa forme de chauve-souris, elle s'éleva dans les airs.

Un sifflement se fit entendre alors que la vieille Vampire se vit clouer au sol. Une flèche lui transperçait le cœur.

Cela seul aurait suffi à l'amener à trépas, mais la dernière image qu'elle vit fut la lourde machette s'abattre sur son cou.

L'homme ne souriait même pas. Il avait l'air de s'en foutre royalement. Sortir les poubelles lui aurait tiré plus d'émotion. Il leva le pouce, en signe de satisfaction, vers les bâtiments longeant la rue. Bâtiment sur lequel devait sûrement se dissimuler son acolyte archer.

Martha venait de périr sur le bitume d'Aubagne.

Elle ne souhaitait que revenir auprès des siens, pouvoir les serrer une dernière fois dans ses bras, leur dire à quel point elle les aimait tous.

Savoir qu'ils étaient sains et saufs.

Tous.

L'homme, qui venait de la tuer, était un des hommes, apparaissant sur les photos de Vanessa, concernant les chasseurs envoyés secourir Ernest : La meute divine.

« De simples humains » disait Merlyn.

Pas une menace.

Martha pensait autrement maintenant.

Une fois la meute divine partie continuer leur traque, un homme sortit de la ruelle d'en face.

L'homme était le même baladeur nocturne du port autonome, la nuit où Yves se fit attaquer par les pseudo-Lycanthropes du général Yin.

Le baladeur avança jusqu'au tas de cendres, qui fut autrefois Martha.

Il regarda cette poussière vampirique. Il en semblait affecté, ennuyé.

L'homme décocha son téléphone portable de son blue-jean, puis en composa un numéro.

Il n'attendit que peu de temps avant qu'une voix lui réponde de l'autre côté du fil.

— Nous avons un problème, dit le baladeur d'une voix sans ton.

— Une nouvelle donnée tue les joueurs.

— …

– Oui

– …

– Oui

– …

– Compris. Cette donnée sera effacée d'ici peu.

L'homme raccrocha.

Jetant un dernier coup d'œil au tas de cendres, il repartit comme il était venu, longeant la route vers un endroit inconnu.

32

La téléportation de Merlyn était bien plus efficace que les fissures spatiales de Hancokan.

Tous se retrouvèrent dans la hutte de cérémonie de l'Indien, d'ailleurs bien serrée pour tout ce monde.

Ernest avait été forcé de les accompagner. Il était l'agneau du sacrifice. Sa mobilité avait été réduite à son strict minimum.

Plutôt, le vieil Indien avait plié le bois, de ses racines entravantes, à sa volonté pour qu'il devienne un carcan végétal bloquant ses bras dans le dos ainsi que ses cuisses. Seul le piétinement lui était possible.

Hancokan s'était installé en tailleur sur son tapis auprès de son feu, son calumet à ses côtés.

De nouveau, il pria et chantonna tout en fumant sa pipe. De nouveau, le chaman supplia Ictiniké de venir à lui.

De nouveau, le feu dansa au-dessus des charbons rougeoyant. Il restait encore les os de la petite fille anglaise parmi les braises, des flammeroles embrasaient l'intérieur de son petit crâne.

De nouveau, les changements de couleur annonciateurs se manifestèrent alors que le corbeau divin leur fit l'honneur de sa présence.

Ictiniké planait au-dessus de son assistance époustouflée et quelque peu humble devant une réelle divinité. Même Ernest s'en retrouva subjugué alors que son vernis d'espoir craquait devant d'évidence : Il allait être offert à ce dieu et il ne pourrait rien y faire.

— Hancokan ? Encore toi ?

— Esprit seigneur, pardonne mon impertinence de te déranger encore une fois mais ton humble serviteur a besoin de ta sagesse.

— Et ? Pourquoi je t'aiderais ? Pour cet homme que tu as mis en chaîne ?

— Ce n'est pas seulement un homme. Il a en lui une parcelle éternelle.

— Oui. Je le sens. Rien que sa proximité attise ma faim. Mais je n'en veux pas.

— Pardon ? Pourquoi ?

— Car je sais pourquoi tu viens à moi, insecte.

— C'est le désespoir qui m'amène à toi.

— Ce désespoir qui est un espoir pour moi.

— Je ne comprends pas.

— Ta piètre intelligence humaine m'amuse. Je sais que tu souhaites mon aide pour contrecarrer ce parasite que tu nommes Yin.

— Oui.

— Mais il se trouve que ses manigances sont louables et que

je souhaite, plus que tout, qu'il réussisse.

— Mais pourquoi ?

— Silence, Ver ! Ma réponse est non ! Insister reviendrait à m'insulter !

— Et Martha ? Intervint Vanessa. Pouvez-vous la localiser ?

— Comment oses-tu m'adresser la parole ?

La colère du corbeau assombrissait la tente. Un froid intense vint étreindre leurs viscères. Ictiniké se redressa au-dessus de l'impertinente, ouvrant ses ailes de toute son envergure. Aussitôt, une rafale projeta Vanessa au fond de la tente. Une douleur sans nom, comme un millier de brasiers, se fit sentir en son être.

Vanessa hurla.

— Comment osez-vous, tous autant que vous êtes, vous opposer à ma personne ? Vous n'êtes que poussière devant la puissance qui me compose ! Je suis Ictiniké le grand ! Agenouillez-vous devant votre dieu si vous ne voulez pas perdre le peu de vie qu'il vous reste !

Tous s'exécutèrent. Autant Merlyn et Angélique que le milicien Ernest. Hancokan alla jusqu'à s'allonger de tout son long dans la poussière terreuse de sa tente.

— Pitié, Seigneur ! Pardonnez à vos misérables serviteurs leurs impudences. Pitié.

— Écoute-moi bien, parasite ! Si tu t'opposes au projet de ce Yin, je te ferai brûler mille vies dans mon enfer ! Compris ?

— Oui, Seigneur ! Je ne m'y opposerai pas. Votre volonté est ma loi !

— Ah ah ah ah !

Le corbeau croassa de son rire assourdissant, résonnant douloureusement de tympan en tympan dans son auditoire. Tous se bouchèrent les oreilles sans pour autant pouvoir diminuer l'intensité. Leurs cris de souffrance accompagnaient l'éclat sardonique du volatile.

L'oiseau plongea dans le brasier. Ce dernier explosa en un flash aveuglant.

Puis, plus rien.

Le silence.

Le calme.

Hancokan se releva. La peur le rendait encore plus livide qu'à son habitude. Il tremblait.

— Vous !

Hancokan pointait du doigt ses compagnons :

— Partez !

— Calme-toi, Hancokan. On a tous été secoués.

— Non, Angélique ! Tu as entendu comme moi les esprits. Partez !

— Tu deviens fou ? Et Yin ?

— Je crois que Hancokan souhaite réellement que nous partions maintenant, intervint Merlyn.

— Hancokan. Tu ne peux pas nous abandonner maintenant ! Et Pythie ?

— Ceci ne me concerne plus. Les esprits ont été clairs là-dessus.

— Hancokan !

Angélique était désespérée. Elle ne pouvait pas laisser son seul véritable allié la lâcher maintenant.

Cette affaire partait à vau-l'eau.

Elle ne pouvait continuer seule, tout comme elle ne pouvait abandonner Yves à son sort.

Sans son consentement, Merlyn la téléporta dans la cave à vin.

Vanessa alla se recroqueviller entre deux tonneaux. Ernest était à genoux, épuisé, las.

Le jeune couple avait essayé de décrocher les briques qui bloquaient l'accès à l'escalier, sans pour autant y arriver. Au retour de leurs kidnappeurs, ils retournèrent s'écraser dans la poussière d'un angle d'étagère.

Quand ces monstres allaient s'occuper d'eux ?

Ils les avaient peut-être oubliés ?

— Non, Merlyn ! Ramène-moi auprès de Hancokan.

— Allons, jeune fille ! Respecte son choix. Il vient de se faire rabrouer par son dieu.

— Et maintenant ? On n'est plus que trois contre Yin !

— Yin n'est pas plus puissant que moi. Non, le problème est de le retrouver avant qu'il ne soit trop tard.

— Maintenant tu te considères plus fort que Yin ? C'est rassurant que ton ego soit resté intact. Si on continue dans cette voie, tu finiras par me dire être plus fort que la cabale réunie ?

— À l'allure où les membres disparaissent, ça sera bientôt le cas.

— Donc ? Comment on sauve Yves ?

— Comment on le retrouve, tu veux dire ? Je ne sais pas. Nous avons épuisé toutes nos options.

— Moi je sais.

Vanessa les avait rejoints. Son rimmel noircissait le haut de ses joues.

— Tu sais comment ?

— Je ne sais pas me battre. Je suis même inutile dans une bataille. Mais il y a une chose que je sais faire : Connaître des gens.

— Des humains ? Ironisa Merlyn.

— Quand toute votre magie échoue, il reste la bonne vieille technologie. Et, niveau technologie, je connais le gars idéal.

Pourquoi pas se dit Angélique.

Après tout, ils avaient épuisé toutes leurs options.

Même les esprits s'interposaient dans leur réussite.

Pourquoi ?

33

Lundi 10 novembre.

Le gars en question s'appelait Isaac Kaselmov, plus connu sous le pseudonyme de « La Fouine ».

On pouvait le trouver dans sa boutique de vente informatique de Marseille, dans une petite ruelle sombre au-dessus de la Préfecture.

Toutefois, le « Fil Conducteur », sa boutique, était une couverture pour son activité illégale très en vogue : Le piratage informatique.

Et la Fouine excellait dans ce domaine.

Isaac était un petit homme bedonnant, d'à peine la trentaine, collectionnant les tee-shirts qu'il achetait sur les foires de bandes dessinées comme le Comic Con ou la Japan expo. Tee-shirt trop petit face à sa protubérance graisseuse abdominale.

Cela faisait bien six longues années que la Fouine connaissait Vanessa. Elle avait pris contact avec lui pour établir des faux papiers aux noms des Sinclair, histoire de pouvoir bénéficier d'un compte bancaire, d'une location immobilière ou, tout simplement, d'un téléphone portable.

C'étaient des broutilles pour le commun des mortels mais pas pour un être multicentenaire cherchant la discrétion coûte que coûte.

D'ailleurs, Isaac devait être le seul humain à connaître la nature vampirique de Vanessa.

C'était trop fun !

Côtoyer un vrai vampire.

Il gardait le silence en échange de la promesse d'être infanté d'ici peu.

Disciple de Maîtresse Vanessa.

Elle était en quelque sorte son seigneur Sith.

Ce fut donc pour toutes ces raisons que la Fouine était honoré de recevoir les amis de sa future maîtresse. Et encore plus de lui être utile.

– Voilà le topo, Isaac. Mon frère a disparu et j'aimerais le localiser grâce à son téléphone portable. Tu peux le faire ?

– Une géolocalisation ? Rien de plus facile, ma douce. Tu connais son numéro ?

– Oui. 06 54 78 21 48.

– Bien ! Il me suffit de faire une triangulation GPS via les antennes relais autour de son mobile.

La Fouine tapota sur son clavier. Sa dextérité lui permettait une vitesse de tape hors du commun.

Les images défilèrent tout aussi rapidement sur son écran, créant une farandole de couleurs sur les visages de ses invités, médusés par cet écran, ne comprenant rien de ce qui défilait devant leurs yeux.

Le groupe avait rejoint le Hacker dans son arrière-boutique, qui lui servait de bureau personnel, grâce à Merlyn.

La petite pièce exiguë était une vraie porcherie. Hormis des piles et des piles de BD et de DVD de données informatiques, le sol n'était que tapis de miettes et chips diverses qui craquait sous les chaussures aventurières. Çà et là, un paquet vide en aluminium traînait, décorant autant le lino de la pièce que les étagères, le bureau, les chaises. Malgré tout, la concurrence était dure face à la progression incessante des canettes de soda, écrasées une fois vidées.

Le plafonnier était un petit ventilateur à pales constamment allumé, dont pendait une petite chaînette.

Lors de l'arrivée des trois vampires, Isaac leur avait octroyé un « Waoohh ! Télématérialisation achevée Monsieur Spoc ! »

Il dut éteindre à la va-vite un fichier informatique pornographique très acrobatique dès qu'il réalisa que Dame Vanessa lui rendit visite. La bosse de son jeans symbolisait un travail à terminer plus tard.

— Non. Le traçage est impossible.

— Pourquoi ? Son portable est éteint ?

— Si ce n'était que ça, je pourrais le rallumer à distance. Non. Ou il a enlevé sa batterie, ou son portable a été détruit.

— Tu ne peux pas remonter le dernier signal ?

— Oui…

Il fouilla dans les données numériques devant ses yeux.

— Il a reçu une communication hier soir en provenance de Rognac, puis, plus rien.

— Non. On n'y arrivera pas comme ça.

— Vous cherchez quoi, en fait ?

— Tu peux me trouver ce que tu peux sur le général Yin ?

— Général Yin, à nous deux !

Tap tap tap.

— Eh, c'est un vioc ! Le général Yin : Général de l'armée chinoise de l'empereur Qin Shi Huangdi en 247 avant Jésus Christ. Il mena les armées de l'empereur lors de l'unification des peuples qui donna naissance à la Chine. Il est dit qu'il était un général sanguinaire, réputé pour ne pas faire de prisonnier. Il participa à la quête d'immortalité de son empereur. Cela le mena jusqu'à la montagne des Immortels, un peuple réputé pour avoir mis au point un élixir d'immortalité, qu'ils refusèrent de donner à l'empereur. C'est sûrement à ce moment et à cet endroit qu'il fut infanté, précisa Merlyn.

— On ne dit rien sur sa mort si ce n'est une légende prétendant que son corps aurait été intégré lors de la construction de la grande muraille de Chine. C'est qui ce mec ? C'est un Vampire lui aussi ?

— Oui, ma Fouine. Peux-tu me trouver quelque chose sur son présent ?

— Nada. Il doit utiliser une autre identité pour son existence parmi les humains. Vous avez une photo ?

— Non.

— Vous n'avez pas plus de précisions ?

— Oui, moi j'en ai une, intervint Angélique. Le général Yin est l'un des plus grands trafiquants d'armes de ce monde.

— Ça, ça me plaît ! Direction : La NSA américaine !

Tap tap tap.

— Wooohooo ! Je l'ai le petit ! Voilà une photo satellite des fichiers de la CIA. C'est lui ?

Malgré la qualité médiocre de la photographie et l'angle surplombant, Angélique pouvait reconnaître leur ennemi. À en croire la légende, cette image satellite fut prise lors d'une transaction armée avec un quelconque tyran Kenyan, une belle nuit sans nuage.

– C'est bien lui.

– Maintenant que je sais à quoi tu ressembles, Yin, je vais te traquer sur la toile. Recherche d'images similaires… Fichiers correspondants… Historique… Voilà !

Le général Yin est Monsieur Lao Zeng pour ces simples mortels, PDG de Zeng Industrie. Son siège est à Hong Kong.

Zeng Industrie est une filiale dont le dada est la découverte de nouvelles technologies.

– Bien. Fais-moi le listing de ses acquisitions immobilières.

– Facile.

Tap tap tap.

– Sa famille a acheté des milliers de parcelles de terrain à travers toute la planète. Il a même une parcelle de la forêt amazonienne.

– Essaie de situer les achats autour du début du siècle dernier.

– Un seul. En France. Une colline de la commune des Pennes-Mirabeau. D'ailleurs, rien n'a jamais été construit dessus.

Les coordonnées situaient le domaine à l'emplacement précis de leur conclave de la cabale.

– C'est ça ! C'est là, se réjouit Angélique.

La coïncidence était trop grosse : La date correspondait plus ou moins à l'agression des Bravard tout en étant antérieure. La localisation si proche de leur position actuelle… C'était forcément ça !

— Allons-y !

— Attendez ! Regardez ça. Zeng a obtenu une demande de construction pour cette colline qui prendra effet demain soir à minuit pile.

— Un permis de construire en pleine nuit ? Mieux. Un permis de construire qui précise l'heure ?

— Nous avons la date butoir. L'heure et le lieu précis où se déroulera le dénouement de toute cette histoire, argumenta Merlyn.

— Il faut intervenir avant, alors !

— Je ne pense pas.

— Pourquoi ? Si on attend le dernier moment, on risque d'arriver trop tard pour tout empêcher.

— Au contraire. C'est une date bien définie et, ce, sûrement depuis des siècles, ou des millénaires. Si on récupère Yves trop tôt, rien n'empêchera Yin de tout mettre en œuvre pour le récupérer et finaliser sa cérémonie. Car cela ressemble fort à un rituel magique.

De plus, s'il prend la peine de demander un permis de construire, c'est qu'il s'attend à beaucoup de bruit et de la destruction. Le lieu éloigné de toute habitation lui a permis d'acquérir le droit à des travaux de nuit.

— Rituel ? OK. Mais nous n'aurons qu'une journée à le cacher. C'est jouable. Pourquoi tout risquer ?

— Rappelle-toi la horde de Lycanthropes qui a pris d'assaut la maison de Pythie, une maison supposée être indétectable.

Penses-tu qu'à nous trois, on puisse en repousser une nouvelle ? Sachant que Yin y mettra tout ce qu'il a pour être dans les temps.

– Non. Si nous attaquons au moment crucial et que nous empêchons son achèvement, le rituel sera définitivement perdu. Yin ne pourra rien y faire. De plus, avoir une nuit pour se préparer à cette bataille n'est pas du luxe.

– Je te croyais plus puissant que Yin.

– Je le suis certainement. Mais pas un Yin préparé et sur son territoire. Lui, ses forces s'accroissent alors que les nôtres fondent à vive allure.

– Tu as sans doute raison. Tu en penses quoi Vanessa ?

– Je suis d'accord pour attendre le dernier moment. Bien entendu, je ne participerai pas à cette dernière bataille.

– Pourquoi ? Toi aussi tu nous lâches ?

– Non. Mais vous m'avez vu face aux Lycanthropes ? Je n'ai pas du tout géré et j'en suis devenue un boulet pour l'équipe. De plus, il faut que je pense au nom des Sinclair : Si ça tourne mal, je serais la dernière de la lignée. Je me dois de me préserver pour pouvoir poursuivre et faire renaître le clan.

– C'est dur à encaisser mais tu as raison. Me voilà seule au côté d'un Merlyn fou contre le général Yin et son armée.

– Fou ? Vous me flattez, jeune fille !

– Autre question : Pourquoi les esprits s'intéressent au succès de Yin ?

– Car ils ont sûrement quelque chose à y gagner.

– Quoi ? Qu'est-ce qui pourrait intéresser des êtres divins ? Qu'est-ce qu'un simple Vampire a à offrir à un esprit ?

– La liberté, coupa Isaac.

– La liberté ?

– Angélique, c'est ça ? Ben ! Dans tous les films d'horreur, ce que veut le méchant démon, c'est venir sur Terre, pouvoir marcher parmi les vivants.

– Ça colle, en effet. Yin étant un convocateur… Réfléchit Merlyn.

– Son boulot c'est de convoquer, donc permettre à un esprit de venir entièrement dans notre dimension, continua Angélique.

– Il veut utiliser l'énergie Éternelle d'Yves pour faire venir quelque chose de lourd chez nous.

– Mais quoi ?

– Plutôt qui ?

– Et qu'aura-t-il à gagner ? Du pouvoir pour sûr ! Conclut Merlyn.

34

Mardi 11 novembre.

Yves avait été traîné, un peu plus tôt, hors de sa cellule. Cagoulé et enchaîné, il fut conduit, dans le coffre d'une voiture, jusqu'à ce lieu.

Mais où était-il ?

Dans une caverne, pour sûr ! Immense d'une centaine de mètres de long pour cinquante de large. Huit trônes de pierre étaient positionnés en cercle en son centre, tournés vers l'intérieur.

La grotte était illuminée par une moisissure photo scintillante recouvrant le plafond de pierre.

Yves se trouvait au milieu du cercle de trônes. Il avait été hissé en haut d'une croix de bois. Ses mains et ses pieds eurent été fixés par des rivets d'argent à même cet édifice.

Le jeune Vampire se sentait extrêmement affaibli, à peine vivant, à peine conscient.

Il pouvait percevoir trois personnes avec lui : Wolf, Yin et un troisième énergumène.

Ce dernier était nu. Sa peau était complètement rouge, des sillons noirs se formaient sporadiquement sur son corps comme si des vers glissaient sous son derme. Sa partie inférieure était celui d'un serpent aux écailles rougeoyantes donnant des reflets jaunâtres et bleutés. Il glissait sur le sol là où des jambes auraient dû marcher.

De petites cornes courbées lui sortirent de sa chevelure rousse, chevelure dont la racine descendait le long de sa colonne vertébrale jusqu'à son coccyx.

Autre particularité, ses yeux étaient entièrement flamboyants. D'ici, on pouvait ressentir la chaleur inouïe que dégageait cet être.

Lorsque Wolf s'aperçut de la reprise de conscience d'Yves, il en informa son maître Vampire par un chuchotement discret.

Le général Yin regarda ce jeune noctambule tout affaissé sur sa croix à l'image d'un crucifix. Il en sourit. Yin s'approcha d'Yves.

— Tu es enfin parmi nous ?

— Où suis-je ?

— Initialement, cet endroit est le lieu de rendez-vous de la Cabale. Mais, il est bien plus, en réalité. Il est un carrefour, une connexion entre différents plans d'existence.

— Pourquoi moi ?

— À cause, ou grâce, à ton père biologique. Sache qu'il a été très difficile d'arriver à cela. Il m'a fallu beaucoup de calculs, d'intrigues, de patiences. Mais nous y sommes.

— Je ne comprends pas.

— Ne t'en fais pas. L'heure n'étant pas encore venue, je veux bien assouvir ta curiosité. Écoute bien, enfant. Écoute le récit qui t'a conduit en cette situation fâcheuse. Cela fait deux siècles que tout commença avec ma rencontre avec Divad.

Yin pointa la créature serpent.

— Divad est un Salamandre, une créature démoniaque vivant dans le magma ardent du centre de la Terre. Donc Divad vint me voir une nuit d'été de l'année 1812 pour me proposer une affaire. Affaire fort alléchante que j'acceptai aussitôt. Une affaire qui nécessitait un Éternel désireux de se mélanger parmi les humains. Un Éternel prêt à faire un pacte avec moi pour pouvoir procréer en échange d'une part de son âme éternelle. Comment pouvais-je faire cela ? Un pacte démoniaque ? Moi, je ne le puis pas mais Divad, oui. Ce qui nous emmène à l'année 1900. Année où un certain François Bravard accepta mon offre par amour d'une belle mortelle, afin de pouvoir satisfaire sa promise et vieillir à ses côtés. Le fou ! Comment sacrifier une éternité, une divinité pour l'amour d'une simple humaine ? Folie ! Quoi qu'il en soit, ce Bravard eut une femme puis trois enfants. L'une d'eux tomba malade. Voilà le point d'accroche que j'attendais. La providence qui vint démarrer ton histoire. J'envoyai mon limier, Martial, la récupérer. Mon premier spécimen. Une enfant d'un Éternel. Un trésor inestimable ! En fait de maladie, ce n'était que l'énergie éternelle en elle qui la consumait. L'énergie était trop forte ou son corps trop faible. Quoi qu'il en soit, j'obtins cette jeune enfant avec ce trésor en elle. Malheureusement, ma patience pêchant, je ne pus résister à la tentation d'utiliser immédiatement cette énergie. Je mis en place le rituel de convocation et utilisai ta sœur pour cela. Malheureusement, l'énergie n'était que fœtale en elle. La petite explosa littéralement, perdant son énergie spirituelle à jamais sans que cela ait le temps de me servir à quoi que ce soit. De patience, il me fallait m'armer malgré tout. La nuit du 11 novembre 1914, je vins te récolter, toi, le plus vieux de la fratrie. Martial décida de cet instant pour me trahir et pour te voler. Mais il était trop tard, ma semence était en toi. Tu devins un Vampire. Et oui ! Ce soir est ton anniversaire, Yves. Te voilà centenaire. Félicitations ! Tu as donc compris qu'il me fallait l'enfant d'un Éternel vampirisé dont l'état hybride devait mûrir tout un siècle. Même cela aurait été simple en soi s'il ne fallait que cette nuit tombe pile poil au moment où la barrière dimensionnelle, que je souhaite forcer, soit au plus faible. Divad m'a aidé en ce calcul. Bien entendu, ce soir est la date précise où tout doit s'accomplir. Sache que depuis la nuit où je t'ai créé, mon fils, je ne t'ai pas quitté des yeux. Sache que j'ai orienté chaque décision de ton père afin de vous amener au plus près de ce lieu le moment venu. J'eus dû même exécuter Martial quand ce dernier eut commencé à comprendre à quel point il était mon pantin. Ce lieu est spécial lui aussi. Cette grotte fut un ancien temple où se déroulaient les sabbats des sorcières alentours. J'en fis acquisition, le modifiai quelque peu pour que rien n'y paraisse et en fit le quartier général de la Cabale. Endroit où les plus puissants Vampires de cette planète vinrent parader, jouer de leurs pouvoirs, inconscients de ce qui s'y tramait en vérité. Oui, toutes les démonstrations surnaturelles, utilisées en cette grotte, alimentaient, dans le secret, ce temple afin d'acquérir l'énergie nécessaire à ce que nous allons entreprendre. Et qu'allons-nous entreprendre ? Ah ah ah !

Rien d'autre que le retour d'un démon majeur ! Le retour de Bélial ! Le démon des bêtes. Ton corps, privé d'âme, en sera le réceptacle. Ton énergie Éternelle en sera son ancre. Et sais-tu ce que cela m'apportera ? Regarde à tes pieds.

Yves s'exécuta.

Un cercle de jade eut été incrusté, autour de la croix, dans la roche. Le jade avait cette particularité occulte d'être infranchissable pour les fantômes et les êtres démoniaques.

Yin avait créé une prison pour le démon qu'il comptait invoquer. Une prison dont on ne s'évadait pas facilement.

Son rire émettait une fierté immense presque aussi égale à son orgueil.

— Vois-tu donc ? Même Bélial servira mes fins ! Même l'enfer devra courber l'échine devant ma magnificence ! En l'occurrence, grâce à ce démon majeur, toutes les bêtes surnaturelles de cette planète viendront grossir les rangs de mon armée. N'est-ce pas Monsieur Wolf ?

— Oui, Seigneur.

— Tout votre peuple lupoïde m'obéira ! Qu'en penses-tu, Yves ? Quelle gloire t'attend ! Avoir l'honneur de recevoir un démon aussi puissant que Bélial en toi.

— Seigneur ?

— Oui, Divad ? Pourquoi me déranges-tu en pleine tirade ?

— Il est bientôt minuit.

— Ah ! Nous allons pouvoir commencer. Toutefois, tu dois te demander pourquoi je me suis confié autant à toi ? Tout simplement, pour que mon œuvre soit connue et reconnue. Non par toi, enfant. Mais quand Bélial aspirera toute ta mémoire, il saura, alors, comment j'ai orchestré tout ça.

Pourquoi il doit me craindre. Je suis le maître Vampire !

Le rituel commença.

Yin tendit ses bras en croix. Wolf vint lui retirer le haut de son hanfu, laissant le Vampire torse nu.

Le général Yin fermait les yeux. Son front se froissait. Le vieux Vampire fouillait, en son sein, pour trouver une source, un catalyseur.

Divad s'approcha de lui. De son index brûlant, il traça un pentacle renversé sur le tronc du général. Le vampire fuma de ses cicatrices cautérisées. Il grimaça sous la douleur. Un fumet de chair brûlée parfuma la cavité rocheuse.

— Ceci est le pentacle qui symbolise la tête de bouc, effigie du seigneur infernal Bélial. Général Yin ? Êtes-vous prêt à verser le sang ?

— Oui.

Divad laissa la place à son assistant, M. Wolf. Ce dernier sortit un couteau à cran d'arrêt qu'il ouvrit d'une pression. L'homme s'approcha de son patron, posa sa lame sur le poignet tendu du Vampire et trancha.

Un sang noir coula de la blessure. Une autre similaire fut faite à l'autre poignet. Le sang se déversa au sol. Une fois la quantité suffisante, Divad cautérisa les poignets du Vampire en les empoignant de ses deux mains, puis il recula.

Sans plus attendre, Yin se mit à genoux et, se servant de son sang écoulé comme encre, il dessina un pentacle, de ses mains, autour de lui. Il continua son graphique par une ligne tirée jusqu'aux pieds d'Yves.

Là, le Vampire se redressa face au crucifié. Il restait sérieux.

— J'en appelle à toi, Bélial. Je prononce ton nom. Et par ce nom, je t'enchaîne à ma voix, te commandant de venir à moi.

L'air s'électrisa autour d'Yves. La caverne vrombissait. Dehors l'orage étalait toute sa rage, les nuages noirs cachèrent la pleine lune.

À l'intérieur, Yin entonna un chant à la langue gutturale dont les mots perdirent leurs sens les millénaires passant. Qui sait combien de temps ce dialecte ne fut plus prononcé ? Quelle fut la dernière créature à avoir entendu ou dit un tel verbiage ?

Cette langue était plus ancienne que le premier homme, que le premier dinosaure. En un temps où ce fut les démons qui foulaient la poussière de cette planète à peine née. Une époque de chaos et de péchés.

La caverne tremblait de plus en plus, quelques blocs se décrochèrent. Des décharges électriques déferlèrent à travers le corps du jeune Vampire crucifié.

Yves hurlait. Tout son être menaçait d'exploser. Une chaleur montait en ses entrailles, faisant bouillir son sang, sang qui commençait à prendre la fuite par ses orifices naturels. Même des larmes noires roulaient sur ses joues.

Yves hurlait à chaque décharge reçue.

Déjà, il sentit quelque chose entrer en lui, bousculer sa volonté.

Déjà, il entendit un murmure dans son crâne aux mots incompréhensibles.

Déjà, un autre le poussait de son enveloppe charnelle. Il n'y avait pas de cohabitation possible.

Une phrase se fit entendre en sa psyché. Une seule, bien claire :

— Yin ! Pauvre fou si tu crois que ta prison me retiendra !

Divad souriait.

À ce moment fatidique, Yin fut soulevé du sol par trois paires de bras : Trois fantômes, à l'aspect presque squelettique, saisirent le général, le ballottant en tous sens.

Merlyn et Angélique étaient arrivés à la rescousse via une téléportation.

Angélique paraissait survoltée. On pouvait percevoir comme des parasites dans les limites de son corps. On pouvait percevoir une aura se superposant difficilement sur ledit corps, une forme masculine.

Cela avait participé à la préparation d'Angélique pour ce combat épique, cérémonie qu'elle avait accomplie au préalable, dans la cave de Merlyn. Durant cette cérémonie, la belle prêtresse vaudoue convia son ancêtre Papa Lomé à la rejoindre, lui demandant son aide dans cet assaut final.

Papa Lomé répondit à son appel, son esprit apparut à sa disciple. Papa Lomé était un homme haut en stature, à la peau d'ébène et au crâne rasé. Il apparut, là, dans son pagne de tissu, des colliers de grigri autour de son cou et de ses biceps supérieurs.

Voyant son père ici-bas, Angélique en eut les larmes aux yeux, cela faisait tellement longtemps qu'ils furent séparés. Elle avait tant à lui dire.

Mais le temps ne le permit pas. Elle ne put que lui confier son désarroi actuel, son cruel manque d'alliés.

— Ne t'inquiète pas, ma fille, la rassura Papa Lomé. Je suis là maintenant et je le resterai autant que tu auras besoin de moi.

Sa présence était effective. Papa Lomé avait trouvé refuge dans le corps d'Angélique, décuplant toutes ses capacités physiques ainsi que spirituelles, sans compter les conseils qu'il lui susurrait dans son esprit.

– Non ! Cria Yin en écho à celui dans la tête d'Yves alors que le démon envahisseur fut expulsé de son corps.

– Argh ! Comment osez-vous, sales ectoplasmes ? Retournez à trépas, viles créatures, je vous l'ordonne !

L'ire de Yin explosa, désintégrant littéralement ses assaillants grimaçants et fantomatiques.

– Continuez, mon Seigneur ! Lui conseilla le Salamandre. Nous nous occupons de ces intrus.

Wolf se transforma. Tout son corps se remodela, se tordant en tous sens. Sa gueule s'allongea alors que ses griffes et ses crocs apparaissaient. Tous ses muscles poussèrent à travers sa peau, où progressait une fine fourrure noire, craquant ses habits, alors, trop serrés. La bête obtenue était un Lycanthrope de deux mètres de haut dont les griffes et les crocs avoisinaient les trente centimètres. Il hurla à la lune qui lui donna toute sa force primale.

Wolf était prêt à combattre.

Ses acolytes faisant diversion, Yin reprit son rituel. Il ne manquait que peu pour réussir. Il ne pouvait échouer maintenant. Pas après ces siècles d'attente. Non ! Il réussira !

Yin reprit son chant ancestral, l'air se chargea à nouveau d'électricité alors que la grotte vrombissait encore.

De nouveau la présence fit son retour auprès de la psyché d'Yves.

Wolf galopa vers Angélique/Lomé, dont la vitesse surdéveloppée lui permit d'esquiver l'attaque.

Alors que Divad posa ses mains au sol, une onde sismique se répercuta à travers la roche. Le sol explosa, en un jet de magma, au pied de Merlyn, lui arrachant la cuisse droite dans un cri de surprise et de souffrance non retenue.

Le premier sang fut pour l'équipe de Yin.

Angélique tendit sa main devant elle. Elle submergea l'esprit du Lycanthrope de sa propre force mentale :

– Halte ! Lui ordonna-t-elle. Tu es à moi, chien !

Du moins, elle essaya de submerger l'esprit de l'homme. Mais de l'homme, il ne resta rien. Seule la bête était présente maintenant, dont l'esprit indomptable n'avait cure de la soumission mentale de la belle. Même l'aide de l'esprit Lomé n'y put rien.

Wolf bondit sur la métisse, déjà ses griffes entraient dans son abdomen.

Le deuxième sang fut encore pour l'équipe de Yin.

Le corps de Merlyn explosa en sa forme brumeuse. Le premier contact physique lui avait coûté une cuisse, autant éviter les autres à venir.

Aussitôt le temps se figea dans toute la caverne, seul Merlyn gardait sa liberté. Le vieil homme pointa du doigt le démon de feu en face de lui.

Une énergie crépita autour de son index, grandissant jusqu'à son paroxysme avant d'exploser en un trait lumineux verdâtre qui vint toucher ce serpent humanoïde. La cible se désagrégea alors, ne laissant qu'une trace dans l'air ambiant, de la poudre ardente.

Le premier mort fut dans l'équipe de Yin.

Yves éclata de rire. Un rire venu du tréfonds des enfers. Une spirale électrique tournoyait autour de son corps.

Angélique continua à combattre. Certes son charme échoua mais son esprit avait bien d'autres aspects. On pouvait percevoir des bras fantomatiques sortir du corps même de la Vampire, repousser la gueule béante de l'animal. Papa Lomé poussait de toutes ses forces sur la bête enragée dont la gueule menaçait de l'engloutissement de la tête de sa fille.

Le monstre lunaire tomba à la renverse. Son esprit s'embruma. La sorcière étouffait sa conscience, le tirant vers le sommeil.

Il ne voulut pas. Sa rage était bien trop importante à l'heure actuelle pour vouloir être muselé par Morphée.

Non. Il ne dormit pas.

Mais il libéra Angélique de son étreinte griffue, lui permettant d'asséner coup après coup, le conscient du loup : Après le charme et le sommeil, vint la terreur et la folie.

Le loup-garou roulait sur lui-même, frappant l'air, frappant des ennemis non réels. La folie n'effleura qu'à peine sa fureur berserk, mais la terreur le malmena malgré tout.

En un hurlement, tout s'arrêta.

Car, si la Vampire pouvait assaillir mentalement son esprit, le loup pouvait l'assaillir vocalement. Ce hurlement, venant des peurs ancestrales de l'humanité, quand l'homme se blottissait dans sa caverne à l'abri du prédateur, faisait ressurgir ce sentiment d'insécurité en Angélique, provoquant en elle une peur longtemps refoulée.

La Vampire perdit sa concentration, relâchant son assaut

mental. Elle ne dut, de ne pas sombrer dans une prostration de frayeur, qu'à la volonté inimaginable du défunt prêtre vaudou, Papa Lomé.

Une nouvelle fois, Angélique se retrouva dans une mauvaise posture face à ce molosse humanoïde.

Heureusement, Merlyn était là.

Tout d'abord, il expédia le loup au loin grâce à sa sphère télékinétique, puis il le changea en porc avant d'augmenter sa gravité jusqu'à le voir éclater en bouillie sur le sol de granit. Le tout en une fraction de seconde, un mouvement de la main, un moindre effort.

Voilà le redoutable loup-garou battu avec une telle facilité par le vieux Merlyn l'enchanteur.

Simple, net, rapide.

Angélique ne pouvait que convenir de la puissance bien extraordinaire du vieux Vampire. Elle ne pouvait que convenir de l'écart qu'il y avait entre son savoir mystique et celui de l'enchanteur arthurien.

Leurs ennemis vaincus, ils ne leur restaient plus que leur maître, le général Yin, à défaire.

Yin se retourna vers ses adversaires, revêtant son habit de cérémonie. Il était vindicatif.

— Vous arrivez trop tard, chiens !

Il disait vrai.

Yves souriait sur sa croix. Les corps vitrés de ses yeux avaient viré au noir total. De petites fumerolles s'échappèrent de ses blessures faites par les rivets d'argents. La présence démoniaque, ici dans son corps, brûlait au contact de ces pointes argentées.

– Votre ami n'est plus. Il ne reste plus que Bélial le sauvage !

– Non, dit Merlyn. Pas encore. Il est certes là, mais Yves l'est aussi. Angélique ? L'ancrage est trop récent, trop fragile. Tu commandes aux esprits. Tu peux exorciser celui-là ?

– Exorciser un démon majeur ?

– Tu en es capable. De plus, si tu échoues, il sera lâché sur la Terre. Donc, n'échoue pas. C'est mieux.

– Je vais essayer.

– Non ! Je ne vous laisserai pas faire ! Je vous détruirai tous deux ! Protesta le général chinois, se mettant en travers de la croix occupée.

– Va, Angélique ! Je m'occupe de ce général prétentieux.

Le combat reprit.

Merlyn et Yin s'affrontèrent. Alors qu'Angélique courut vers Yves.

Arrivée à un mètre d'Yves, elle fut stoppée net dans son élan, comme si elle venait de se prendre un mur.

C'était un peu le cas. Du moins, l'esprit qui habitait avec elle, celui de Papa Lomé, venait d'être bloqué par le cercle de jade incrusté dans la roche autour de la croix.

– Je ne peux pas passer, ma fille. Cette prison m'est interdite d'accès.

– Je ne peux pourtant pas abandonner Yves !

– Non. Il y va de la survie de la planète. C'est pourquoi je vais partir maintenant.

– Non ! Pas maintenant ! Pas encore !

– Tu savais que je ne pouvais pas rester éternellement. Mon état de mort errant ne me le permet pas. Mais sache que nous nous reverrons. Il te suffit de m'invoquer quand le danger guette et je viendrais près de toi. Va, ma fille ! Sauve ce pauvre homme. Je suis fier de ce que tu es devenue.

— Merci, Papa Lomé. Merci pour ton aide. Adieu.

— Non. Au revoir.

L'esprit quitta le corps. Papa Lomé retourna dans l'au-delà, auprès de la grande faucheuse.

Angélique se retrouva, de nouveau, seule.

Elle pleura.

Malgré tout, elle n'avait pas le temps de s'apitoyer sur son sort. Elle se devait de défaire un démon majeur, un dieu en quelque sorte. Elle se devait de le faire afin de donner un sens à la mort de Pythie et d'Arthur.

Ils avaient donné leur vie pour que ce moment n'arrive pas. Angélique se devait d'y remédier.

Là, maintenant, le combat de sa vie se déroulait. Mais elle ne l'affrontera pas seule car Yves s'accrochait à sa chair. Il ne souhaitait pas disparaître sans mordre.

Il était un Sinclair et un Bravard.

Il était né d'un général guerrier impitoyable. Il avait en lui une énergie Éternelle.

Il était encore là.

Que le combat commence !

Dans le monde physique, Yin ouvrit les hostilités.

Le général dévisagea son adversaire brumeux. Il s'amusa de la situation. Certes, il s'était toujours demandé qui de lui ou de Merlyn était le plus puissant.

Plus d'une fois, ils avaient étalé leurs capacités en ce lieu, histoire de pavaner devant les autres. Mais aucun des deux n'avait dévoilé la totalité de leurs compétences. Garder un as dans sa manche, voilà la philosophie de survie dans ce monde d'intrigue et de traîtrise.

Les deux Vampires se faisaient face. Yin ouvrit la danse :

— Pars, dit-il tout simplement. Merlyn disparut.

Merlyn se retrouva en un autre lieu, un lieu entièrement composé de brumes. Encore des brumes. Il avait passé les cinquante dernières années à se perdre dans le brouillard du miroir de Morgane.

Où était-il cette fois ?

Pas dans une prison, ça, il en était sûr. Il le sentait. Il avait dû être transporté, contre sa volonté, dans une autre dimension.

— Impressionnant, cher Yin. Je dois l'avouer !

Merlyn était passé expert dans l'art de la téléportation, alors cette feinte…

Maintenant que le vieux Merlyn avait été écarté, Yin se retourna vers la superbe métisse. Cette dernière était entrée dans une transe laissant son corps sans protection. Finalement, vaincre la cabale aura été un jeu d'enfant pour Yin.

Le général pouffait en s'approchant de sa proie sans défense. Il approcha suffisamment pour sentir l'odeur de son cou. De sa langue, il goûta à la sueur de la belle noire. De son sourire béant, sa dentition avait laissé sa place à une rangée de crocs acérés.

Yin s'apprêtait à croquer dans la carotide de la belle Vampire quand Merlyn réapparut. D'une vitesse hors norme, même pour un Vampire, le vieil homme expulsa son ennemi loin de sa protégée.

Merlyn avait récupéré son corps de chairs et non de brumes. Corps qu'il avait modelé de telle sorte que sa cuisse calcinée avait repris sa place.

Angélique se retrouvait dans la psyché d'Yves au côté du Vampire. Le décor était on ne peut plus glauque. Les parois et le plafond n'étaient autres que du tissu cérébral battant au rythme d'un cœur depuis fort longtemps éteint. Le sol était d'une matière caoutchouteuse, visqueuse, rougeâtre, avec un sillon qui le séparait en son milieu de toute sa longueur. On aurait dit une langue géante.

En face d'eux, une étrange créature les fixait de son œil unique au milieu d'une tête de bouc dont les cornes étaient aux nombres de trois paires, les premières faisaient bien quatre-vingts centimètres, alors que celles d'après ne dépassaient pas les quarante centimètres, et celles d'encore après n'en faisaient pas plus de dix.

Cette tête de bouc possédait un œil entièrement noir, aussi sombre que son pelage.

Son tronc et ses membres supérieurs étaient humains, quoique d'une musculature imposante. Malgré tout, ses doigts se finissaient par de longues griffes filamenteuses.

Le bas de son corps était celui d'un bouc, hormis ses sabots qui n'étaient que deux braises ardentes.

La créature avoisinait les quatre mètres de haut. Le plafond en faisait bien plus.

– Qu'est-ce que tu fais là, Angélique ?

– J'ai pensé te donner un coup de main. Histoire de virer ce démon de ta caboche.

— Tu es la bienvenue, alors ! Comment ça se passe dehors ?

— Pas trop mal. Le démon du feu et le loup-garou ont trépassé. Merlyn s'occupe de Yin.

— Pourquoi les autres ne sont-ils pas venus ?

— C'est une longue histoire. Trop longue pour que je te la raconte maintenant. Occupons-nous de Bélial puis de Yin, et je te raconterai tout ce que tu veux.

— Tu as prononcé mon nom, suceuse d'âmes ?

La voix de Bélial était un coup de tonnerre, faisant trembler les fondations chimériques de cette caverne.

— Vous voulez vous opposer à moi ? Bélial ? Démon maître de l'empire d'impiété ? Grand commandant des armées des neuf enfers ?

— Beaucoup de titres pour une chèvre, nargua Yves.

— Gausse-toi tant que tu peux ! Ce soir même, je foulerai cette Terre aux commandes de ton corps. Toi ? Tu ne seras plus qu'un lointain souvenir que j'effacerai aisément. Que le combat commence, Vampires ! Montrez-moi ce dont vous avez dans les tripes avant que je les mette à vif !

Les deux Vampires s'élancèrent. Leurs vitesses étaient incroyables. Leurs forces ? D'autant plus. Ils tournoyaient autour du géant, cherchant à le lacérer de leurs griffes. Mais la peau de Bélial ne cédait pas, aucune marque ne parut.

Les attaques des noctambules semblaient bien moindres que ce que pourrait infliger un moustique.

Le démon éclata de rire.

— Voilà tout ce dont vous êtes capables ? Allons, mes enfants ! Je suis sûr que vous pouvez mieux faire.

Ils essayèrent à nouveau. Que pouvaient-ils faire d'autre ? Abandonner ? Après tous ces sacrifices, cette souffrance ?

Se rendre reviendrait à disparaître de toute façon. Quitte à disparaître, autant le faire glorieusement.

Ils essayèrent.

Yves se changea en chauve-souris et chercha à arracher l'œil de la bête. Angélique déversa un raz-de-marée émotionnel, lames de terreur, séduction, sommeil, folie, colère…

Bélial ne cilla point. D'un revers de la main, il projeta Yves vers la métisse de la force d'un boulet de canon. Les deux Vampires furent projetés au loin.

Cet assaut physique, Yves le ressentit dans son être. Bélial venait de bouter le jeune Vampire un peu plus en dehors de son propre corps. Pourtant le démon ne faisait que jouer avec eux, tels de simples fétus de pailles portés par une tornade.

Bélial n'aurait aucun mal à les défaire. Alors qu'attendait-il ? Se demanda la prêtresse vaudoue.

S'amusait-il comme le supposait Yves ? Ou y avait-il autre chose ? Quelque chose qui empêchait Bélial de s'installer définitivement dans ce corps terrestre ?

Merlyn avait présumé que l'ancre spirituelle était trop récente, encore fragile.

C'était peut-être là le talon d'Achille de la bête : Son ancre. Ou plutôt l'énergie Éternelle d'Yves.

— Yves ! J'ai un plan !

— Il était temps !

— Tu ne vas pas apprécier.

— Dis toujours.

— Je vais provoquer une faille dans son ancrage dans cette

réalité. Toi, tu n'auras qu'à reprendre le contrôle.

— OK... Pourquoi je n'aurais pas apprécié ?

— Tu verras bien.

Merlyn contemplait le corps inerte de son amie antillaise. Angélique guerroyait actuellement dans la psyché d'un adolescent possédé par ce qu'on pouvait faire de pire comme démon.

Bélial. Le symbole de l'animal qui vit en chacun de nous. La sauvagerie en corps. Le chaos à l'état pur.

Merlyn n'était pas en reste. Lui-même avait son propre combat à mener. Yin était toujours de la partie et comptait la remporter.

Pauvre fou ! Personne ne peut rivaliser avec Merlyn l'enchanteur !

Il était fatigué, bien plus que Yin, mais il lui restait de la ressource.

Merlyn fonça sur Yin de toute sa vitesse extraordinaire. Un Vampire pouvait avoisinait les 100 km/h au maximum, Merlyn allait deux fois plus vite. Une telle vitesse rendit l'enchanteur invisible à l'œil nu.

Yin n'eut que le temps de sentir la bourrasque avant de recevoir l'impact de plein fouet, l'expédiant à l'autre extrémité de la grotte.

Le choc fut violent, tous les os de son thorax furent brisés. Il ne put que remercier sa chance que son sternum n'eut point transpercé son cœur, sinon, c'en serait fini de lui.

Mais ce n'était pas tout : Son hanfu flambait au point de contact, menaçant de le consumer. Déjà, le feu grignotait sa chair alors que les flammes se répandaient sur son vêtement.

Alors qu'il chercha à arracher son habit enflammé de sa main droite, son bras eut un spasme violent, fouettant l'air au loin. Yin essaya à nouveau mais le résultat en fut le même.

D'autres tentatives lui confirmèrent le fait que son corps ne lui obéissait plus au moment où le feu menaçait de le réduire à néant.

Merlyn en était la cause, pour sûr. L'homme se tenait au loin. Ses deux poings avaient été remplacés par deux brasiers qui ne semblaient point déranger le Vampire.

Le fourbe ! Non content d'avoir brisé ses os et d'avoir mis le feu à son vêtement, le voilà qu'il avait retourné son corps contre lui.

Yin se concentra. La poussière alentour se souleva en un tourbillon, enveloppant son corps, étouffant les flammes dévoreuses.

Merlyn refusa de laisser souffler son adversaire. En un élan, il s'élança à nouveau.

Cette fois-ci, il ne trouva pas sa cible. Du moins, elle fut protégée par un rempart de poussière paraissant doué d'une conscience propre. Ses poings de feu s'en trouvèrent éteints pour coup, étouffé par ce sable terreux en suspension.

— Peuh ! Cracha Merlyn. Un garde de poussière ? Voilà donc toute la puissance du grand Yin ?

— Gausse-toi, vieillard ! Je goûterai ton sang avant la fin de cette nuit.

— Ah ah ah ! Comment oses-tu penser rivaliser avec mon pouvoir inouï !

Merlyn tendit sa main vers son ennemi, alors au sol. Déjà, le nuage de poussière s'agglutina devant son maître. De la paume de la main du magicien vampirique, un froid intense s'en échappa venant changer l'amas de suspension en une gangue de glace, emprisonnant, pour le fait, Yin.

Un énorme rocher gelé se trouvait à l'emplacement de ce qui fut Yin.

Merlyn souriait. Ce général prétentieux n'eut point été une rude menace en fin de compte.

Certes, il ne fut pas détruit, réduit en cendres. Mais cette prison était si épaisse et si hermétique qu'elle lui donnera à penser pour le prochain demi-siècle.

Yin était emmuré « vivant » dans une cage de glace tellement dense qu'aucune lumière ne filtra. C'aurait pu être bien pire car, si son allié de poussière ne s'était pas interposé, ce fut lui qui aurait, intégralement, été changé en cette glace.

Mais, ce ne fut pas le cas. Il était peut-être coincé en cette gangue, mais il était encore conscient et donc dangereux.

En premier point, il se concentra à purifier son corps de l'emprise du vieux sorcier, histoire de récupérer toutes ses capacités motrices.

En deuxième temps…

Merlyn se détourna de la prison du Vampire. Il avait une autre préoccupation : Angélique.

Plus précisément, le combat d'Angélique contre Bélial.

L'extérieur ne laissait rien paraître de ce qui s'y passait, à quel stade en était cette bataille ? Angélique gagnait ou perdait ?

La seule chose que savait Merlyn, c'était le fait que le

combat continuait dans la psyché du jeune Vampire, l'inconscience de la métisse en attestait.

Un mouvement dans la limite de son angle mort droit attira l'attention de Merlyn.

Alors qu'il tourna la tête, un autre mouvement sur le côté gauche se fit pressentir.

Merlyn les vit alors. Modelant la matière d'ombre des recoins de la caverne, des formes noires avancèrent sur le vieil enchanteur.

— L'armée de Yin ! Constata Merlyn.

Sept Lycanthropes sortirent des ténèbres. La rage et le désir de sang retroussaient leurs babines.

Son duel n'était pas terminé. Au contraire, il empirait.

Merlyn était trop faible pour reprendre un corps de brume. Les assaillants étaient bien plus nombreux et d'autres en arriveraient. Et le comble de tout ça, Yin était protégé dans cette prison de glace qu'il avait lui-même bâtie.

Il pourrait fuir aisément. Après tout pourquoi pas ?

Tout au contraire, pourquoi ferait-il cela ?

Il n'avait pas encore perdu et, quand bien même fuirait-il, cela ne repousserait sa mort que de quelques jours. Un Yin boosté aux pouvoirs démoniaques pourrait conquérir cette Terre sans grand problème.

Sa vie se jouerait là, maintenant, avec le peu d'énergie qu'il lui restait.

Il ne parierait pas sur sa défaite malgré tout.

Il était Merlyn le grand enchanteur ! Il avait occis des cohortes de morts-vivants et de démons aux côtés des chevaliers de la table ronde !

Non ! Sa défaite n'était pas certaine !

Les loups s'apprêtaient à bondir sur lui. Il pouvait sentir leurs puanteurs canines.

Ils étaient suffisamment prêts.

Merlyn leva les bras au ciel. À ce moment-là, la gravité disparut autour de lui, expédiant les lupoïdes se vautrer dans la moisissure luminescente du plafond rocailleux.

D'abord surpris, les loups ne voulurent point en rester là. De leurs griffes acérées, ils entreprirent de se traîner sur la roche pour chercher à sortir de la zone d'effet, retrouver une gravité plus convenable, normale.

Merlyn savait que son stratagème ne lui ferait que gagner un peu de temps, stratagème qui aurait été bien plus efficace en extérieur.

Déjà, six autres formes s'extirpaient du bourbier d'ombres.

Non. Il n'y gagnerait que l'épuisement à combattre les pantins de Yin. C'était le marionnettiste qu'il fallait défaire. Marionnettiste à l'abri dans ce bloc de glace.

— Montre-toi ! Lança-t-il. La glace compacte perdit de son opacité, dévoilant à la vue du Vampire son ennemi en pleine concentration, occupé à créer de nouveaux soldats.

Merlyn devait se trouver des alliés lui aussi. Il n'était pas en reste concernant la création de soldat.

Le corps du Vampire sembla se déchirer en deux. Un jumeau s'arracha à sa chair. Un double de Merlyn attendant ses ordres.

— Va, mon frère ! Joue avec ces chiens pendant que je m'occupe de leur créateur.

Le double se détourna vers la meute de loups-garous. Six se

ruaient sur eux alors que les sept volants progressaient sur le plafond.

Les six sautèrent sur le Vampire nouveau venu, cherchant à lacérer sa chair, à arracher ses boyaux.

D'abord, bloqué par une barrière protectrice invisible, les griffes finirent par percer ce derme fragile aussi profondément que possible.

Quel plaisir que d'entendre leur proie hurler de douleur.

Les sept autres réussirent à s'extirper de la zone d'antigravité, chutant sur le sol de granit. Déjà ils se relevèrent, déjà ils chargèrent.

Sous ce tas de poilus, Merlyn II ne pouvait survivre. Il saignait à peine créé.

Il se téléporta pour réapparaître au loin de cette situation ennuyeuse, de l'autre côté de la meute de sept.

Il pointa alors du doigt celui qui était le plus à la traîne. Ce dernier vit son corps se figer. Il vit sa fourrure se durcir, la pierre vint prendre la place de sa chair. En un souffle, tout son corps fut pétrifié, ne faisant de lui plus qu'une statue inerte dans un dernier grognement de mécontentement.

Voyant leur frère pétrifié, les six, revenus de leur plafond, dévièrent de direction afin de se mesurer à cet assassin vampirique.

Merlyn contemplait Yin.

Il rageait de ne pouvoir accéder à lui. Certes, un rayon désintégrant aurait eu raison de cette cachette de gel en un rien de temps, mais il était éreinté. Pas de désintégration.

Merlyn s'approcha de la roche de givre, y déposa sa main. Le froid était fulgurant.

L'épaisse paroi se creusa, alors, d'elle-même, créant un trou béant dont le centre fut l'endroit où fut apposée la main de Merlyn.

Une fois l'ouverture suffisamment grande, l'enchanteur vampirique empoigna le col du hanfu calciné et en sortit violemment le général chinois, qu'il projeta au loin.

Yin était libre de sa cage de glace. Il avait levé une armée surnaturelle à ses côtés. Mais le plus important était le fait qu'il était bien moins éreinté que son comparse actuel.

Il souriait devant sa victoire imminente.

Déjà, il tendit la main vers son adversaire, et, alors qu'il serra son poing, une forme ectoplasmique, représentant un poing géant, se referma sur le vieux Merlyn.

C'était au tour de son ennemi d'être capturé.

— Ah ah ah ah ! Riait-il. Te voilà dans une fâcheuse position mon vieil ami.

La meute se ruait sur le Merlyn invoqué. Six bêtes enragées se précipitaient sur lui.

Six loups qui plongèrent dans une mare de boue nouvellement apparue, essayant de se maintenir en surface en se débattant tels les clebs qu'ils étaient, éclaboussant alentour.

Leurs mines inquiètes étaient justifiées car déjà le sol de granit initial reprit sa dureté. À la place de cette bouillasse infâme, il ne resta qu'un carcan de granit extrêmement résistant.

Là encore, Merlyn n'était pas dupe et savait que la force titanesque de ces êtres les libérerait bien assez tôt.

Cela restait un répit bien raisonnable, histoire de

pourfendre le général Yin, et se montrer supérieur de son moi initial. La copie qui dépassait l'original.

Ah !

— Un autre Merlyn ? S'étonna Yin. Tu as de la ressource, on dirait !

— Oui, un autre Merlyn, répondit le double. Un Merlyn libre qui t'écrasera comme l'insecte que tu es.

— Ah ! Je tiens un Merlyn dans mon poing. Qu'est-ce qui m'empêche d'en faire autant de toi ?

— Je ne serai pas aussi facile à vaincre !

Yin ne parut point impressionné.

Il claqua des doigts de sa main libre alors que l'autre gardait la posture du poing géant refermé. La meute restante exécuta l'ordre sonore de leurs maîtres et chargea de nouveau.

Yin relâcha son poing serré. Le Merlyn capturé disparut.

Ce ne fut pas une téléportation volontaire pour le coup. Pas un stratagème de défense mis en place par l'enchanteur.

Non. Juste une ruse de Yin qui plaça son ennemi dans une prison dimensionnelle, en animation suspendue.

Il ne restait bien qu'un seul Merlyn à vaincre. Ou plutôt une pâle copie de son adversaire.

Merlyn se vit de nouveau à devoir défaire une horde canine.

Ça en était lassant à la longue.

Il n'en fit rien pour l'instant. Il se contenta de s'élever dans les airs, hors de portée de ces griffes assassines tout en déployant une défense en complément. Son corps clignota dans toute la pièce, disparaissant et réapparaissant en un instant de manière aléatoire. Ce qui eut l'effet de déstabiliser la meute de loups, bondissant à gauche et à droite, de leurs puissantes pattes, sans jamais saisir le bon moment.

Clap clap clap, applaudit Yin devant une telle résistance.

— Tu m'amuses, vieillard !

— Vieillard ? Peut-être en aspect car tu es bien plus âgé que moi, Yin.

— C'est en effet l'aspect que j'insulte là. Tu n'en es pas moins coincé dans ce corps de vieillard qui fatigue encore et encore à essayer d'échapper à mes chiens.

— Oh ! Je suis encore suffisamment en forme pour venir à bout d'un vulgaire convocateur.

Yin éclata de rire de plus belle.

Merlyn ne pouvait qu'acquiescer sur le fait qu'il était éreinté et totalement maintenant. Il ne lui restait que la force de lancer encore deux ou trois petits sortilèges, rien de plus. Sans compter que le sort, lui ayant donné vie, était limité dans le temps. Bientôt, il retournerait dans le néant d'où il fut extirpé.

Il se risqua en une dernière attaque. Une bourrasque de vent vint s'abattre sur Yin mais le contourna sans lui occasionner aucun dommage.

Seul un nouveau rire sardonique en résulta.

— Non ! S'écria Merlyn en s'apercevant de sa défaite évidente. Lui était lessivé alors qu'il avait laissé tout le temps à son ennemi d'ériger une défense sans faille capable de bloquer toute magie offensive.

Perdu.

Voilà ce qu'il était.

Perdu face au général Yin. Laissant pour seul espoir une métisse inconsciente et un adolescent possédé.

Il avait perdu et avait condamné, pour le coup, toute vie sur cette planète.

Merlyn chuta au sol. Plus aucun clignotement. Plus aucun mot de défi.

Rien qu'un corps de pierre ne resta de feu Merlyn.

En un premier temps surpris face à cette sculpture, Yin se permit un nouveau rire.

— Un sacrifice ? Tu espères que cette statue de toi laissera une trace de ton passage sur ce monde, Mon monde devrais-je dire ! Eh bien ! Je respecterai ta dernière volonté ! Je garderai cette statue en souvenir du fou que tu étais à vouloir me défier alors que tu aurais pu devenir mon laquais. Esclave, il est vrai, mais un esclave vivant malgré tout ! J'installerai ton effigie au sommet de ma tour afin que tu contemples ce que je ferai de tout ce que tu auras connu, quand j'écraserai tous tes alliés, quand je détruirai tout ce que tu appréciais ici-bas ! Ah ah ah ah !

L'attention de Yin se rabattit sur Angélique. La belle Angélique. Là, impuissance. Inconsciente de ce qui se tramait autour d'elle.

Bel agneau sur l'autel du sacrifice à la gloire du dieu Yin !

35

Mercredi 12 novembre :

Angélique avança vers Bélial. Elle était sûre de son plan. Elle savait qu'elle pouvait vaincre.

– Tu en veux encore, sorcière ?

– Bien plus que tu ne le penses.

– Ah ah ah ah ! Alors reprenons, mais corsons un peu la donne !

– Ah ah ah !! Ria le démon.

Son rire résonnait dans le paysage cérébral d'Yves. Les parois semblaient vrombir, le sol paraissait tressauter à chaque intonation.

Le démon riait. Son rire sortait de sa gueule, striée de mille lames, en autant de blocs de pierre que d'onomatopées. Le rire prenait forme physique en des A et des H de granit aussi gros que de petites voitures qui venaient d'être catapultées autour des deux Vampires.

Angélique et Yves voyaient ces rochers s'écraser droit sur eux. Ils esquivèrent autant que possible, éclatant ceux qu'ils ne pouvaient éviter de leurs forces surnaturelles. Mais ce n'était pas tout, chaque roche, venant s'écraser sur la masse gélatineuse, qui leur servait de plancher, explosait en une pluie de shrapnells, les taillants de toutes parts, mutilant leurs chairs d'une multitude de petites entailles laissant couler un sang noirâtre sur tous leurs corps.

Angélique céda le genou au sol. Elle s'affaiblissait pour sûr, mais elle avait un plan à mettre en branle.

La belle métisse se releva. Elle ne pouvait tomber maintenant. Pas avant d'avoir essayé de gagner.

Pas avant.

Malheureusement pour la douce beauté noire, Bélial n'en avait pas fini de jouer avec sa souris.

Il ne riait plus mais continuait à sourire devant ces fols adversaires ensanglantés qui osaient encore se dresser devant lui. Bélial. Grand général des armées des Enfers.

Le démon cracha son dédain au pied de cette vile créature.

Son crachat bouillonna, sa masse se multiplia.

Angélique fixait cette bouillasse à ses pieds. Elle recula devant ce nouvel assaut démoniaque.

Un tentacule gluesque en surgit, s'enroulant autour de sa cheville gauche.

La jeune Vampire sentit sa peau se consumer sous l'acide du tentacule. Elle sentit sa chair se recroqueviller pour laisser son os à nu. Elle sentit l'odeur de son corps consumé.

Bizarrement, elle ne souffrait pas alors que sa cheville se disloquait. Ses terminaisons nerveuses eurent-elles été les premières victimes ?

Ce fut Yves qui vint arracher le tentacule de la jambe de sa congénère. Il dut esquiver tous les autres qui surgirent de l'amas visqueux tels des pantins à ressort d'une boîte à musique.

– Reprends-toi Angélique ! Lui cria Yves.

Angélique regardait sa cheville rongée. Elle regardait son articulation noircie par son propre sang. Elle voyait la faiblesse de son corps. Elle saisissait le piètre rempart qu'elle représentait pour son jeune protégé face à cette montagne dantesque, ce Bélial, maître des bêtes et des monstres qui se terraient dans les ombres de ce monde mortel. Les Vampires faisaient partie de son panel de monstres.

Que représentaient alors une simple Vampire prêtresse vaudoue et un ado vampirique bâtard face à leur divinité ?

– Pourquoi penses-tu cela mon enfant ?

La voix montait au travers de son désespoir. La voix de son mentor Papa Lomé. Il était encore présent en elle.

Papa Lomé lui avait juré d'être là dès que le besoin s'en ferait sentir. Était-ce le cas ?

– Pourquoi penses-tu cela ? Ce n'est pas toi, là. Toi, tu es forte, tu es sûre. Non, ce n'est que Bélial qui exprime sa propre crainte à travers les tiennes. Il ne fait qu'abattre ses plus futiles cartes : Le désespoir.

– Bélial.

– Oui, mon enfant, Bélial s'exprime en toi à travers la toxine de sa bête. Il veut que tu cesses le combat car tu lui fais peur.

– Je peux le vaincre.

– Oui, mon enfant, tu peux vaincre ce démon majeur. Son ancre spirituelle est encore faible. Sa puissance ne s'est pas encore manifestée sur ce plan d'existence. Vaincs ma fille ! Rends-moi fier !

– Oh oui ! Papa Lomé. Tu seras fier de moi !

Angélique avança d'un pas. Sa cheville céda. La vampire perdit son équilibre.

Elle se releva. Plus précisément, elle lévita.

Angélique fixait ce démon qui riait à nouveau en observant Yves tenter d'éviter la multitude de tentacules. Il se débrouillait grandement. Aucunes n'atteignirent leurs buts.

Angélique flottait au-dessus du sol jonché de lamelles minérales. Elle ne voyait que son adversaire.

Il était temps. La prêtresse tendit ses bras en avant :

– Par le grand Baron Samedi*, je te défie, démon !

De sa main gauche, elle se barbouilla le visage de son propre sang :

– Par les esprits Gédés*, j'en appelle à toi Mèt-Calfou*, grand maître des carrefours !

De son index gauche, elle traça un pentacle dans sa paume droite, de son sombre sang.

Un rictus vint déformer sa bouche : Elle souriait à son tour, découvrant sa dentition impeccable. À l'instar de son regard qui, lui, tourna à un noir absolu.

Il était temps.

Angélique s'élança aussi vite que sa nature vampirique lui permit. Elle fondait sur Bélial l'indésirable, se jetant sur sa tête cornue.

De toute sa force, elle se retint à l'abomination afin de lui déposer sa main droite, laissant le tracé ensanglanté, à l'effigie du pentacle, taguer sa peau.

– Mèt-Calfou ! Je te conjure de refermer cette voie ! Renvoie ce clandestin en son monde cruel ! Papa Legba, ouvri bayè a pou mwèn pou mwèn pase. Lè ma tounen, Ma salyié Lwa Yo*

– Femme ! Que fais-tu ?

Bélial se débattait. D'un revers de main, il arracha la noctambule pour la lancer au loin. Aussitôt, il s'essuya le front. Sur ses doigts, il constata le sang de la diablesse.

Bélial ne semblait point apprécier ce qu'il contempla. Aucune bravade ne lui vint, aucune rodomontade, rien. De la peur ?

Une perplexité se lisait en ses yeux.

Qu'avait fait la sorcière noire ?

– À toi, Yves ! Récupère ce qui t'appartient !

– Ce qui m'appartient ?

Sans l'ardeur de son maître, le crachat tentaculaire se laissa mourir, délaissant le jeune garçon bien trop rapide.

– Ton énergie éternelle. Celle que t'a volée le démon. Reprends-lui comme il te la prise.

– Comment je fais ça ?

– Souhaite-le, c'est tout ! Tu es dans ta tête. Tu es dans ton imagination. Tu y es maître incontesté. Vas-y, maintenant !

Yves se concentra. Il chercha en lui cette énergie que son père lui avait léguée. Cette énergie tant convoitée.

Il la trouva, la visualisa.

Il sentit la connexion qui s'était établie entre lui et Bélial. Il voyait ce cordon spirituel qui siphonnait son énergie pour créer l'ancre du démon en cette réalité.

Il sentit son contrôle sur ce lien. Angélique avait ouvert la source, il en ferait bon usage.

Déjà, il réaspira ce qui était sien. Déjà, son être se reconstruisait morceau après morceau. Il sentait cette puissance qui regagnait son être. Il sentait son adversaire lutter pour la retenir mais elle lui glissait entre ses doigts tel l'océan, indomptable.

— Non ! Cria Bélial. Que se passe-t-il ? Ça ne doit pas se passer comme ça ! Je dois gagner ! Non !

Le démon voyait son échappatoire lui échapper. Le démon voyait sa victoire se défaire.

Il ne voulait pas retourner en son Enfer. Il voulait fouler, de nouveau, la terre de ce monde. Il voulait goûter, de nouveau, à la liberté.

Pourquoi ? Il ne souhaitait que vivre.

— Non ! Hurla-t-il à la face de cette constante irrémédiable. Sa place était dans les tréfonds de sa fosse infernale.

Comment a-t-il pu tant sous-estimer ces créatures ? Pourquoi ?

Bélial se sentait se faire happer par sa propre dimension. Mais il ne désirait pas partir comme ça.

Il tendit sa main en avant. Ses griffes filamenteuses s'allongèrent, à une vitesse inouïe, bien au-delà des réflexes surnaturels du jeune Vampire, le transperçant de toutes parts.

Écartant ses doigts, le démon fit exploser Yves en cinq morceaux bien distincts. L'adolescent vit ses quatre membres et le bas de son torse s'arracher littéralement de son être.

Il vit ce qui lui restait de corps tomber dans une mare d'hémoglobine noire. Le Vampire ne mourut pas. Tout au contraire, cela faisait bien longtemps que son cerveau ne ressentit pas une telle sensation.

Un siècle pour être exact.

Un siècle qu'Yves n'avait plus senti son cœur battre. Jusqu'à aujourd'hui, jusqu'à ce moment.

Son cœur venait de se remettre à battre.

C'était un miracle. Tout comme c'était un miracle de voir son corps se reconstituer en un rien de temps alors que ses morceaux épars se calcinaient pour n'être plus que cendres.

Un miracle de se remettre sur pied comme si de rien n'était alors que son cœur battait dans sa poitrine.

Bélial n'était plus là. Il avait regagné son plan d'origine avec toute sa rancœur, ses souhaits de vengeance.

Il ne restait plus qu'Angélique et Yves.

— Que s'est-il passé, Angélique ?

— Je ne sais pas. Je pencherais à croire que l'énergie Éternelle s'est maintenant manifestée en toi, et c'est impressionnant. Comment te sens-tu ?

— Je ne sais pas. Bizarre. Mon cœur bat.

— Pardon ?

— Je te dis que mon cœur bat. Je le sens dans ma poitrine. Comment c'est possible ? Un Vampire ne peut avoir un cœur qui bat.

— En effet. C'est très particulier. Je pense que le terme Vampire ne te convient plus. Tu es… autre chose. Mais quelque chose de puissant.

— Et c'est bien ?

— Je ne sais pas. Tout dépendra de ce que tu feras de ce nouveau pouvoir.

— Je ne sais pas.

— Pour l'instant, retournons à la conscience. Nous verrons plus tard. Avant de pénétrer dans ta psyché, j'avais laissé Merlyn aux prises avec Yin. Je me demande comment il s'en sort.

— Oui. Allons-y. Angélique ?

— Oui, Yves ?

— As-tu peur de ce que je suis devenu ?

— Oui, Yves. Oui. Mais je serai toujours à tes côtés et je t'aiderai à comprendre ce qu'il t'est arrivé.

— Merci. Merci pour tout. Merci de m'avoir aidé à comprendre mes origines. Merci de m'avoir sauvé de ce Bélial. Merci.

— De rien, Yves. Pythie était persuadée que c'était mon destin d'être à tes côtés pour tout ça. Partons maintenant.

36

Angélique reprit connaissance.

Elle reprit connaissance dans la douleur.

Des crocs acérés venaient de lui arracher sa carotide. En réflexe, elle repoussa son agresseur de toute sa force.

Son sang noirâtre dégurgita paresseusement de sa plaie béante. Aucune pompe anatomique ne fonctionnait en son corps, aucun concept de coagulation ne rentrait en compte dans ce liquide sombre qui circulait dans ses artères, Angélique ne se vida pas de son sang.

Angélique regardait autour d'elle. Elle cherchait son allié Merlyn mais ne le trouva pas.

À la place, elle voyait son ennemi, Yin, entouré d'une meute de loups noirs. Le Vampire avait sa mâchoire couverte de son propre sang, son large sourire teinta d'ébène sa dentition de prédateur. Il caressait la tête d'un molosse.

Le combat avait bien eu lieu. Yin en était pour frais son hanfu brûlé. Au loin, un trou béant avait été creusé dans la roche du sol — les loups-garous, qui avaient été piégés dans le granit, eurent tout le temps de s'en extirper.

Deux statues étaient présentes aussi : Celle d'un Lycanthrope effrayé contemplant sa main griffue, et une, couchée sur son flanc, représentant un Merlyn abattu.

Un bloc de glace gisait encore plus loin.

Merlyn avait été vaincu ?

Yves commençait à reprendre connaissance lui aussi. Ce qu'il contemplait ne le rassura pas plus. Sachant qu'il était toujours crucifié à sa croix par des rivets d'argent.

— Bonsoir, Angélique.

— Yin.

— Je vois que tu m'as volé quelque chose.

— Tu fais référence à Bélial ?

— Oui, son pouvoir du moins. C'est très embêtant. J'avais de grand projet pour lui.

— Tu m'en verras navrée.

— Tu le seras encore plus quand je te le ferai regretter.

— Où est Merlyn ?

— Tu penses réellement que c'est ta plus importante préoccupation actuellement ?

Yin montra ses chiens surnaturels de sa main.

— Où est Merlyn ?

— Vaincu.

— La statue ?

— Ce qu'il en reste. Bélial ?

— Retourné chez lui la queue entre les jambes.

— Ah ah ah ah !

— Argghhh !!

Le rire de Yin fut coupé dans son élan par un hurlement strident.

Hurlement qui provenait d'Yves. Du plus profond des entrailles d'Yves. Un hurlement dû par une souffrance à nulle autre pareille.

Yves se contorsionnait sur sa croix. Il sentit tout son être se tordre, s'étirer, s'écraser sur lui-même.

Une douleur sans aucune mesure. Horrible, innommable. Comme passer tout entier dans un mixeur et y repasser encore et encore.

Pris de convulsion, ses bras s'arrachèrent de ses entraves. Le jeune Vampire, qui n'en était plus un, chuta au pied de sa croix.

Dans une autre convulsion, il brisa ladite croix d'un revers du bras. Celle-ci s'écrasa dans la poussière.

— Arrrgghhh !!! Hurlait-il.

Son cri passait de l'aigu au grave en une fraction de seconde.

Tout son corps tressautait, se tordait, sa peau semblait s'étirer en tous sens. Ses muscles roulaient sur eux-mêmes sous son derme. La courbe de son dos prenait un angle improbable.

Puis Yves s'affaissa d'un coup. Inerte. Transformé.

Alors qu'il reprit pied péniblement, l'être qui se releva n'était plus un adolescent mais un homme mûr, un adulte accompli, dans la fleur de l'âge, la vingtaine à tout cassé.

Yves se redressa dans son nouveau corps. Aucune blessure, pas même une cicatrice vint souiller cette enveloppe neuve.

Le papillon avait éclos de sa chrysalide de douleur.

— Qu'est-ce donc ? S'inquiéta Yin.

— Le frêle enfant que tu as torturé n'est plus à ce qu'il y paraît, se réjouit Angélique, compressant sa plaie de sa main.

— Comment est-ce possible ?

— Tu demandes ce qui est possible ? Comment déterminer ce qui l'est de ce qui ne l'est plus en ce monde ?

— Qui est-il ? Qu'est-ce qu'il est ?

— Je suis ta mort, Yin, répondit Yves, avançant vers le chinois déstabilisé.

Même la horde de Lycanthropes ne semblait pas savoir comment réagir.

— Je briserai chacun de tes os en souvenir de mon père Martial. Je te pendrai avec tes entrailles pour toutes les souffrances occasionnées à ma famille. Je t'arracherai le cœur pour tout le mal que tu as infligé à Lucie.

— Tu es réellement Yves ?

— Oh oui, je le suis ! Et bien plus encore !

— Fascinant ! Il faudra que j'étudie ton cadavre !

L'effet de surprise étant passé, Yin se prépara au combat.

Certes, ce Yves promettait bien des surprises. Mais il était Yin, le général Yin.

Que le combat reprenne !

— Allez mes fidèles ! Dévorez ces impudents !

La horde de loups bondit aussitôt l'ordre de leur maître donné.

— Halte ! Ordonna Yves.

Les Lycanthropes stoppèrent.

— Je sens en moi la souillure de Bélial. Je sens en moi son pouvoir. Du moins, une infime partie de son pouvoir, cette infime partie qui pose la soumission sur les bêtes. C'est ce genre de pouvoir que tu convoitais, Yin ? Comme je te comprends ! Tu veux m'envoyer tes bêtes, Yin ? Fais donc ! Abominations ! Je suis votre nouveau maître ! Il est temps de vous repaître de l'ancien.

La meute se retourna vers le général Yin, bien fâché par tout cela. Voir ses plans, si difficilement planifiés, tomber à l'eau en un instant. Des siècles de préparation, d'attente, de sacrifice, tout cela balayé comme paille au vent.

— Tout cela est bien fâcheux !

D'un revers de la main, le général renvoya ses créations dans le néant d'où ils venaient.

— Mais pourquoi m'affronterais-tu ? Pourquoi ne pas s'allier et faire plier cette planète sous nos pieds ? Le pouvoir absolu, voilà ce que je t'offre.

— Et pourquoi j'aurais besoin de toi pour cela ? Toi que je peux tout autant plier ?

— Ah ! Tu es bien présomptueux ! J'ai bien plus de siècles d'expérience que toi. La stratégie ne s'acquiert pas aussi aisément que cela.

— Peut-être. Mais je ne suis pas seul. Et, pour l'instant, je ne recherche pas le pouvoir mais la vengeance.

— Vengeance ? Pour une famille vampirique dont tu ne fais plus partie ? Pour une simple mortelle dont l'existence n'est qu'un grain de poussière dans la trame du temps ? Pourquoi t'arrêter sur des futilités si improductives que la vengeance ? C'est tellement humain !

— Oh oui ! Humain ! Tout comme ce cœur qui bat dans ma poitrine !

De sa vitesse vampirique, Yves s'approcha au plus près de Yin, le saisit par la gorge et le souleva de terre. Sa force était prodigieuse mais restait dans les limites vampiriques.

— Si tu vis, Yves, alors MEURS, suffoqua Yin dans sa gorge enserrée.

Yves lâcha son ennemi. Une douleur naissait en ses entrailles. Une brûlure se répandait en son intérieur.

Yves eut un haut-le-cœur. Il se mit à tousser, un flot de sang, bien rouge celui-là, fut expulsé de sa gorge. Yves se tordit de douleur alors qu'il sentit ses organes exploser les uns après les autres. Qu'arrivera-t-il quand viendra le tour de son cœur nouvellement ressuscité ?

— Que m'as-tu fait, Yin ?

— Je t'ai tué, insecte. Me croyais-tu si impuissant ?

— Yves ! Ça va ? S'inquiéta Angélique, sa plaie commençait à se refermer.

— Ah ah ah ! Ria Yves, recroquevillé au sol.

Doucement, il se releva, ses jambes frémissaient sous l'effort mais tinrent bon.

— Tu dis que je te sous-estime ? Et toi ? Ne me sous-estimerais-tu pas ? Je viens de renaître tel le phénix. Crois-tu qu'il est si aisé de me tuer une nouvelle fois ? Je viens de bouter un démon maître hors de mon corps. Crois-tu que ta misérable magie puisse autant me nuire ?

Yves se tint droit maintenant.

Il se redressa de toute sa prestance. Aucune douleur ne se fit plus ressentir. En son corps, tous ses organes furent recréés, régénérés bien plus vite qu'ils ne furent détruits.

Yves avança d'un pas sûr alors que Yin reculait.

— Il y a bien des choses qui ont changé en moi. Entre autres, cette nouvelle faculté, bien utile, de pouvoir faire repousser toutes parties de mon corps endommagées. Tu détruis mes organes ? Je les recrée aussi vite. Qu'as-tu d'autre à m'opposer ?

Yin reculait.

Non pas par peur. Mais car il avait encore de la ressource.

Si ce jeune prétentieux pouvait régénérer ses blessures, Yin serait curieux de le voir réagir une fois son corps entièrement réduit en charpie.

Oh oui ! Il était capable d'un tel exploit. Mais pour cela, il lui fallait de la distance afin de ne pas se détruire lui-même.

Déjà, des sphères de feu se formaient en ses paumes, grossissant de plus en plus les secondes passant.

Déjà, Yin leva son bras afin de lancer ses projectiles.

Mais une soudaine douleur explosa en sa poitrine. Un bras venait de le traverser, tenant son cœur en son poing.

Cela ne venait pas d'Yves qui se dressait devant lui alors que l'attaque provenait de derrière.

Même Angélique ne pouvait être mise en cause, assise là-bas, sa gorge déchirée.

Non.

Cela venait de derrière Yin.

Merlyn se tenait derrière le général, son bras au travers de son thorax, le cœur de son ennemi en sa main.

Yin tomba en cendres. Ça en était fini du général Yin. De ses complots machiavéliques.

Merlyn se tenait au milieu du tas de cendres. La statue à son effigie avait disparu.

Un deuxième Merlyn apparut alors, lévitant à côté du premier, sa jambe sectionnée au niveau de sa cuisse droite. Le tueur de Yin s'effaça de la réalité, ne laissant plus que l'enchanteur à peine arrivé.

— Eh bien ! Vous m'avez l'air surpris ! Commenta le vieux vampire.

— Yin disait que tu étais mort, répondit Angélique, se tenant aux côtés d'Yves.

— C'était prématuré de sa part de penser cela. Certes, il m'avait vaincu et banni dans une poche dimensionnelle, une prison où j'y étais détenu en animation suspendue. Il avait même vaincu mon double éphémère. Du moins, il le pensa. Ne voyant plus aucune échappatoire, mon double a préféré s'auto-pétrifier, laissant penser à Yin qu'il tenait une victoire totale. Ce n'était que ruse. Une fois le dos tourné, mon double a repris sa forme initiale et, sournoisement, a empalé ce foutu général, y mettant un terme une fois pour toutes.

— Alors c'est fini ? Demanda Yves.

— Il semblerait en effet. Mais, dis-moi Yves, tu as bien changé.

— Oui mais pas que physiquement. J'ai vieilli, mon cœur s'est mis à battre et je me suis retrouvé à faire des choses dont je n'étais pas capable avant.

— Comme quoi ?

— Eh bien, en plus de mes talents vampiriques, je me retrouve capable de régénérer mon corps extrêmement rapidement…

— Immédiatement pour ainsi dire, ajouta Angélique.

— De plus, j'ai récupéré une capacité de Bélial lui-même,

celle de contrôler les bêtes.

— Toutes les bêtes ?

— Je ne sais pas. Je le sens, c'est tout. En tout cas, ça a marché avec les Lycanthropes de Yin.

— Oui, ce qui ne veut pas dire que cela marchera sur un vrai Lycanthrope. Il faudra tester les limites de tes nouvelles capacités.

— Tu sais ce qu'il m'arrive ?

— Je le crois, en effet. Tu es le **sang ultime**.

— Qu'est-ce que c'est ?

— Une légende que je ne pensais pas réelle. Une légende vampirique qui prédit l'arrivée d'un vampire dont le sang lui permettra d'accumuler toutes les capacités raciales des autres races dont il se nourrira. À en croire ce que tu me dis, tu as déjà les capacités des Vampires, des Éternels et un peu celui des démons. Jeune homme, tu es, pour ainsi dire, notre messie.

— Mais que dois-je faire de tout cela ? J'ai une mission ?

— Ma foi, pour ce que j'en sais, tu en feras comme bon te semble.

— Où est ma famille ? Il faut que je leur montre tout ça.

— Yves ? Continua Angélique. Je n'ai pas eu le temps de te parler d'une chose très importante.

— Quoi, Angélique ? De quoi tu parles ? Tu me fais peur.

— Quand tu as disparu avec Élisabeth…

— Il faudra d'ailleurs la retrouver, coupa Merlyn.

— Quand tu as disparu avec Élisabeth, Yves, nous avons essuyé une attaque massive de l'armée de Yin. Yves ? Arthur et Pythie sont morts et Martha a disparu.

— Quoi ? Ce n'est pas possible !

— Je suis désolée. Je te promets de t'aider à retrouver ta grand-mère.

— Et Vanessa ?

— Elle va bien. Elle est à l'abri dans les sous-sols de la demeure de Merlyn.

— Une de mes demeures, je précise.

— Yin ! Si je pouvais le tuer à nouveau… Amenez-moi auprès de ma sœur.

— Je suppose que tu parles d'une téléportation ? Pas de soucis. Il me faudra me reposer avant si cela ne te dérange pas. Genre une bonne journée de sommeil.

— Une journée entière ? Non. Maintenant !

— Yves ? Ma demeure est une bonne cachette car on ne peut y accéder que par téléportation.

— Non ! S'énerva Yves, fracassant son poing sur un des trônes de la pièce, trône qui se fendit en deux sous l'impact.

— Ou à la force de tes poings, certes.

37

Le trio s'envola dans la nuit sous leurs formes chyroptériennes, flottant au-dessus des collines silencieuses des Pennes-Mirabeau.

La demeure de Merlyn était bien peu loin du sanctuaire de la Cabale. Le trio atterrit dans une forêt de pins de la Gavotte, petit village des Pennes-Mirabeau limitrophe à la ville de Marseille.

Une fois au sol, Merlyn expliqua à ses congénères, que sa demeure n'existait plus depuis fort longtemps, du moins en surface, car sa cave restait encore enterrée là, sous leurs pieds.

Ni une, ni deux, Yves creusa de ses griffes jusqu'à atteindre la pierre taillée, signe de la présence du plafond de ladite cave.

D'un coup de poing, Yves fracassa la roche, ouvrant une ouverture sur une salle éclairée par une ampoule suspendue par son fil électrique au plafond. Des relents de vins assaillirent leurs narines.

Le trio descendit.

Il y eut un combat ici. Plusieurs étagères furent renversées, brisant leurs inestimables contenus œnologiques.

Hormis, les débris, la pièce était vide. Il n'y avait plus personne.

Il n'y avait qu'un tas de cendres.

Yves s'agenouilla dans la poussière, ramassant les cendres grises de ses mains. Les larmes coulèrent sur ses joues.

— Vanessa.

— Oh non ! Yves, je suis tellement désolée, tenta d'apaiser Angélique en lui déposant sa main sur l'épaule.

— Non !

Yves se redressa et repoussa la main tendue de la métisse.

— Tout ça ! Pourquoi ? Pourquoi ma famille a été détruite ? Pour ce sang ultime ?

— Calme-toi, Yves. Je suis désolée.

— À quoi ça sert d'avoir tout ce pouvoir si je ne peux pas sauver ceux que j'aime ? Qui a fait ça ? Yin est mort. Qui alors ? Élisabeth ?

— Peut-être. On la retrouvera et on lui demandera des comptes. Je te promets, Yves. On vengera ta famille.

38

Le baladeur nocturne avançait dans cette nuit sans nuage, pourtant la tempête menaçait il y eut peu.

Il arpentait les trottoirs de Marseille.

Ces dernières nuits, il eut contemplé l'attaque des chasseurs de l'Église sur le port puis le trépas de Martha à Aubagne.

L'homme entra dans un immeuble, immense tour d'une vingtaine d'étages, pas bien loin du port autonome.

Le hall était gigantesque, démesuré en ce vide du petit matin. Seul un gardien veillait derrière son comptoir de marbre.

Le baladeur ne s'en intéressa point. Il se dirigea directement vers l'ascenseur.

Étage 23, dernier niveau. Musique d'ambiance. Paisible.

L'homme arriva dans un long couloir au sol moquetté de vert. Long couloir de portes vitrées fermant des bureaux inoccupés pour l'heure.

Le couloir finit sur une imposante porte à double battant.

À l'approche de l'homme, deux hommes, vêtus tels des

majordomes mais le visage caché derrière un masque uniforme entièrement blanc, lui ouvrirent ladite porte.

Immense salle de réunion. À elle seule, sa superficie prenait la moitié de l'étage. Pourtant, elle ne contenait qu'une seule et unique table. Longue, certes.

Chacun de ses murs latéraux n'était qu'une baie vitrée dévoilant la superbe vue de Marseille en pleine nuit, éclairée par une éclatante pleine lune.

— Asseyez-vous !

La phrase fut prononcée par la femme qui dominait la tablée, à son extrémité.

— Vous avez beaucoup à nous raconter.

Morgane Lafey buvait un verre de vin. Un millésime au goût succulent.

— Beaucoup de choses se sont déroulées ce soir. Beaucoup de choses très existantes.

Elle n'était pas seule présente.

Assis à sa droite, un jeune homme s'y tenait. Un homme ténébreux au plus haut point autant par son regard et ses cheveux ébène que par sa tenue vestimentaire, pull à col roulé d'un noir impeccable. Son visage était blême. Une cicatrice le longeait diagonalement.

Mordred restait silencieux pendant que sa mère parlait à ce nouvel arrivé.

— En cette nuit, nous assistons au début de ma gloire. N'est-ce pas mon ami ?

Morgane s'adressait à un autre convive attablé. Un Asiatique en hanfu noir et à la fine moustache.

— Bien entendu, ma Reine, répondit Yin.

À cet instant, une porte latérale s'ouvrit. Élisabeth y pénétra.

Elle traînait un colis, un cadeau pour sa maîtresse.

Un homme ficelé et inconscient.

Un soldat.

Ernest.

– Bélial n'était qu'un test.

39

Le Corsaire bleu était un bar sans prétention du vieux port de Marseille. Ses néons bleus éclairaient une ruelle déserte en cette heure très matinale.

Son intérieur se voulait d'un design de métal, néon flashy et jeu de miroirs.

Il n'y avait personne.

Marc, le barman et propriétaire des lieux, se trouvait allongé derrière son comptoir. Son sang s'écoulait paresseusement d'un trou en plein milieu de son front. Ses yeux observaient ce qui eut été sûrement sa dernière vision : Son bar, sa vie.

Non loin, un black imposant était allongé à plat ventre. Sa tête avait fait un pivotement tout à fait impossible, les os de son cou donnaient une protubérance absurde sous sa peau noire. Une porte métallique rouge tapait sur ses jambes sans vie.

— Tu es Kamel Bensaghir ?

Un homme portant une longue veste de cuir noir apposait

l'extrémité d'un canon d'un fusil à pompe sur le front du roi maghrébin.

Kamel cherchait autour de lui quelqu'un pour lui venir en aide. Il ne trouva que les cadavres fumants de ses potes et de ses femmes.

À part lui, les seules personnes encore vivantes étaient une milice de l'Église : La meute divine.

— Tu es Kamel Bensaghir ?

— Ouais, mec. C'est moi. Reste cool, mec ! Je te donnerai tout ce que tu veux.

— Je ne suis pas intéressé par ta came.

— Qu'est-ce que tu veux alors ?

— Je veux que tu délivres un message à ta maîtresse.

— Ma maîtresse ?

— Vanessa Sinclair.

— Ouais ! Je lui dirai tout ce que tu veux à cette chienne !

— Elle saura que la Meute Divine vient récupérer son homme.

— OK mec ! Meute divine, récupérer son homme. C'est enregistré. C'est cool.

— Tu ne saisis pas. Tu es le message.

L'homme à la veste de cuir pressa la détente.

40

— Lucie.

Yves faisait face à ses compagnons d'armes, ses mains étaient noircies par les cendres de sa sœur.

— Il faut retrouver Lucie.

— Qui est Lucie ? Demanda Angélique.

— Une humaine. Mon amie. Elle a été kidnappée et torturée par Yin, à cause de moi. Elle n'a que trop souffert. Il faut aller la délivrer.

— OK. Où est-elle ?

— Dans une prison souterraine… Je ne sais pas où.

— Ne t'inquiète pas. Nous connaissons l'adresse de toutes les propriétés de Yin. Nous la retrouverons.

Ils partirent sur le champ par la voie des airs.

Hormis sa tour, siège de sa société, le général Yin ne possédait qu'une bâtisse dans la région, héritage de père en fils à ce qu'on disait, vieille de trois siècles. Une luxueuse demeure en bord de mer sur la côte d'azur. Un petit manoir sur un grand domaine. L'entrée de cette habitation était un pont-levis abaissé sur un fin canal, pont-levis plus en fonction actuellement. Le terrain était délimité par de hauts remparts jusqu'au pont-levis, où un portail électronique empêchait l'accès. Des caméras de sécurité épiaient les visiteurs sur tout le domaine.

L'immense jardin était une véritable œuvre d'art digne des plus grands paysagistes et horticulteurs. Çà et là, de monumentales fontaines venaient embellir ce paradis verdoyant.

Le manoir restait très typique du début XVIIIe siècle avec une teinte d'architecture anglo-normande.

Une luxueuse demeure maintenant déserte et mise à sac.

Tout avait été déserté et mis sens dessus dessous. Rien, absolument rien ne restait hormis la poussière et quelques vieux prospectus.

Le trio vampirique, quoiqu'étonné, n'en avait cure. Ils n'étaient pas venus pour cela.

Peut-être que le personnel, autant humain que vampirique, ou autre, avait eu vent de la défaite de leur maître, ou du cataclysme que ce dernier souhaitait abattre sur la Terre, et qu'il avait décidé de fuir autant que possible.

Comment savoir ?

Quoi qu'il en soit, il fut aisé de trouver la trappe extérieure qui conduisait aux geôles souterraines. Même fermée à clé, elle ne résista pas à la colère d'Yves nouvellement boostée.

Ils pénétrèrent dans le sous-sol. La puanteur et l'humidité certifiaient Yves sur l'emplacement où il se trouvait. Le sol boueux en fut une nouvelle preuve tout comme les cellules vides, une fois les quelques marches descendues.

Lucie était bien présente, dans sa cellule verrouillée. La rafle du petit personnel n'avait pas concerné la prisonnière. Même dans la retraite, le cœur charitable n'existait pas suffisamment pour lui venir en aide.

Lucie était prostrée dans sa prison, toujours sa chemise de nuit déchirée, traînant dans la boue.

— Lucie ?

Yves se voulait rassurant. Son amie ne réagissait pas. Il fallut réitérer l'appel pour que l'adolescente regarde son interlocuteur.

— Non ! Hurla-t-elle. Laissez-moi tranquille ! Je n'ai rien fait ! Laissez-moi !

Elle était hystérique, là, recroquevillée autant que possible au fond de sa cellule. La terreur se lisait dans son œil encore ouvert.

Yves arracha les barreaux et s'approcha de la folle en détresse. Au plus il approchait, au plus elle hurlait, griffant l'air tel un animal blessé.

— Lucie ? C'est moi, Yves. N'aie pas peur ! Je ne te veux aucun mal.

Lucie hurlait, elle pleurait.

— Lucie ?

— Yves ?

Angélique avait rejoint son compagnon.

— Je crains qu'on n'arrive trop tard.

— Que veux-tu dire ? Il faut la sortir de là. Si elle sent l'air frais de la liberté, elle s'en remettra.

— Je ne pense pas. Elle a été horriblement torturée.

— Hancokan pourra la soigner.

— Même si Hancokan acceptait de nous aider, il ne peut soigner que le corps, non l'esprit. Ton amie est brisée. Elle souffre.

— Alors, quoi faire ?

— Achève ses souffrances.

— La tuer ? Alors que je viens la libérer ? Non ! Il doit y avoir un autre moyen.

— Il y en a un, lança Merlyn, toujours dans le couloir, flottant au-dessus du sol, sa jambe en moins.

— Non, Merlyn. Ce n'est pas une solution. Juste une torture supplémentaire, interrompit Angélique.

— Vous parlez de l'infanter ? La transformer en créature de la nuit ? Ça la soignerait totalement ?

— Oui.

— Non ! Contra la métisse. On ne sait pas. Qui dit que son esprit sera réparé dans la métamorphose ?

— Angélique. Tu le sais très bien. Aidée par une soumission, cette douce adolescente deviendra une Vampire saine d'esprit. Ce n'est pas cela qui te dérange. Non. C'est son jeune âge. N'est-ce pas ?

— Oui, Merlyn. Son âge. Elle n'a que 14 ans !

— Comme je l'ai été moi-même.

— Oui, Yves. Comme tu l'as été toi-même. Tu es donc le mieux placé pour témoigner du tourment que cela procure que d'être éternellement coincé dans l'adolescence.

— Non. Je ne l'atteste pas. Certes, j'ai été infirme dans le sens où j'avais les restrictions dues à ma minorité. Mais là, on parle de soigner l'esprit morcelé de Lucie. Ça n'a aucune importance de quel âge elle aura le restant de son existence.

Elle sera guérie et bien plus forte. De plus, elle restera à mes côtés pour l'éternité.

— Yves a raison, Angélique. Où est réellement le problème ? De quoi as-tu réellement peur ?

— Tu oublies une chose, Yves. Dans ta nouvelle incarnation, tu ne peux infanter. Et je ne suis pas disposée à le faire non plus.

— Il reste donc moi et, avoir une enfant ne me déplairait pas du tout. Je n'ai jamais infanté.

Merlyn souriait à cette perspective. Il s'imaginait déjà à lui inculquer les bases de la magie comme on apprend à un enfant à marcher.

— Non. Ce sera moi.

— Mais, Angélique, tu viens, à l'instant, de dire que tu ne voulais pas l'infanter.

— J'ai changé d'avis. Je le ferai.

Pourquoi ?

Pourquoi Angélique réagissait-elle ainsi ?

Que savait-elle que les autres ne savaient pas ?

Ou, du moins, de quoi avait-elle peur ?

À SUIVRE…

Index

Tuatha de Dana : Ce sont l'ensemble des dieux celtiques.

Jack O'Lantern : Jack est le personnage d'un conte irlandais narrant comment Jack a bluffé le diable. Le Paradis lui étant refusé à cause de sa vie de débauche et l'Enfer ne pouvant récupérer son âme, Jack erre pour l'éternité, une lanterne à la main.

Baron Samedi : Esprit très présent dans la religion Vaudou, il est l'incarnation de la mort et de la résurrection.

Hancokan Leska : Mot issu de la culture Sioux, cela signifie « le sang-mêlé de minuit ».

Ictiniké : Divinité de la ruse du peuple amérindien, il est souvent représenté comme une araignée, un coyote ou un corbeau.

Hau : Manière de saluer dans la culture Sioux.

Winyan : Mot issu de la culture Sioux, cela signifie « femme ».

Kahba : Injure issue de la culture maghrébine signifiant « pute ».

Ourtik al kehba : Injure issue de la culture maghrébine signifiant « ta sœur la pute ».

Manabhoszo kivati : Divinité incarnant le changement dans la culture amérindienne. Il est souvent représenté comme un grand lièvre.

Nagi yustosto huka : Mots issus de la culture Sioux, cela signifie « esprit de nos ancêtres animal ».

Please ! Sir, I want to leave ! I want to see again my mom ! Pity ! I am afraid : Traduction de l'anglais : « S'il vous plaît ! Monsieur, je veux partir ! Je veux revoir ma maman ! Pitié ! J'ai peur ! »

Maya slé : Mot issu de la culture Sioux, cela signifie « coyote ».

Itancan : Mot issu de la culture Sioux, cela signifie « chef ».

Un pagne shendyt : Habit royal de l'Égypte antique, c'est un morceau de tissu drapé à la taille du pharaon.

Un némès : Coiffe royale du pharaon, elle est constituée de deux pans de tissus plissés descendant sur les épaules du pharaon.

Un pschent : Double couronne portée par les pharaons.

Un khépesh : Épée traditionnelle de la garde égyptienne antique, elle avait la particularité d'avoir une lame courbe.

Bes : Divinité égyptienne mineure dont la sphère d'influence est la protection contre les esprits et le malheur. Il est représenté comme un nain drapé d'une peau de panthère.

Lolhwaka : Mot issu de la culture Sioux, signifiant « appétit ».

Un bigos : Plat national polonais, le Bigos est un ragoût à la viande et aux choux.

Un calalou : Plat créé par les esclaves africains à base de plantes locales et de bœuf mariné.

Un hanfu : Vêtement traditionnel porté dans la Chine antique. Vêtement au col croisé et aux manches larges, dont le pan de tissu se rabat sur le côté droit.

Slolya : Mot issu de la culture Sioux. Cela met en rapport avec la connaissance, la sagesse.

Gédés : Dans la religion Vaudou, ce sont les esprits de la mort.

Mèt-Calfou ou Papa Legba : Esprit lunatique de la religion Vaudou, il n'en reste pas moins le gardien du carrefour entre toutes les dimensions dont celle de la vie et de la mort.

Papa Legba, ouvri bayè a pou mwèn pou mwèn pase. Lè ma tounen, Ma salyié Lwa Yo : Prière Vaudou dont la traduction est : « Papa Legba, ouvrez-moi la barrière pour me permettre de passer. À mon retour, je saluerai les Lwa. »

Les Lwa : Les Lwa ou Loas, sont le nom que l'on donne communément aux esprits dans la religion Vaudou.

Périple en Terre sainte

C'était une soirée des plus banales : Discussions sans fondement sur prétexte d'apéritif, rire en écho d'une vanne mal montée.

Bref, une soirée bien réussie dans un univers masculin.

Quand brusquement, une sensation d'oppression assaillit mon bas-ventre.

Je décidai donc de partir en quête d'un lieu de méditation afin de soulager les tréfonds de mon être.

L'itinéraire, quoique flou, me parut des plus évident.

J'entrepris l'allée d'un long couloir.

L'obscurité du dédale s'évaporait, quelque peu, à la lueur mourante d'un plafonnier solitaire.

Je crus, à plusieurs reprises, perdre l'équilibre sur ce carrelage malgré tout plat. Ce ne fut que sensation de vertige, l'angoisse de ne pouvoir retenir plus longtemps l'évasion des souillures de mon être intérieur.

Alors que j'avançais vers mon destin, les voix derrière moi se firent de plus en plus distantes pour n'être plus que fond sonore.

Il n'était plus temps de reculer !
Je ne pouvais faillir si je ne voulais pas salir.

Le souffle rauque de mon orifice inférieur amplifiait ce sentiment d'urgence. Déjà des voluptés de putréfaction se mêlaient à l'air ambiant.

La porte était là, je le savais !
La porte était là, il fallait que je la trouvasse !
Tous mes sens étaient en éveil.
Mon odorat remontait les effluves de ce lieu maintes fois béni.

Puis, là, devant moi, apparut une porte blanche où une sculpture de bois en ombre chinoise mimait l'action que l'on devait entreprendre afin d'obtenir l'extase d'une délivrance.

D'une main tremblante, je tournai la poignée.
À ma grande surprise, je ne ressentis aucune résistance.

La porte était ouverte !
Elle m'attendait !
Elle savait qu'un malheureux n'aurait que de choix de

s'engouffrer dans sa gueule béante à l'haleine javellisée.

Ce soir, je fus sa malheureuse victime.

J'eus ce dilemme de renoncer à cet espace confiné et souffrir de dévoiler au monde les sombres secrets qui hantaient mon moi profond.

Ou pénétrer en cet antre, solitaire dans ce combat que nul autre ne pouvait mener à ma place.

J'ouvris la porte sur une pièce infime.

Pas un bruit y résonnait. Pas âme ne s'y extasiait.

La pièce était vide !

J'y étais seul !

Seul avec moi-même, en ayant toujours cet écho d'urgence qui encombrait mon esprit.

Par dépit, je risquais ma main sur le mur latéral à la recherche d'une réponse.

Il me fallut plusieurs tentatives afin de pouvoir voir clair sur ce mystère lorsque la lumière enflamma ma rétine de sa violence teintée de rouge.

Elle me confirma ce que je redoutais, j'étais bien seul en ces lieux !

Le trône trônait en son ventre, d'un blanc stérile que venaient cancériser les quelques restes d'un ancien passage humain, témoignage d'un autre pèlerinage difficile mais tout de même abouti.

Derrière cet imposant, se dissimulait à la vue du manant

pressé, une tige de plastique blanc dont la terminaison touffue s'enracinait dans son socle lui-même de plastique blanc.

Une protubérance métallique sortait du mur gauche, supportant ce voile rose sur lequel s'étancherait plus tard mon surplus pondéral.

Il était temps !

Je ne pouvais plus longtemps retenir le remords de mon ancien repas.

D'un geste leste, maintes fois répété, je dégrafai ma ceinture et arrachai le bouton de mon pantalon.

Déjà, l'invasion poussait aux portes anales de mon corps en souffrance !

Je fis glisser mon futal au plus bas de mes jambes et m'affalai sur ce récipient que j'inondai avec insistance.

Tous les muscles de mon corps se mobilisèrent en force pour extraire la lie.

En cet instant, je menais la plus rude bataille de ces dernières heures !

En cet instant, rien d'autre ne m'importait que la victoire !

D'un cri de jouissance, d'une relaxation soudaine de mes entrailles, le plus gros de l'ennemi s'enfuit dans l'urne de nouveau bénie.

En cet instant, je ressentis la délivrance.

J'étais de nouveau libre, plus léger de mon fardeau digestif. Il m'était enfin offert de savourer ce doux plaisir du travail accompli.

Mais il ne fallait point que je relâche mon attention. Même si la victoire était assurée et, à n'en pas douter, digérée, il me fallait chasser les poches de résistance ennemie qui s'accrochaient fermement à ma végétation fessiale.

Rude bataille se livra entre ces deux collines ! Au passage du satin rose, l'ennemi fut capturé, mais pas sans le sacrifice de quelques preux pileux, morts arrachés à la chair pour pouvoir voir leurs frères sauvés de l'étreinte digérée.

À n'en pas discuter, ce fut le moment le plus important de la soirée.

La chasse d'eau acclama, d'un grondement tourbillonnant, ce prestige héroïque.
Ma marque était là, sceau marron signé sur l'ivoire intérieur, témoignage de mon succès en ce lieu de recueillement et de méditation.
Je m'en allais, le cœur léger, fier, rejoindre les autres convives afin de narrer mon histoire à qui voulu bien l'entendre.

« Qui entre en ce lieu, ne peux en sortir que plus léger ! »

Sommaire

Imprimé sur papier **Clairefontaine** fabriqué dans les Vosges.

Achevé d'imprimer sur les presses de l'imprimerie
Centre Littéraire d'Impression Provençal
www.imprimerieclip.fr
contact@imprimerieclip.fr

IMPRIM'VERT

FABRIQUÉ EN FRANCE